福氣臨門 3

文創風 420

翦曉 著

目錄

第六十三章

「誰知，那送信人也是個狼心狗肺的，眼見那女人獨自在家，就……就把人給糟蹋了，這一住，住了足足大半個月，這外面的人以為是這家男主人回來了，都不知道這女人這段時間過的是什麼日子。」

祈望縮了縮脖子，繼續說道：「直到一天半夜，那女人得了機會，吊死在房梁上，那惡人才逃出去。過了好幾日，隔壁鋪子裡的夥計總聞到臭味，覺得奇怪才尋過去看，才發現那女子已經……唉。」

「咳咳……」九月也只能用咳嗽來掩飾自己的無語了，她已經能猜到後面的結果，一定是有人傳言那女子變成了鬼，於是整條巷子的鋪子生意都走下坡，直到如今這情況。

「九月，妳著涼了？」祈望見她咳嗽，關心問道。

「沒，妳繼續說，後來怎麼樣了？」九月搖手。

「後來……後來這邊就經常聽到半夜有女人哭……」祈望說到這兒，竟打了個冷顫，連連擺手。「九月，妳聽我的，這生意咱們不做了，回大祈村去，雖然苦了點，至少安生不是？」

「五姊，姊夫他們都是從哪兒聽來這事的？這是什麼時候的事？」九月哭笑不得。

「自然是聽人家說的，好像……很久了吧。」祈望眨眨眼，一本正經地說道。

「呃……」九月失笑，又問道：「既然如此，為何這鋪子的前主人會到現在才離開呢？難道他就不怕、就沒遇到過？」

「這……」祈望想了想，猶豫道：「他一定是請張師婆作過法了吧，棺材鋪的掌櫃就經常請張師婆作法的。還有以前住過這巷子的人，也有不少請她作法的，九月，要不我們請她來作個法，驅驅邪氣？」

「五姊，妳忘記了？張師婆曾給我作法，卻反被外婆的畫像嚇得落荒而逃，若這邊真的有鬼魅，妳覺得她還能住得下去？只怕頭一個逃的就是她了。」九月心裡閃過一個模糊的想法，卻快得讓她捕捉不住，隱約間只覺得這事有蹊蹺。

「……是喔。」祈望一聽也疑惑了。「她那麼膽小，為什麼一直住這兒不走呢？別人都搬光了……」

「想不通就別想了，吃早飯去吧。」九月笑著拍拍祈望的肩。「別忘了我們的外婆是做什麼的，我可是外婆的傳人呢，這鬼不來倒也罷了，要是來了，我定讓它有來無回。」

九月只是開玩笑，祈望卻眼睛一亮，盯著九月急急問道：「妳真的行嗎？」

「呃，應該行吧，事實上我也沒遇過。」九月順口安撫，拿著木桶回廚房，祈望跟在後面。

吃過早飯，大夥兒便各自忙碌起來，祈望和舒莫不敢再提昨晚的事，楊大洪也沒有和人說道的意思，九月更不會去和人問些什麼，昨晚的事就像曇花一現般，只在九月等人心底留下一絲影子。

祈望和舒莫帶著周落兒結伴出去買菜，九月給了她們五十文錢後，自己前前後後巡看一番，和張信、張義說了一聲，也跟著出門，今天是去取模子的日子，她得去找一趟魯繼源。

她這兒離魯繼源那兒不遠，穿過一條街兩個巷口便到。

九月邊走邊打量街上景物，剛走了一半，便看到五子提著布包腳步匆匆地往這邊走來。

「五子哥。」九月沒有迴避，笑著停下腳步招呼道。

「九月妹子，來。」五子看到她，眼睛一亮，大步走了過來，把手裡的布包遞給她。「掌櫃的連夜趕工，已刻好了五個模子，還有十個底座，妳瞧瞧，可滿意？」

九月接過，卻沒有打開看。「魯公子的手藝，自然是最好的。」

五子看了看她手中的布包，目光微閃，笑了笑沒說話。

「謝謝五子哥，正巧省了我這一趟。」九月拍拍布包，向五子道謝。

「沒啥，掌櫃的讓我送東西過來，妳半路接了，也省了我的腳程。」五子撓撓頭，咧著嘴笑了。

「那，我先回去了。」九月點點頭。

「九月妹子，那個……」五子脫口喊道，可面對九月清澈的目光，他又不知道該說什麼才好，支吾了半日才吶吶地問道：「那個……上次的木粉可用完了？要是沒了，我明兒再送過去。」

九月一愣，馬上明白了。「上次的六包木粉是你送的？」

「嗯，我去妳家，妳不在，就放在門口了，那些還行嗎？」五子憨憨地解釋著，滿目希冀。

「能用，都很好。」九月連連點頭，心裡還在納悶他怎麼知道她需要榆皮粉，卻忘了之前她曾隨口提過，卻被五子記在心裡了。「一共六袋可不少分量呢，我今天出來也沒多少散錢，一會兒我給你送過去。」

「九月妹子，如果……如果妳還把我當哥，就別和我說錢的事，那些都是我送妳的。」五子卻臉一紅，斂起笑容。「妳要是給我送錢，那以後我也不給妳尋了，妳也別……別喊我五子哥。」

九月頓時不知道說什麼了，只好無奈地一笑。「好吧，那我不提了，不過，五子哥，如果你尋的這些都是花錢集來的，你也不能瞞著我。多的就不提了，這本錢總是要還的，不然你也別認我這個妹子。」

五子深深地看了九月一眼，鄭重地點頭，掩飾住心裡濃濃的失落。

模子到手，九月迫不及待便要回去試驗，當下告別了五子，腳步匆匆地往回趕。

鋪子前面，楊大洪他們忙得熱火朝天，巷子口，站了幾個湊熱鬧的閒漢，九月沒有在意，逕自進了鋪子，她穿的仍是布衣，那些閒漢也沒把她當這鋪子的主人看，只以為她也是這鋪子裡的丫鬟，指點一番後也沒在意，只在那兒討論誰這麼大膽，居然敢接下這兒的鋪子。

九月進了後院，祈望她們還沒回來，她便直接上樓，翻出香料、染料等物，一起拎著回到樓下雜物房，又去廚房搬了些柴禾過來，便動手製燭製香。

九月跟著外婆做了這麼久，早已熟稔於心，半天下來，手上的原料已經大多做完，於是她把五子交給她的布包翻出來。

「啪……」布包裡掉了一樣東西出來，她不由一愣，俯身拾起。

卻是一支木釵，手工沒有魯繼源雕刻的精緻，卻也看得出模樣是一朵花，至於是什麼花，卻猜不出來。

九月拿著木釵，一手撫了撫辮子，不由嘆了口氣。

正想著，祈望和周落兒的聲音便傳了進來，九月飛快地把木釵攏進袖子裡。

「九月，在做什麼呢？」祈望看到她，隨口問了一句。

「在準備東西。」九月臉不紅氣不喘地回道，藉著彎腰添柴的光景，把木釵放進隨身攜帶的小袋子裡。

祈望也沒在意，和舒莫一起回廚房忙活去了，周落兒乖巧地跟在舒莫身後。

九月低頭看了看腰間的小袋子，抿了抿唇，坐到凳子上繼續忙活，直到祈望過來喊她吃飯，她才收拾面前一堆成品。

阿仁他們跟著楊大洪趕工，晚飯自然是要照應的，這會兒他們已圍坐一桌。張信剛剛進來，先向九月回稟事情。

「楊掌櫃說明兒早上他會過來與東家細說，還讓我告訴東家，他派去購貨的人便是替東家尋的二掌櫃，若不出意料，明日晚上便能回來。」

「去吃飯吧，辛苦了。」九月微微一笑，沒有問張信為何花了半天的工夫才回來。

「東家，下午楊掌櫃派我去尋了里正，已經訂下店鋪登記造冊的日子，明兒一早，楊掌櫃會陪您過去。楊掌櫃還說，讓您好好想個吉利名字，明日好往上填報。」張信卻主動解釋道。

「知道了。」九月點頭，心裡不免暗自慚愧，原來這古代開鋪子也和現代一樣，需要註冊呀。

吃過飯，又趕了半個時辰的工，楊大洪記著昨夜的怪事，也不敢留他們太久，便讓他們先回去，這廂打了烊，他才獨自一人繼續敲敲打打。

昨夜的事，他沒有告訴阿仁他們，祈望和舒莫也沒有再提起，他們知道，鋪子開業在即，要是傳出去讓人知道此處鬧鬼，只怕這鋪子不用開門就可以倒閉了。

可是，不說不代表他們不害怕。

一吃過飯，舒莫便拘著落兒跟在她身邊，和祈望一起收拾碗筷，燒了水，趁著夜色不濃，飛快地洗漱收拾完畢後，又一起到了雜物房催促九月去洗漱歇息。

「九月，不早了，明天再弄吧。」祈望看了看屋子裡的香燭，眼裡滿是驚喜，不過她這時心裡緊張，心思便不在這方面了。

「妳們先去睡吧，我一會兒便去。」九月沒會意過來，又取出一個拳頭大的蠟模放到一邊，這一會兒工夫，她已經做了七、八個，正好晚上可以練習。

「九月，明天白天再弄吧，這兒……」祈望不敢說下去，她縮了縮脖子，往門外瞧了瞧。

「五姊，妳們先去睡吧，我反正也睡不著……」九月笑著抬頭，才看到祈望和舒莫兩人惴惴不安的表情，她才恍然想起是怎麼回事，當下也不堅持，點點頭。「那，幫我把這些東西一起送到樓上吧。」

「好。」祈望這才鬆口氣，和舒莫兩個上前來各自取了一個扁籮，把九月做好的蠟燭小心放上去。

收拾好東西，幾人一起端著出來，把雜物房上鎖，九月牽起周落兒的手。「莫姊，晚上妳和落兒睡我屋裡吧。」

舒莫有些意動，不過只一猶豫便搖搖頭。

東家是好意，可她哪能蹬鼻子上臉真的搬上去呢，而且她也知道這東家不怕那些東西，這樣說純粹是照顧她們娘兒倆。

九月見狀，也不好多說什麼。

到了屋裡，九月摸黑點了油燈，指了指桌子，讓她們把東西都放到上面。

「九月，要是夜裡有事，妳就喊一聲，別一個人出來。」祈望猶豫一下，還是忍不住說道，剛說完，敞著的門似乎吹來一絲冷風，她不由縮了縮身子，目光飛快地往外掃了一眼。

「五姊、莫姊，妳們等等。」九月見狀，不由啞然失笑。為了讓她們安心睡個好覺，明天起來不至於像今天這樣萎靡不振，她只能騙騙她們。

當下，她開了櫃子，從裡面的簍子裡取出筆和朱砂罐子，又拿了幾張空白符紙，畫了幾張現成的符紙。
祈望見狀，心裡一鬆，因為之前趙家的事，她對九月的「能力」是深信不疑的。
舒莫則是疑惑地看著九月這番動作，不過看見祈望似乎鬆了口氣，她也莫名安下心來。
「拿去貼於房中門窗之後，今晚便能睡個好覺了。」九月把四張符遞給她們，見她們果然放鬆了些，心裡不由好笑。
「妳也早些睡，別太晚了。」祈望叮囑道，寶貝似的把符揣在懷裡，和舒莫一起牽著周落兒下樓去了。
沒一會兒，祈望和楊大洪的說話聲從樓下漸漸移到他們房裡。
九月微微一笑，關了門，把油燈移到桌邊，取了她的那些工具繼續做蠟雕。
寂靜的夜，九月很快便全心投入進去，手中的蠟模一塊一塊減少，面前的水果蠟雕漸漸增多。
這時，隔壁傳來一聲悶悶的「咚咚」聲，聽著像有人在敲門板。
九月微微一愣，停下筆，側耳聽了聽。
「踢嗒——踢嗒——嗒……嗒嗒……」好像有人起夜走動的聲音……
九月皺眉，這木造的屋子就是這點不好，毫無隔音效果，有什麼動靜，隔壁都聽得清清楚楚。
「咯吱——」緊接著，隔壁又響起一陣吱吱呀呀的聲音，動靜居然還不小……
九月側耳聽了會兒，腦海裡閃過香豔的畫面，她不由無語了。

只是這種情況下，她一個未出閣的姑娘家也不便敲牆提醒，只好開了櫃子，拉出備用的被褥，從被角處摳了兩團棉絮出來塞到耳朵裡。

試了試效果，九月滿意地點頭，回到桌邊繼續做沒做完的事。

第六十四章

這一夜，祈望夫妻和舒莫母女倆都睡得極好。

可九月卻偏偏失眠了，她失眠並不是因為隔壁響徹一夜的動靜，而是她想到了遊春，寂靜的夜總是令人格外思念。

隔日洗漱完後，她便匆匆上樓，提筆給遊春寫信，只是拿起筆卻又不知道該說些什麼，於是一封信塗塗改改，到最後字數精減又精減，只好寥寥數字交代了自己搬到康鎮開鋪子的事，最後才問了一句——一切可安好？

「九月，四姊來了。」祈望在外面敲門。

「來了。」九月忙收起信，拿了一張紙摺成信封，裝了信揣到懷裡出門。到了樓下，便看到張嫂在幫舒莫擺碗筷，楊妮兒湊在周落兒身邊，祈巧站在一旁看著，卻不見楊進寶的身影，九月笑著招呼一聲。「四姊。」

「九月，怎麼臉色這麼差？昨夜沒睡嗎？」祈巧打量她幾眼，關心地問。

「她呀，整天捧著那些蠟，估計昨晚又很晚睡了吧。」祈望小聲告狀。

「錢要賺，這身體可也得保養好才是，妳何苦這麼拚命呢？」

祈巧聞言，嗔怪地拉過九月。

「妳姊夫已經幫妳運作了，妳就把心放肚子裡吧，明兒一切都能辦妥當了。他尋的那二掌櫃，老家就是康鎮的，年少時出門闖蕩，遇到了楊家老太爺，從此投在楊家門下做事，從一個小學徒熬到二掌櫃，如今年歲大了，見我們派到康鎮，他也起了回鄉的心思。

「老太太憐憫，就恩准讓他回鄉養老。可誰知回到家鄉，親朋好友都不在了，所幸老太太臨別時贈了他不少銀錢，加上他一輩子的積攢，倒是把鎮上的祖宅買了回來。妳姊夫與他素來交好，這次見妳一個人也沒個幫扶的，他又抽不出空，便去求了那位老爺子臨時來幫忙，到時妳可千萬莫要以為他是來妳這兒當二掌櫃的，這二掌櫃的稱呼，可是他做了這麼幾十年二掌櫃得來的榮稱呢。」

「原來如此。」九月恍然大悟，若不是四姊提醒，她還真想不到這稱呼還有這樣的涵義。「四姊放心，我心裡有數了。」

「快些吃飯吧，妳姊夫鋪子裡有事，讓我陪妳去一趟里正那兒，早點把鋪子的事辦下來。」祈巧拉著九月往廚房走，一邊招呼楊妮兒和周落兒一起。「妮兒，和落兒姊姊一起過來吃飯。」

兩個孩子也乖巧，互相牽扶著跟在後面，下臺階時，落兒很懂事地雙手扶住楊妮兒的胳膊，等楊妮兒安然下來，才鬆手改為之前的手牽手。

九月幾人見了，不由莞爾。

此時，張信、張義以及阿仁他們已經過來，不過他們來時都吃過東西，所以早上吃飯的也就九月三姊妹和楊大洪，舒莫和張嫂便帶了楊妮兒和周落兒坐到一邊吃。

飯畢，九月拿了錢給舒莫買菜，便和祈巧一起出門，楊妮兒留在家裡和周落兒一起，由張嫂照看著。

出了門口，九月回頭看了看隔壁的鋪子。

其實，這條巷子的鋪子門大都關著，只有巷尾那邊三間開著門，鋪門前高高插著的店旗上繡著「壽」字。

九月忍不住多看了一眼緊閉著門的隔壁。

「怎麼了？」祈巧注意到，不由瞧了瞧，好奇地問。

「這邊的鋪子怎地都還關著？」九月順口問道。

「都沒生意，早就搬了。」祈巧不確定地解釋道。「我也是來了之後聽人說的，想來這些人家把生意都搬往別處，這兒只作住家用了吧。」

「喔。」九月點頭，沒再糾纏這個問題。

祈巧帶著九月到了里正那邊，看門的小廝告訴她們，里正還在用飯，她們便在外面等候，所幸小半會兒後，小廝便過去稟報，出來後就領了兩人進去。

昨日張信已來此預約過，所以里正早得知她們的來意，一應事宜都準備得差不多，單等九月填上鋪子名，簽了字，待里正用了印，事情便算辦好了。

這一趟，倒也沒花幾文錢，辦好事情，祈巧卻遞了個紅包給里正。「麻煩您了，我家相公說了，等有空，定請里正喝杯茶。」

里正笑呵呵地接下，也不避諱一旁的小廝。「楊管事有心了。」

原來他和四姊夫是認識的。九月看在眼裡，記在心裡，拿著代表「祈福香燭鋪」的文契出來，她才不好意思地對祈巧說道：「四姊，又勞妳費心了，方才那個……我還妳。」

「好啦，也就百文錢，何須妳如此鄭重？」祈巧卻白了她一眼。「自家姊妹不必分這樣清的，那些就當是我給妳的賀禮。」

「這次的事已經讓姊姊、姊夫很費心了。」九月暗自慚愧，一直以為自己憑著前世的記憶，無論見識還是知識都比這兒的人要高些，可此時看來，她連祈巧都不如……不，她搞不好連祈喜都不如。

「一個好漢還三個幫呢，開鋪子這麼大的事，妳一個姑娘家自然是不夠的，自家姊妹要是不幫，那讓誰來幫？」祈巧挽住九月的胳膊，柔柔地笑。

「我們九姊妹，也只有妳能識文斷字，能書會畫的，姊姊們已有家有室，也變化不得什麼了。妳有大能耐，我們姊妹當然得全力支持。妳也別把這些小事往心裡去，只須記住，以後好好做事，二掌櫃在鋪子裡的時候，多向他學學，咱們也不圖富貴榮華，只求妳那鋪子一帆風順，買賣穩定，日子能清清靜靜的就好了，等以後姊姊們也好給妳尋個好親事，咱們自個兒有個傍身的基業，還怕沒好日子過嗎？」

「四姊良言，小妹定銘記於心。」九月心裡一暖，反手握住祈巧的手，姊妹兩人相視而笑。

正經事辦完，九月還有許多事要忙，祈巧也掛心孩子，便不在外面逗留，兩人相攜著匆匆往鋪子趕，眼見到了成衣鋪附近，九月停下腳步，朝祈巧說道：「四姊，妳先回去，我買些東西就回。」

「好。」祈巧也不多問，點點頭先走了。

九月看著祈巧消失在街頭，才緩步進了成衣鋪，一進門便遇到那位小夥計。「樵伯可回來了？」

「還不曾。」夥計認得她，客氣地拱手。

「還不曾……」九月抬手撫了撫腰間，韓樵不在，這封信也不便拿出來了，便朝夥計輕輕頷首，轉身出來。

是了，說了他要出門五、六天，這才幾天……確實是她心急了。九月想到這兒，心下稍定，快步趕回鋪子裡。

楊大洪和阿仁幾人緊趕慢趕，雖然只有兩天工夫，可鋪子裡已搭出了一些雛形，這樣一來，屋裡便堆放不下整棵的木材，他們要鋸要刨的也只能拿到外面來。

九月出門時還不曾見，這會兒回來，他們已鋪開架勢，剩下幾棵木材便疊到隔壁門前，把人家的門擋得死死的。

九月見了，不由擔心道：「五姊夫，這木材放在這兒，會不會影響人家進出家門啊？」

誰知這一句話，不僅讓所有人停下動作，還吸引他們的目光。

阿仁嘴快，驚訝地問道：「東家姑娘，您不知道？隔壁沒人啊。」

「怎麼會沒人呢？昨……」九月說到這兒，猛地打住，想起昨晚的聲響，後背一陣寒意，不過她反應還算快，瞬間便拋開那個念頭，好奇問道：「這巷子離集市這麼近，往來也方便，就算開鋪子沒生意，但房子租出去想來也是筆不小的貼用吧，難不成這每家都空著浪費了？」

「也不是每家都空的，喏，從那頭數過來，頭三間是我們東家的，再過來兩間是空的，中間那家鋪子是沒開了，可一家六口住在裡面，再來就是這邊三間便沒人了。」阿仁本就活躍，又見九月這樣的嬌美少女主動詢問，自然是知無不言、言無不盡。「對面呢，頭兩間是張師婆家的，這邊過來幾間都有人，不過都是外來人租的。妳這對面的鋪子也是空的，原先租的那戶人家，半個月前回鄉過年去了。」

「這麼說，還有不少人住在這邊呀，怎地這兩日都這麼冷清呢？」九月皺眉，打量著這條巷子。

「這個啊……他們一般都走後門，前門不輕易開的。」阿仁正要說，便看到楊大洪瞪了他一眼，咧嘴朝楊大洪笑了笑，便順口結束這話題。

九月雖然疑惑，卻沒把昨晚的事說出來。

她知道這話一出，不僅會讓祈望和舒莫等人害怕，傳出去還會影響生意。小心駛得萬年船，在沒有任何把握證實那不是鬼的情況下，她不能輕舉妄動。

她看了看隔壁緊閉的門，便要轉身回後院，就在這時，阿貴開口了。「東家姑娘，您這兩日是不是聽到什麼動靜了？」

「動靜？」九月驚訝地看著他。「什麼動靜啊？」

「沒有就好，要是有不對勁的地方，我勸您還是早些去找張師婆作法，省得越鬧越凶。」阿貴含糊其詞，接著便低下頭做事去了。
「作法？」九月一愣，請張師婆作法就沒事了嗎？為何不作法就越鬧越凶？
阿仁搶話道：「住在這兒的人隔三差五的就會作場法事，家裡都是平平安安的，可要是哪家不做，到了晚上，準有奇奇怪怪的動靜。」
說到這兒，阿仁細細舉例起怪事來——比如說半夜有怪聲音，窗外飄過影子，到後來鬧得凶了，家裡就開始丟東西……
「別瞎胡扯嚇唬人。」楊大洪聽到這兒，笑罵一聲，阻止了越來越好興致的阿仁。「那都是人傳人胡傳的，哪個親眼見了？」
「呿，什麼胡扯的，那邊第三家，前天還請張師婆作了場法事呢，買了好多經文在堂屋裡燒，我們都看見的。」阿仁不依了，那勁頭，就像楊大洪侮辱他一樣。
九月若有所思地看向對面頭兩間屋子。
「阿仁大哥，那……請了張師婆作法的人家，能保多久平安呢？」九月眼珠子一轉，問道。
「好像滿久的吧……」阿仁猶豫一下，撓著頭想了想，笑道：「有些是半個月，有些是幾個月，說不準。」
「看來那張師婆的法力也就這樣了。」九月嘆口氣，顯得無限惋惜。「要不然怎麼就根除不了呢？還任由那東西半個月、幾個月的鬧騰。」
「呃……」阿仁一聽，頓時說不下去了，敢情她聽了半天，就得了這麼一個結論啊？她就一點也不怕嗎？

九月笑了笑，轉身回院子去了，她還有很多事要做，至於這「鬼」嘛，先養養吧，等她什麼時候有空了，再去作個法消消孽障。

院子裡，祈望和祈巧在摘菜，張嬸和舒莫在廚房裡忙著，周落兒陪著楊妮兒滿院子轉著。

九月打了個招呼，就直接進了雜物房。

這一忙，直到吃中飯時，楊大洪走進來，她才停下。

楊大洪臉色有些凝重，他站在門邊，看了看外面，低聲問道：「九月，有件事問妳一下。」

「姊夫請說。」九月順勢把蠟屑都掃進鍋裡，把蠟模搬到桌上放著。

「妳昨晚……是不是聽到或看到什麼了？」楊大洪怕祈望她們聽著害怕，聲音壓得更低。

「為何這樣問？」九月笑著抬頭。「姊夫聽到什麼了？」

「沒有，我看妳剛才問的……怕妳遇到什麼不敢說，才來問問。」楊大洪也不好意思一直盯著她看，只嘆氣解釋了一番。

「沒有呢，我就是隨便問問，再說了，張師婆能做的，我也會，姊夫不必擔心。」九月再次擺出自己的「強項」。

果然，楊大洪聽完便釋然了。

午飯後，九月再次鑽進雜物房，祈望則去了前面做楊大洪的幫手，祈巧另有事情，便帶著張嫂和楊妮兒回去了，舒莫帶著周落兒裡裡外外地收拾——過兩天就是小年，這屋裡屋外樓上樓下的都得好好收拾才行。

九月把所有蠟塊都做成蠟模，接著便準備做線香，她目前有的香粉不多，還做不了別的，不過線香、紅香倒還是能做的。

忙忙碌碌，直做到手臂發痠，她才停下來，此時屋裡已暗了下來，隔壁廚房裡也傳來舒莫切菜的「咚咚」聲。

又是傍晚了，九月揉揉肩膀，扭扭腰活動一下，把做好的線香都晾在扁籮裡放到架子上。

「東家。」張義匆匆進了屋子，來到雜物房門前。「阿安來了。」

「他一個人？」九月心裡一喜，轉頭問道。

「不是，他帶著三個人，拉了兩車東西，還有之前那個女的……」張義說到這兒撇撇嘴，面帶不屑。

九月看看他，就猜到他說的是誰了。「走吧，出去看看。」

張義點頭，先往前面去了，九月帶上門跟出去。

到了門口，果然停了兩輛板車，阿安、阿定、阿季，還有阿月守在邊上。

看到九月和張義，阿月臉色頗不自在，默然地低著頭。

九月沒有理她，逕自朝阿安走過去。「還順利嗎？」

「還好。」阿安點頭，看了看車子的東西就要說話。

九月擺擺手，攔下道：「把東西搬進來再說。」

阿定見了，便要解開繩子搬東西，被張信攔下，張信朝九月請示道：「東家，不如把車繞向後門，那樣方便些。」

九月點頭。「行。」

當下，張信、張義帶著阿定他們往後門巷子繞去，阿安跟著九月走進來，這時阿月瞧了瞧他們的身影，低頭跟在阿定等人身後。

「對不起。」阿安跟著九月進了裡屋通道時，忽地開口。

第六十五章

九月驚訝地回頭看著他。「好好的，說什麼對不起呢。」

「阿月以前不怎麼出去，她……」阿安有些難為情地看著九月，低低地說了一句。

「原來你是說她的事啊。」九月恍然，笑道：「算了，她不願意來就不必來了，不必勉強。」

「不是的，她……願意的。」阿安急急說道。

「阿安。」九月靜靜看著他，淺笑道：「她願不願意，我很清楚，你無須解釋，合作是我們兩人之間的事，至於旁人，就不要牽扯了。」

阿安聞言，定定地看著九月好一會兒，才嘆口氣，抿起唇。

「以前張義和你不對盤的事，我也知道了，可現在他認回親人，那人又是我四姊夫相熟的管事，託了我四姊夫給他們堂兄弟找差事，不想就繞到我這兒了。你就看在我的面子上，別與他計較了，好嗎？」九月想了想，還是解釋一下張義在這兒的原因，阿安既然替阿月道歉，必然也知道張義的事。

「我知道。」阿安點頭。「只要他不找我麻煩，我可以當沒看見他。」

九月瞪著他。「我雇他做事，你又幫我做事，當沒看見怎麼行？」

「反正人不犯我，我不犯人。」阿安彆彆扭扭地說了一句，這時，後院的門被敲響了。

「行，不影響賺錢就好了。」九月無奈地一嘆。

隨後眾人一番忙碌，待卸完了車，對完了帳，九月和阿安結算銀子，廚房那邊已經做好了飯。

「在這兒吃飯吧。」九月微笑著招呼阿安等人。

「不了，爺爺在家等呢。」阿安搖搖頭。

「我準備小年之前開張，這兒事一堆，還指望你明天來幫我一把呢，就在這兒吃吧，等吃過飯，我與你細說。」九月無視阿月亮晶晶的目光，逕自微笑著和阿安說話。

阿月聽罷，頓時沈下臉，拉了拉一旁的阿季，推著車就要走。

「阿定，跟上他們，我晚些就回去。」阿安沒有拒絕九月，不過他也擔心阿月，便讓阿定推著車跟上去。

九月再次見識到阿月的無禮，不由挑了挑眉。這小姑娘，脾氣倒不小，三番兩次的使臉色給她看，當她泥捏的？

「她……」阿安瞧到九月的臉色，就要開口。

「跟你沒關係。」九月撇撇嘴，朝他揮揮手。「吃飯。」

阿安從善如流，和張義同桌吃飯。

如前幾日一樣，吃過飯後，眾人繼續趕工。至於阿安，也因為時間晚了，所以乾脆留下住宿，省得明天還要來回跑。

酉時末，阿仁、阿貴等人把外面的工具木材都搬進來才告辭離開，楊大洪鎖了門，仍秉獨做事。這幾天前面的櫃檯已經做好，靠牆的櫃子卻只搭了架子，他晚上得加把勁才行，這樣明天早上再做半天，基本上就完成了。

當晚，待眾人都入睡後，不知過了多久，九月在睡夢間似乎聽到「咯噔」一聲，她才猛然睜開眼睛，不過她沒急著起床，而是全神貫注側耳傾聽。

沒一會兒，窗臺處便傳來「啪」的一聲輕響，接著，一股寒意灌了進來，窗戶被打開了。

九月想起阿仁說的越鬧越凶，不由皺眉，輕手輕腳地掀了被子起來，也不穿鞋子，只著厚襪子下地。

微弱的月光下，寒風從敞開的窗外灌入，吹得幃帳不斷掀動，緊接著，一道白影襲向窗前，隨即以詭異的角度鑽進來，就好像一個穿著白裙長髮的「人」扭動著身子努力往屋裡鑽。

此情此景，就好像「七夜怪談」的貞子……九月乍看之下，整個人如同被雷劈中一般，汗毛都豎了起來。

她僵立著，眼睛瞪得大大的看著那「人」，她無法想像，竟然會親身經歷這樣的場面。

那「人」已探進半個身子，雙手攏在白袖下，一點一點往前挪動著，長髮下的臉煞白煞白的，唇卻是血紅血紅的，隨著它的移動，窗戶吱吱作響，似乎不堪抵擋那煞氣，它的影子在微弱的月光下，拖得長長的……

影子！

九月一下子清醒過來，有影子的東西必是實物，既不是那東西，那必是有人裝神弄鬼！

九月冷靜下來後，悄無聲息地到了櫃子前，撕下一條長長的紅紙，沾在自己唇前，又迅速打散頭髮撥到胸前，然後貼著幃帳移到窗邊，忽地閃身出去，拖長聲音陰森森地問道：「你……是……誰……」

「啊——」窗外傳來一聲尖叫，緊接著便是一陣「唏哩嘩啦」瓦片滑動的聲音，最後「撲通」一聲，似乎有重物摔了下去。

呃……這一摔不死也傷定了。

九月吐吐舌，隨手撥開頭髮，把那長長的紅紙揉成團捏在手裡，轉過身來打量著留在屋中那個動也不動的東西。

白衣是棉布做的，只是那底下的臉卻是紙糊的，描上了人的五官，這模樣，在賣冥紙的鋪子裡倒是常見。

九月隨手把那東西扶起來，衣袖下是一截一截的竹棍，全用繩子串連，做工精細，倒像是皮偶戲裡的偶人。

她把這東西往邊上一放，轉身下樓。

這麼大動靜，阿安他們一定都起來了。

下了樓，果然看到他們的屋子都開了門，祈望和舒莫依在一起，緊張地護著周落兒，阿安和楊大洪則不知去了哪裡。

「九月，妳也聽見了？」祈望看到她，就像看到了主心骨。

「妳們在屋子裡別出來。」九月揮揮手，笑道：「沒事的。」

「九月，妳去哪兒？」祈望忙問道。

「我不去哪兒。」九月搖搖頭，看了看開著的後門。「就在門口。」

「我們……一起。」祈望看了看四下，顫聲道。

舒莫雖沒說話，可也是緊張的。

「好吧。」九月原要拒絕，不過見她們幾人這樣，只好順勢點頭，反正她也不會去遠，就在隔壁。

只是出了門沒一會兒，便看到阿安和楊大洪回來了。

「怎麼樣？」九月看向阿安。

「往巷尾去了。」阿安點點頭。

楊大洪滿臉寒霜，怒氣沖沖道：「真卑鄙，居然裝神弄鬼！」

「相公，怎麼回事？」祈望著急地問。

「那什麼鬼，假的，是有人故意搞的！」楊大洪啐了一聲。「給我拿盞燈籠來，我這就去告發他。」

「五姊夫，你可看清那人是誰了？」九月卻笑道。

「不知，不過那人剛剛從屋頂摔下來，也摔得不輕，我們追出去的時候，還看到那人一拐一拐的，分明是傷了腿，這就好找人了。」楊大洪說道。

「那人……是男是女？」九月看了看阿安。

「瞧著是男的，身高比我矮些，長得五大三粗。」楊大洪搶著說道。

「男的……」九月看了看還有些不安的祈望和舒莫，淡淡一笑。「大家都去睡吧，就要開張了，我們要忙的事還多著呢。這捉鬼的事，不妨等以後得空了再慢慢來。」

「九月，那……就這樣算了？」祈望幾人一聽是有人搗鬼，一顆心頓時落了地，只是見九月就這樣揭過此事，她又有些不平。

「暫時吧，我們現在可沒工夫陪那些人胡來，還是鋪子要緊。」九月安撫地笑了笑。

楊大洪和祈望等人互相看了看，點點頭。

此間事了，幾人便各自散開去睡回籠覺。

第六十六章

這一覺，自然睡得極好。

第二天上午，楊進寶陪著那位二掌櫃押著兩大車來到鋪子前，九月親自出去迎接，在楊進寶的介紹下，和二掌櫃互相見了禮。

這位二掌櫃瘦瘦高高的，頭髮已然花白，卻是滿面紅光，精神百倍，及胸的山羊鬍修得極好，整個人顯得溫潤親善，沒有一絲殺傷力。

略一寒暄，他便言歸正傳讓九月接收東西，九月取了紙筆跟在他身後，他報一樣，張信和張義搬一樣，她便記下一樣。

老人說得很細，每一種貨物的品項、進貨價、數量以及市價都報了出來，他報貨的時候，絲毫沒有停頓，也不去看九月是否記下。

所幸九月這些年抄寫經文寫得一手好字，這會兒全神貫注聆聽，雖寫得字跡凌亂，卻沒有絲毫遺漏。

費了一個時辰，兩車東西都搬入庫，按之前九月吩咐的分門別類堆放完畢。

「老伯請。」

鋪子裡正在做最後的修整，到處凌亂，九月只好讓舒莫搬了一張凳子出來放在簷下，請二掌櫃就座。舒莫機靈，順勢送來熱茶。

「我瞧瞧。」二掌櫃這會兒才笑咪咪地看向九月手中的紙，伸出了手。

「是。」九月恭敬地遞上。

二掌櫃一目十行，看完之後，目光中流露出一絲讚賞。「不錯，沒有漏下一個。」

九月接過，謙遜說道：「還請老伯多多指教。」

「在其位，謀其政，妳放心，進寶與我相交多年，他交代的事，我自會做好。」二掌櫃笑著點頭。「妳去忙吧，我去前面看看。」

「好。」九月點頭，隨他自去。

到了中午，張義去取回店招，九月讓舒莫去買了紅布，蒙在匾上，兩邊各結了一顆紅球，掛在門口簷下。

九月就勢裁了對聯紙，提筆寫了一副對聯——神供千秋，一誠本自心香達；香飄萬里，三炷能通上界高。

讓張義掛了上去。

有了楊進寶請來的二掌櫃相助，很快的，開業前的準備就全面展開了。

張信、張義和阿安著手上貨，楊大洪和祈望商量一下，楊大洪便去街上準備炮竹恭賀九月新鋪開張，祈望和舒莫收拾廚房後，也帶著周落兒到了前面，幫忙抹架子、擦櫃檯。

九月順便取了紅紙，裁成五指長、兩指寬的紙片，用小楷在上面寫下貨物名以及售價幾何，再讓阿安等人一一貼在架上的貨物下方。

二掌櫃看到她的做法，會心一笑，走到近前一一細看，又轉到外面門口的對聯前觀望一番，連連點頭。「不錯不錯。」

也不知道他讚的是人不錯、還是字不錯、還是這做法不錯，總之，九月笑而納之。

「姑娘寫得一手好字，可想過寫些對聯於店中發賣？」

看了好一會兒，二掌櫃又來到九月身邊，笑著問道：「尋常百姓人家，便有識字之人，可能寫對聯並拿得出手的卻沒幾個，往日時常有託人寫對聯的，姑娘這鋪子裡既然賣的是與祈福有關之物，不如就添上對聯一項，雖賣不了多高的價，也好吸引人啊。」

「老伯說得有理。」九月笑著點頭，附聲同意道：「待我寫罷了這些，便去準備。」

二掌櫃見她如此受教，笑得更加歡欣。

終於到了開業的正日子，雖然沒有通知任何親朋好友，不過該有的開門禮儀還是要的。

卯時二刻，二掌櫃穿了一身新衣來到鋪子裡，與他同來的還有楊進寶、祈巧，以及身後抱著楊妮兒的張嫂，相較於他們，反倒是身為主人的九月只穿著一身布衣，打扮得猶如鋪子中的丫鬟。

「九月，妳怎地也不換身衣衫？」祈巧一見面就遞上一個大大的紅包，上上下下打量九月一番，有些不滿。

「這身也是新做沒多久呀，挺好的。」九月渾不在意，瞟了紅包一眼，沒有伸手去接。

「拿著，這是討個吉利。」祈巧逕自拉起九月的手，把紅包塞過去，又關心地提點一句。

「妳今兒可是主人，可準備好紅包了？」

「嗯？」九月愣了一下，一拍額頭。「我還真忘記了……四姊，要包多少？」

「十幾、二十幾文就好了，圖個吉利。」祈巧笑道。「我就知道妳記不住，這不，這包裡面全是銅錢，省得妳麻煩。」

九月會心一笑，也不再推辭，決定等事情了了之後，再好好答謝。

祈巧也知她今天事情多，便自告奮勇攬下這燒利市、發紅包的事，和祈望兩人去準備了。

張信被派去買炮竹，張義被派去站在鋪門外迎客，鋪子裡有二掌櫃和楊進寶坐鎮，楊大洪不知道要做些什麼，就跟在阿安後面，巡視貨架，看看哪裡還需要調整、瞧瞧哪個需要改進，倒也有模有樣。

很快，便到了吉時辰時正，隨著張信點燃的鞭炮聲，鋪子門口倒也吸引一群瞧熱鬧的路人，朝鋪子指指點點，張師婆自然不會錯過這樣的場面，混在人群中。

「諸位，今天是我們祈福香燭鋪開張的頭一天，我們東家說了，頭一天開業，一律優惠兩成價，還請各位多多捧場。」

二掌櫃率先走出來，衝著張信和張義揮揮手，兩人手中的竹竿一點，匾額上的紅布便翩然飛下，露出「祈福香燭鋪」的招牌。

人群中頓時議論紛紛起來，這條巷子是什麼來歷，康鎮人都有耳聞，此時見還有人在這兒開鋪子，好奇之下，便有那第一個人走了出來，有人一帶頭，後面自然而然便跟了進來。

張師婆混在人群中，急不可待地竄到櫃檯前打量起來。

門剛開便湧進這麼多人，二掌櫃和楊進寶等人很高興，祈望和祈巧兩人站在一邊更是言笑晏晏，恨不能親自上去逮著所有人都掏錢買些東西回去。

「洪哥。」開業沒多久，五子提著禮物上門，他左瞧右瞧沒看到九月，倒是讓他看到了一邊的楊大洪，便走過去。

「五子？」楊大洪驚訝地看著他，脫口而出。「你怎麼也在這兒？」

「我在鎮上當木匠學徒，離這兒近。」五子憨憨地咧嘴，坦然應道。「九月妹子在嗎？這是我們掌櫃的讓我送來的賀禮，他原本打算自己來的，臨時有貴客上門，來不了。」

「你們掌櫃的？」楊大洪更訝異了。

「是。」五子點頭，笑了笑。

「九月在後院，你……」楊大洪見狀，也沒有多問。

「喲，這不是五子嗎？」他的話還沒說完，張師婆就從邊上冒出來。

楊大洪看到她，忙閉上嘴。

張師婆蹭到五子面前。

「你怎麼在這兒？喲，這還送了禮，你認得這家東家啊？」

「我……」五子也認出了她，不過他本就不喜張師婆裝神弄鬼，此時認出她，也沒有打招呼，只是猶豫著要不要接話。

「瞧你，這大包小包的，一定認識對不？」張師婆可不管三七二十一，直直盯著他問道，那目光，就像久餓的狼看到獵物般。

五子一轉目便看到楊大洪微皺的眉心，他便明白了，當下笑道：「我不認得這家掌櫃，這些都是我們掌櫃的吩咐送過來的，張師婆，妳認得？」

「原來是這樣。」張師婆失望地收回目光，看了看楊大洪，疑惑地問道：「這不是祈屠子家的五女婿嗎？你怎麼也在這兒？難道這家掌櫃你也認得？」

「張師婆，妳這麼想知道這家掌櫃做什麼？」楊大洪淡淡說道。「我在這兒，是因為我接了這兒的木工活，怎麼？這也要向妳稟報嗎？」

「這說的哪門子話呢，我不過是問問。」張師婆一滯，訕訕地說了一句，她也看得出楊大洪幾人不愛搭理她，自覺有些無趣，便撇撇嘴，朝他們一擺手，往旁邊轉去。

「這婆子，真真麻煩。」楊大洪嘆著氣抱怨了一句。

「別搭理她就是了。」五子咧咧嘴，拍了拍楊大洪的肩。

「她家就在附近，雖然沒有開鋪子，可家裡也賣了這麼些年的香燭，九月妹子這鋪子一開，最著急的自然就是她了，來打聽也是很正常的，讓九月妹子莫理會她也就是了。」

「做買賣自然是各做各的，怕就怕這婆子心術不正，給九月惹麻煩。」楊大洪想起之前的事，憂心忡忡。

「麻煩？」五子一聽這話，立即問道：「她都做了什麼？」

「也不確定是不是她。」楊大洪搖搖頭，不願在今天這樣的日子裡說那些晦氣的話，便指指後院。「九月在後面，你自己去吧。」

「好。」

五子點點頭，高興地走出兩步後，忽地又停下來，朝楊大洪為難地說道：「我去……不好吧，這些還請洪哥轉交吧，鋪子裡還在忙，我得回去了。」

「也好吧。」楊大洪見狀，只好點點頭。

「我先回去了。」五子看了看那通往裡屋的方向，朝楊大洪憨憨一笑，到了櫃檯前，買下一個九月自雕的蘋果蠟揣在懷裡走了。

他買的蘋果蠟有雞蛋般大，定價二十文，算是這些雕刻的香熏蠟中最便宜的。可他這般沒有猶豫地買下，還是惹來邊上幾人的側目，剛剛轉開的張師婆再次轉了回來。

她倒是想和五子說幾句，可五子也是有意避她，揣了蠟就走了，令張師婆不免有些訕然，陰沈著臉朝五子的背影暗暗啐了一口，轉身湊到另一個在詢問香熏蠟的客人身邊。

二掌櫃一直關注著全場，張師婆的舉動自然也都落在他眼裡，此時看到她這般，他也忍不住皺眉，朝一邊的張信努努嘴。

張信見狀，立即會意，快步到了張師婆身邊，微笑著問道：「這位嬸子，您可需要些什麼？」

「我就是看看。」張師婆又不是來買東西的，見張信過來，不免有些不高興，橫了他一眼，又湊到那客人身邊去了。

「您看中了哪樣？我可以為您細細解說。」

張信得了二掌櫃的指示，當然不會這樣放任她，便又上前一步，伸手拉住她的胳膊往一旁去，他手勁不小，張師婆不得不跟著過去。

「放開！」張師婆不情不願地跟著張信到了一邊，伸手連連拍向張信的手，憤憤地瞪著他。「你這是幹什麼？有你這樣招呼客人的嗎？」

「這位嬸子，我是看您轉了好一會兒，才以為您需要幫助，招待客人不正是夥計要做的事嗎？」張信狀似委屈地揉著自己的手，卻有意無意地擋住張師婆的腳步。「嬸子，您家裡都沒事嗎？我還不是為了幫您挑到可心的好早些回家嘛。」

「要你操心。」張師婆白了他一眼，見他攔在面前，自己今天怕也沒機會再細看下去，便停下腳步，瞪著張信道：「誰是你家嬸子？我老婆子雖然老，卻還是個黃花姑娘，你少嬸子嬸子的毀我清譽，不然我找你們東家告狀去！」

噗——張信聽到這話，險些噴笑出來，他打量著這位「黃花老姑娘」，強自忍了笑，拱手。「小子失言了，您老莫怪，不知您想要些什麼？」

「哼，被你這愣頭青小子攪和，老娘沒心情了，不買！」張師婆眼白一翻，扔下一句話轉身就走。

張信見好不容易請走這尊「瘟神」，暗暗鬆了口氣，隨即又想起張師婆剛才的那番話，忍不住噴笑出來，笑了幾聲，又覺突兀，忙又捣住嘴，到二掌櫃身邊回報。

沒了張師婆的攪和，鋪子裡看東西的人也多了許多，奈何場面雖然熱鬧，可瞧熱鬧探底細的人居多，真正買的卻沒有幾個，加上鋪子到底就這麼點大，順著櫃檯一圈看下來，便能瞧個大概了。

許多人見鋪子裡賣的大多數都是香燭，便也沒了興趣，紛紛退去。留下的一成人，才稀稀落落地掏錢買了些尋常禮佛的線香紅燭。至於九月做的那些精緻香熏燭，除了五子買走的那一個，便沒有再賣出去過一個。

祈望看得心急，轉到後院告知九月，九月卻淡然而笑。

今天是頭一天，那些香熏燭又不是低價商品，不是這些市井小老百姓能消費得起的，她並不著急，酒香不怕巷子深，總有一天，她的香熏燭會迎來諸多伯樂的。

第六十七章

頭三天的熱鬧過後，二掌櫃和九月商量的優惠策略也漸漸發揮作用，加上私底下的推波助瀾，漸漸的，鋪子終於步上正軌。

楊進寶等人也放了心，各自專注各自的事情去了。

楊大洪從阿貴那兒抱了兩條小土狗幼犬、一條半大的小黑狗回來交給舒莫，便和九月結算工錢，帶著祈望回家去了，臨走時，還反覆叮囑九月除夕要回家與一家人守歲。

九月不置可否，卻也沒有拒絕，結算完阿安的工錢並定了年後上工的日期後，她便與舒莫交代一下去向，從後門繞向主街，一路快步而行到了成衣鋪前。

九月抬頭看了看成衣鋪的匾額，舉步走進去，一進門，便看到正要上樓的韓樵，她忙喊道：「樵伯。」

韓樵腳步一頓，身形滯了滯，才轉過身來，臉上已掛上親切的笑意。「九月姑娘來了。」

九月掛念遊春心切，也沒有留意韓樵的稱呼轉變，她快步走過去，急切問道：「樵伯，他……那件事可有消息了？」

韓樵眼睛眯了眯，笑得更和善了。「姑娘放心，一切都好，吳少還託我轉告姑娘，希望妳能好好保重自己。」

「真的沒事？那他怎麼走那麼急？」九月疑惑地問。

「那時是有急事，可吳少一到，那件事有了主事人，很快就控制住了。只是吳少離開太久，積攢許多事務要處理，一時半會兒的，吳少也脫不了身。」韓樵微笑著安撫道：「妳放心，待吳少處理完那邊的事，一定會來看妳的。」

「只要他沒事就好了。」九月鬆了口氣，點點頭。「樵伯，我如今已經搬到鎮上來了，在市集邊上租了間鋪子，要是有消息，還請樵伯到那兒去知會我一聲。」

「鋪子？」韓樵驚訝地看著她。

「是的，在集市邊上，鋪名叫祈福香燭鋪。」九月自然不會隱瞞地址，便把鋪子位置告訴韓樵。

「祈福香燭鋪？」韓樵有些驚訝。「原來是姑娘開的……」

「樵伯，有件事還請你幫個忙。」九月點點頭，略一猶豫，想起自己懷裡早就寫好的信，有些不好意思地微斂了眸。

「姑娘但說無妨。」韓樵的笑一如既往。

「我這兒有封信，想勞你寄出去。」九月取出信遞過去，臉上微紅。「你一定有辦法聯繫得上他是嗎？」

「小事一樁。」韓樵很欣然地接過信。「姑娘放心，這件事我一定幫妳辦妥。」

「那就有勞樵伯了。」九月高興地福身。「你忙，我先走了。」

「好、好。」

韓樵親自送她出了門口，看著她隱入人群，才嘆著氣低頭看向手裡的信，喃喃說道：「九月姑娘，請恕我韓樵失禮了，這封信……我不能替妳寄啊……」

說罷，身子一轉、雙手一錯，便把信撕了個粉碎，再交給一邊剛剛出來的夥計。「拿去灶間燒了。」

「是。」夥計不知原因，當然以韓樵的話是從，接過那些紙屑去了裡屋。

韓樵看了看他，回頭又瞧了瞧門口，長長地嘆了口氣，上樓去了。

第二天，阿安便回來了，九月見他這樣執著，也不攔著，安排他去跟了二掌櫃，讓二掌櫃安排阿安的事。

二掌櫃之前與九月談過，已知道九月的想法，便帶著阿安負責鋪子裡的進貨事宜。

鋪子裡有二掌櫃運籌帷幄，九月也落得清閒，專心顧著各種香燭的供應。

轉眼，就到了除夕。

九月清早醒來，只見屋中比平日光亮許多，不由瞇了眼，伸了伸腰，掀被坐起來，索利地穿衣收拾，下樓剛轉出樓梯間，她便愣住了，只見眼前積了滿院的雪。

周落兒裹得圓圓的，攏著雙手站在房門前，三條狗圍在她腳邊搖尾嬉戲，舒莫拿著一把竹掃把正清著簷下的雪。

「哇，什麼時候下這麼大雪了？」九月睜大眼，看著那滿樹滿院的銀霜，驚喜地問。

「昨兒後半夜下的，才半夜的工夫，就積了這麼厚。」舒莫聽到她的聲音，便停下來，把掃把放到一邊，笑道：「外面冷，姑娘先回屋歇著吧，我這就去端熱水。」

「我還以為我睡過頭了呢，原來是下雪了。」

九月深深吸了一口氣，心情大好，她這十五年來不曾見過幾場雪，難得下這麼大一場，還是挺賞心悅目的。

「這會兒還早呢，卯時都沒到，姑娘還可以再去瞇會兒。」舒莫從廚房中探出半個身子，笑著應了一句。

「不了，都起來了。」九月搖頭，走到周落兒身邊蹲下。「落兒怎麼也這麼早啊？冷不冷啊？」

「不冷。」周落兒搖搖頭，吸了吸凍得紅紅的小鼻子，兩條小幼犬扒著她的褲腿搖尾巴，肉嘟嘟的甚是可愛。

「手都僵了，還說不冷呢。」九月摸了摸周落兒的小手，冰涼冰涼的，忙替她整好衣衫，點了點周落兒的鼻尖笑道：「妳先去廚房灶後暖和一會兒，我去取一樣東西給妳暖暖。」

「嗯。」周落兒乖巧地點點頭，邁著小步伐往廚房走，三條小狗跟在她身後。

九月微微一笑，站起身回到房間，取了遊春之前為她買的暖手爐，這個手爐只有他在時用過幾次，後來便一直擱置在櫃子裡。

九月拿出來，又取了些炭放進去，捧著下了樓。

到了廚房，舒莫已經幫她打好熱水，正要端了往樓上送。

「莫姊，放著吧，把這個燃了給落兒暖暖手。」九月把小手爐遞過去。「當心燙到。」

舒莫放下臉盆，接了小手爐回到灶後，周落兒正坐在那兒取暖，一邊往裡面添柴。

九月洗漱完，舒莫便把燃好的手爐遞過來。

「我不用，給落兒暖著吧。」九月搖搖頭。

「小孩子哪需要用這個。」舒莫卻執意把手爐塞到九月懷裡。「姑娘先坐著，灶上已經熬了粥、蒸了饅頭，一會兒就能吃了。」

「好。」九月接過手爐，見舒莫又出去掃雪，一轉身就把手爐塞到周落兒懷裡，並朝周落兒做了個手勢。「噓——別讓妳娘看到。」

周落兒睜著一雙大大的眼睛，看著九月搖搖頭，她年紀雖然小，可在舒莫耳提面命之下，也知道這位漂亮姊姊是她們的東家，是她們家能吃飽飯穿暖衣的依靠，所以對九月，她小小的心裡還是存了些許敬畏。

「拿著吧，等一會兒再給我。」九月啞然失笑，撫了撫周落兒的頭。「當心燙著。」

「嗯。」周落兒才重重地點點頭，寶貝似的抱著小手爐。

九月這才起身，站在廚房門前看著舒莫掃雪。積雪很厚，積雪沒過了舒莫的腳踝，清掃起來顯得有些費力。

這時，前面傳來拍門聲，算算時辰，應該是張信、張義等人來上工了。

舒莫放下掃把，又匆匆跑過去開門。

九月閒不住，上前拿起掃把掃起雪，只是雪太厚，掃把掃得有些吃力，她只好改掃為推，倒是把院子裡的雪都推到一邊。

看到面前白白高高的一堆雪，她一時興起，乾脆喊了周落兒出來，一大一小兩個人，加上一大兩小三隻狗兒，就這樣玩起了堆雪人。

周落兒看得高興，在一邊抱著手爐又蹦又跳，才拋去平日的乖巧，顯出孩童活潑的本性來。

「好看嗎？」九月扔了掃把，徒手堆起雪人。

「好看。」周落兒眼中流露躍躍欲試的目光。

「雪太冰了，一會兒等我堆好，妳再來裝飾喔。」周落兒畢竟年紀小，九月也不敢讓她下來玩，萬一著涼可就麻煩了。

「嗯。」周落兒重重地點頭，緊緊捧著九月的小手爐。

「姑娘，當心著涼了。」舒莫去前面開門放張信、張義他們進來，這時回來看到九月素手堆雪人，忙過來阻止。

「沒事。」九月笑著抬頭，看到跟在舒莫身後的阿安。「阿安，過來幫忙，把屋頂上的雪弄下來，尋幾個罈子裝了，再把這院子裡的收集起來，一會兒拿到樓上洗地板。」

「好。」阿安也沒意見，進了倉房，拿了幾個罈子出來洗刷乾淨，尋了梯子搭在牆上，一點一點地收集乾淨的雪。

「你很早就出來了？」九月一邊堆雪人，一邊側頭去問阿安。

「嗯。」阿安點頭，應了一聲。

「家裡都安頓好了嗎？」九月又問。

「都好了。」阿安又點頭。「他們都會照顧自己的。」

「那好，這天寒地凍的，你起早貪晚的也不安全，這邊還有兩間屋子空著，你去收拾收拾，就在這邊住吧。」九月很自然地說道。

阿安回頭瞧了瞧她，點點頭，同意了九月的建議，等裝滿了幾罈子的雪，他便去那間空著的倉房，收拾一番，再找了張信一起，把床鋪搬過去。

中午，舒莫做好了豐盛的一桌菜，九月也早早準備了各人的薪資和新年紅包，雖然鋪子開業還不到十天，賺的錢也不多，但新年討吉利還是要給的。

算上周落兒一共七人圍坐一桌，高高興興地吃了頓飯，分了薪資和紅包，九月便和二掌櫃商量新年開門的日子，最終定在初六。

舒莫和周落兒被周家趕出來，舒家又不歡迎她們娘兒倆，如今也不想回去，便向九月提出要留在這兒，張信、張義自然是要回家的，二掌櫃在康鎮也置了房屋，自然要回家過年。

阿安一直很安靜，到末了席面剛散，他卻跟著九月出來，私下問道：「妳要回大祈村嗎？」

「這麼大的雪，我也不想回，不過家裡還有爺爺和八姊，無論如何，還是需要回去看看的。」九月嘆口氣，這麼冷的天，她實在不想回去啊。

「什麼時候回來？」阿安又問道。

「草屋裡的東西大部分都搬這兒來了，就算回去，也是去看看，捎些年貨然後就回來了。」九月淡淡一笑。「這幾日不上工，你也回去和爺爺他們一起吧，等開了工，你想回家怕也要尋機會了。」

「不。」阿安搖搖頭，抿了抿嘴，說道：「我和妳一起回去，捎些年貨回去，等晚晌再一起回來。」

「這樣太麻煩了吧。」九月對他的提議有些訝然。

「這幾天他們都不在，萬一那婆子再起壞心，就妳和莫姊在，不妥。」阿安搖搖頭，以很堅決的語氣拍了板。「爺爺有阿月他們照顧，不會有事的。」

「那……好吧。」九月想想也是。

安排妥了鋪子裡的事，九月在阿安的陪同下，帶了些年貨準備回大祈村，剛出巷子，就看到一輛青色小車停在那兒，楊進寶笑盈盈地坐在車前看著他們。

「九月，忙好了？」楊進寶看到九月，笑著招呼。

「四姊夫，你們也回去嗎？」九月驚訝地上前。

「今年既在康鎮了，自然是要回去的。」祈巧掀開布簾冒出頭來，笑盈盈地招呼九月上車。「本來一早就來了，恰逢妳姊夫在鋪子裡有些事未了，才忙到這會兒出來，不過來得早不如來得巧，剛好遇到你們了，快上來。」

「好。」九月笑著點頭，招呼阿安一起上車。

這輛馬車看著小，可上了車，裡面卻不狹小。

九月上車後，楊進寶就招呼阿安坐在他的位置，自己也進了車廂坐在靠門處，笑看著楊妮兒纏著九月撒嬌。

一路上，幾人言笑晏晏，倒也不難熬。

很快，就來到了大祈村。

阿安在村口下了車。

「阿安。」九月喊住他，從一堆年貨裡取出一個小袋子遞出去。「天寒地凍的，路上當心些，到了家也不必急著出來，明兒再回去也是一樣的。」

「好。」阿安點點頭，朝楊進寶等人拱手，揹著東西趕回家去了——九月有楊進寶和祈巧幾人相伴，就算晚上不住在大祈村，回去路上也有了伴。

看到九月和阿安這般自然地交流，祈巧的目光中流露一絲光芒。

目送阿安走遠後，車子重新出發，她忍不住輕聲問道：「九月，這不是妳鋪子裡的小夥計嗎？」

「嗯，是啊。」九月沒有多想，坦然介紹道：「他是孤兒，與他一起的還有幾個也是孤兒，之前就住在不遠處的土地廟裡，機緣巧合之下認識的，我在大祈村的時候，就得了他們不少幫忙，如今也算是互幫互助吧。」

「他多大了？」祈巧追問。

「十三歲吧。」九月不以為意地回道，撩開車窗布簾往外看了一眼。「咦，八姊。」

窗外，祈喜低頭挎著一個籃子從小草屋那邊緩步而來，籃子裡盛著些許新鮮的菘菜，顯然是到小草屋那邊割菜去了。

九月正要喊，卻發現祈喜有些奇怪，只見她走一段路便回頭瞧一眼，僅僅這一會兒工夫，她已回頭瞧了兩、三次了。

「八妹？」祈巧聽到九月的聲音，也湊到她身邊往外瞧。「她打哪兒來？」

「我走之前把屋子和菜園都託給八姊，她興許是去割菜了吧。」九月的目光落在小草屋的方向。

通往那邊的路兩邊本有半人高的荒草，如今經了半夜的雪，都被壓趴下去，看過去倒是挺開闊，只是河那邊有個小小的彎路，從這個方位，根本看不到草屋的情形。

祈喜雖然頻頻回首，但九月並沒有看到後面有什麼異樣，心裡的好奇便淡了下來。

「這大冷的天還去割菜，她也不怕著涼受寒。」祈巧不滿地嘀咕一句，語氣裡流露出滿滿的關切。

九月笑笑，倒也同意祈巧的話。

第六十八章

很快，車子在坡下停了下來。

楊進寶先跳下去，站在車邊伸手來接楊妮兒。

九月把楊妮兒遞出去，自己跟著跳下車，這時，楊進寶也安置好了楊妮兒，轉身來扶祈巧了。

九月欣然地看看他們，笑著朝楊妮兒伸出手。「妮兒，到九姨這邊來。」

「嗯。」楊妮兒高興地撲過來，被九月抱起之後，伸出雙手摟住九月的脖子，一轉頭，指著祈喜的方向說道：「九九姨，那裡還有一個姨姨。」

「四姊、九月。」祈喜發現他們，加快腳步往這邊跑過來。

「妳當心些，這路滑著呢。」祈巧往前迎了幾步，嗔怪道：「大冷的天，妳割什麼菜啊？」

「四姊、四姊夫、九月。」祈喜沒在意祈巧的責怪，朝幾人曲膝，笑道：「爺爺一早就念叨了，五姊早上也來家一趟問起你們呢。」

九月抱著楊妮兒站在一邊，微笑著打量祈喜。

今兒的祈喜似乎與之前有些不同，眉間沒有了淡淡的憂鬱，反倒有些神采飛揚，面如芙蓉，菱形的紅唇嬌豔欲滴。

這改變，不可謂不小啊。

「外頭冷，快進屋去吧。」祈喜和祈巧、楊進寶寒暄了兩句，便拉著祈巧往坡上走，一邊招呼九月。「九月，愣著幹麼？都到家了。」

看到九月回來，祈喜比誰都高興，她今天可是擔了好半天的心，就怕九月心裡有疙瘩不願回來守歲呢。

「這不是等你們聊完嘛。」九月嘴角上揚，又細細看了看祈喜，抱著楊妮兒往坡上走，楊進寶則留下和車夫一起搬運車上的東西。

祈喜搶在前面推開院門，招呼眾人進了院，便像隻小蝴蝶似的飛進正屋。「爺爺、爹，四姊、四姊夫還有九月都回來了。」

「啊——四囡、九囡回來了？」祈老頭雖然老邁，耳朵卻不背，聽到祈喜的聲音，便拄著枴杖從屋子走出來，邊走邊驚喜地問道：「四姑爺也來了？快、快坐。」

「外祖爺爺。」楊妮兒小小年紀，記性卻極好，上次來時被祈巧哄著喊過祈老頭，這會兒一見到他，張口便喊。

「乖，真乖，一會兒外祖爺爺給妮兒壓歲錢。」祈老頭咧著沒剩幾顆牙的嘴，一張老臉猶如盛開的菊花。

「爺爺。」九月和祈巧一左一右扶了祈老頭在堂屋上首坐下。

「九囡啊，聽妳五姊說，妳那鋪子開了，怎麼樣？生意可好？」祈老頭接著便問起九月鋪子裡的事。

「爺爺，鋪子好著呢，您老只管放心吧。」九月笑著應道。

「那就好、那就好。」祈老頭點點頭，頓了一下又補了一句。「四姑爺是個有本事的，妳平日裡有不懂的可得多向妳四姊夫請教，知道嗎？」

「是。」九月聞言，轉頭瞧了瞧祈巧和楊進寶，笑著點頭。「四姊和四姊夫一直在幫我呢。」

「兄弟姊妹之間就得互相幫忙。」祈老頭順著話說教道。「可別像有的人一樣，弄得只親銀子了。」語氣中還帶著淡淡的遺憾。

「爺爺，您放心，我們不會的。」九月不由啞然。

「爺爺，銀子再親，哪有親人親？」祈巧顯然也猜到了一些，和九月對視一眼，兩人便很有默契地轉移話題，問起老人的身體狀況，又引著楊妮兒和老人說話，便很快便轉移老人的注意力。

楊進寶一時也插不上話，便一直笑呵呵地陪坐一旁，見隔了這麼久還不見祈豐年出來，便轉頭問祈喜。「怎不見岳父？」

祈喜聞言，臉上的笑卻是黯了下來，紅唇往右邊的屋子努了努，低低說道：「爹這幾日心情不好，這會兒又在屋裡喝上了。」

「哦？」楊進寶驚訝地看看她，站了起來。「一個人喝悶酒容易傷身，我去陪岳父喝幾杯。」

「多勸著點，最好別喝了。」祈巧聞言，淡淡地說了一句，她雖然心裡對那個人不忿，但怎麼說他也是親生的爹。

「知道。」楊進寶點點頭，向祈喜問清祈豐年的屋子，便走了進去。

「唉，勸也勸了、罵也罵了，有啥用啊……」

祈老頭正和楊妮兒說話，竟也關注到他們的對話，等楊進寶進去之後，他長長嘆了口氣。「四囡、九囡，妳們離家這麼久才回來，不知道妳們爹這心裡苦哇，爺爺也知道，妳們心裡多少對他都有怨氣。二囡也一樣，上次她來的時候，雖然沒有表露，可爺爺都清楚，妳們心裡不舒坦。」

「爺爺，我們沒有，再怎麼樣，這兒都是我們的家。」祈巧看了九月一眼，微笑著安撫道。

「妳們都是好閨女，爺爺知道。」祈老頭咧咧嘴，隨即笑容黯了下來。

「妳們的爹啊，心裡藏著好多事呢，可他偏就生了那悶葫蘆的性子，什麼都不願說出來，當年我們家窮啊，他是家裡的老大，為了給家裡省錢，他十歲就跟了他師傅，小小年紀就給人做牛做馬，才得了他師傅的歡心，傳了他一手刀法。可那刀法再好，又有什麼用？不能吃不能穿的……直到後來，他師傅病重，才花了些銀子給妳們的爹疏通一番，讓妳們的爹頂替他的營生，我們家才算一點一點地好起來，可那錢……不說也罷。」

祈老頭長吁短嘆的，說到這兒瞧見楊妮兒亮晶晶的眼神，才覺得除夕說這些不妥，及時打住話題。

聽到祈老頭提起祈豐年的往事，九月忽地想到遊春的事，心裡冒出奇怪的念頭，便問道：「爺爺，那他又是為何不做那營生的？」

「也就是那一年……」祈老頭正要回答九月，院門外傳來余四娘略嫌尖銳的笑聲。

「喲，這是二願回來還是四巧回來了？」

祈老頭聽到余四娘的聲音，自然而然閉上了嘴。

「三嬸，是我四姊、四姊夫和九月回來了。」祈喜往堂屋門口走去，高聲應道。

「原來是四巧和四姑爺啊。」余四娘很自動地忽略九月，快步進了門朝祈巧說道：「我說今早怎麼老聽喜鵲在叫呢，原來是貴客上門啊，小妮兒也來了。」

「三嬸說笑了，不過是回家一趟，哪裡就成了貴客。」祈巧微微一笑，朝余四娘福身。

「四姊、九月，妳們可吃過午飯了？」祈喜見余四娘明顯忽略九月，生怕九月不高興，便轉移話題。「九月來廚房幫我一把，今天可是我們聚在一起的頭一個年夜飯呢。」

「好。」九月點點頭，她也懶得應付余四娘，便走到祈喜身邊，一起往外走。

「呿，不就是開了鋪子嘛，有什麼了不起。」余四娘見九月竟沒有主動招呼她，有些不滿地嘀咕一句。

九月置若罔聞，反倒是祈巧有些不滿，假裝沒聽清楚地問道：「三嬸說什麼？」

「沒什麼、沒什麼。」

之前祈願和祈巧回來，可沒少帶好東西，余四娘也沾了好處，當然不會輕易得罪她，當下笑著解釋道：「我是問四姑爺的鋪子生意可好？」

「好著呢，東家識人善用，又是個見多識廣的，我家相公在東家手下做事，自然是好的。」祈巧自動忽略余四娘說的「四姑爺的鋪子」幾句。

這時，九月和祈喜已來到廚房，一進門，九月就打量祈喜問道：「八姊最近有什麼喜事嗎？」

「幹麼這麼問？」祈喜一聽，抿著嘴笑了。

「相由心生，看妳氣色不是一般好，我才問問。」九月笑盈盈地問道：「有什麼高興的事？說出來讓我聽聽嘛。」

「哪有什麼喜事……」祈喜卻是臉上一紅，避開九月的目光。

「水家鬆口了？」九月忽地問道。

「沒有，他……」祈喜順口應道，說了一半才覺得自己說漏了嘴，不由紅了臉嗔怪道：「九月，好好的提水家幹麼？」

九月見祈喜這樣，也知道她這般高興定與那水宏有關了，目光一轉，她卻棄了這個話題問起別的。「我那邊怎麼樣了？可有人來找麻煩？」

「沒、沒有。」祈喜愣了一下，似乎還沈浸在九月之前的話題裡，神情嬌羞。

「那就好。」九月笑著點頭，轉而打量起廚房來。「八姊，需要準備些什麼？」

「……喔，就是這些。」祈喜才回過神來，忙過去把要準備的菜都取出來。「一會兒還得包些粽子、殺雞鴨，正巧你們來了，不然我還得找堂哥幫忙。」

「我也不會殺這些啊。」九月應道。「包粽子我倒是會。」

「沒事，爺爺說了，今年我們得擺席祭拜，所以我一個人才忙不過來的，雞鴨的事我已經和大堂哥說好了。」祈喜笑著說道，又問起鋪子裡的事。

九月一一回答，兩人一邊做事一邊聊天，倒也不無聊。

「他來找過我了。」菜擇好了，鍋中熱水也得了，祈喜來到灶後暫時撤去了些柴禾，卻突然輕輕地說了一句話。

雖然祈喜說得沒頭沒腦，九月卻聽懂了。「怎麼說？」

「他說，他會說服他們家人，以後……我們也不會住在大祈村……他讓我跟他一起住到鏢局。」祈喜的臉映了火光，越發紅潤，她低了頭，語氣卻是歡欣的。「他說，總鏢頭對他很賞識，鏢局裡也有住一些鏢師的家眷……」

「八姊，妳可想好了？」九月鄭重地看著祈喜。「成親，並不是兩個人的事，雖說平日裡不住一起，可逢年過節的總得回來，不然的話，被戳脊梁骨的那個肯定是妳。」

「我想好了。」祈喜紅著臉，勇敢地抬起頭回視九月，目光柔柔的，與九月第一次見到的那個羞怯小姑娘判若兩人。「九月，這些話我也只能和妳說說，妳可別笑話我。」

「怎麼會呢。」九月笑了。

她回家，是祈喜和祈稻他們一起來接的，她回家後，祈喜更是照顧有加，她這心裡一直記著，相較其他姊妹，自然和祈喜更為親近。

至於祈喜，與別的姊姊們年紀相差得多，而且這麼多姊妹中也只有九月與她同樣待字閨中，加上九月的見識以及之前的表現，不知不覺中，她已把九月視為知己。

「我相信他，只要能和他在一起，再難我也不怕。」祈喜的眼睛亮晶晶的，臉上流露出堅決。

「八姊，妳可想好了，莫犯糊塗。」九月注目許久，才柔聲說了一句。

「我都想好了。」祈喜鄭重地點頭，隨即又流露絲絲憂鬱。「我只是擔心爺爺和爹，我要是走了，他們可怎麼辦？」

「八姊，妳不會是……」九月吃了一驚。

「嗯？我怎麼了？」祈喜愣了一下，沒聽明白。

「他讓妳就這樣跟他走嗎？」九月也顧不得含蓄，直接問道。

「他沒有。」祈喜被她說得雙臉通紅，急急辯道：「他只是說會努力說服他們家人，然後請媒人上門提親，等成了親再去鎮上的。」

「那就好……」九月鬆了口氣，語重心長道：「八姊，妳可記好了，聘為妻、奔為妾，無論如何，在事情落實之前，妳都不能吃虧了，更不能做那等傻事，不然以後苦的只有妳自己。」

「我沒吃虧……」祈喜低了頭，也不知道想到什麼，還是被火光烤的，雙頰越發通紅。

「八姊，這大雪的天，妳怎麼還去割菜？難道……」九月若有所思地看著祈喜。「他也在那兒，對吧？」

祈喜頓時大羞，整個頭都要鑽進灶裡一樣。

九月見狀，也明白了大概，不再繼續追問，只是嘆口氣輕聲說道：「八姊，無論如何，別讓自己出事……」

「嗯，我知道。」祈喜聽出九月話中的關心，抬頭瞧了瞧她，柔柔一笑。「放心，我懂的，我們也只是……見個面，說說話，沒別的。」

「那就好。」這會兒，九月反倒像吾家有女初成長的家長般，聽到祈喜的保證，她才暫時放心了，轉而問起他們相處的情況。

祈喜也是憋在心裡久了，想和九月分享喜悅，也沒有避諱地坦然回答，把水宏放假歸來和她見了幾次、說了什麼話，一一向九月攤開，才總算打消九月心裡最後一絲擔心。

發乎情，止乎禮，算那水宏識相。

九月看著容光煥發的祈喜，心裡對水宏總算多了一分好感。

「八妹、九月。」這時，祈望挎了一個籃子笑呵呵地走進來，看向九月的目光滿是欣慰。「我還以為九月不回來了呢，正打算讓妳姊夫跑一趟，把妳接回來。」

「說了會回來的。」九月不好意思地笑了笑，要不是遇到祈巧，她還真的只是來瞧瞧，送些年貨就回去了。

「回來就好、回來就好。」祈望把菜籃子放到桌上，把裡面的東西一一取出來。「我帶了些米酒，妳和四姊都這麼久沒回家守歲，今年可得好好守一守，讓爺爺和爹也高興高興。」

九月淡淡一笑，沒有回祈望的話。

第六十九章

大年三十，人們非但閒不下來，反而比往常更為忙碌，田裡的活兒要趕著收拾完，家裡的一切也要在這一天準備妥當。

祈望停留一會兒便匆匆趕回家去了。

這次因為九月鋪子裡的事，楊大洪交給家裡一筆不少的貼補，才算安撫了一家人。

剩下的三姊妹裡，九月前世時忙於工作，對祭祖的事甚少關心，而今生這十五年，與外婆兩人相依為命，也不可能大張旗鼓辦一桌席面祭祀；而祈巧身為楊府老太太身邊的丫鬟，祭祀的事是沒少做，可祈家的光景哪能和楊家比較？再者，她以往都是動動嘴皮子就好，也沒必要親手做羹湯。這樣一來，反倒是祈喜比較熟悉這些事了。

於是，祈喜便被兩人笑推為指揮，由她分派事情給她們。

一下午下來，包粽子、擇洗蔬菜，忙忙碌碌的，倒是把事情收拾妥當。至於宰殺雞鴨的事，九月和祈巧卻是愛莫能助，於是祈喜便尋了一根繩子綁了，拿著雞鴨去尋祈稻。

九月淨了手，轉身回到堂屋，進門前她便看到屋裡屋外連個春聯都沒有，便去找祈老頭詢問紅紙，準備添上對聯添些喜慶。

「紅紙？」祈老頭精神抖擻地和楊妮兒說話，聽到問話，回頭瞧她。「好像沒有吧……對了，妳去妳三叔家看看，昨兒聽妳三嬸說，好像買了紅紙想託人家寫對聯。」

九月一滯。「那我等八姊回來再去好了。」

「妳會寫對聯嗎？」祈老頭打量她一眼，笑咪咪地問。九月會畫畫，想來寫對聯也不是難事吧。

「會一點。」九月點點頭。

「好好，妳等著，我去取。」祈老頭歡喜地點點頭，竟站了起來，拄著枴杖就要往外走。

「爺爺，還是等八姊回來吧。」九月忙攔下他，只是尋個紅紙寫對聯罷了，哪能差遣他去呢。

「我去和八喜去不是一樣嗎？反正這會兒我閒著也是閒著。」祈老頭擺擺手，逕自往外走了。

九月猶豫了一下，正想著要不要跟上陪著一起去，便看到祈豐年搖搖晃晃地走出來，楊進寶緊跟在身邊，似乎不斷勸說，只是祈豐年一直想擺脫他的攙扶，執意往外走。

祈豐年的臉紅通通的，腳步虛浮，手中還緊抓著酒葫蘆往嘴裡湊。偏偏葫蘆似乎已經空了，他不滿地瞇起眼湊到葫蘆口瞧了瞧，又晃了晃，仰著頭張大了嘴，把葫蘆倒轉過來晃了又晃，確定葫蘆中確實沒有一滴酒才皺眉放下，跌跌撞撞的繼續往外走。

「岳父，您且坐著歇歇，這酒，小婿幫您去打。」楊進寶的臉也有些微紅，顯然也是醉意微醺。他搶上前拉住祈豐年，勸阻之餘，他還頻頻看向九月，那意思是想九月過去幫一幫他的忙。

九月卻淡淡地站在那兒，冷眼看著祈豐年的醉態。

「放……開我。」祈豐年站住，擺手朝楊進寶晃了晃，醉眼一橫，看到了這邊的九月，他盯著看了一會兒，神情有些奇怪。

「岳父，外面冷，先進屋坐坐，醒醒酒吧。」楊進寶見祈豐年站定，忙乘機上前挽住他的胳膊，把他拉進堂屋，按在椅子上。「九月，快些去取杯熱茶來給岳父醒醒酒。」

九月看了看祈豐年，倒是沒有說什麼，轉身便要往廚房走去。

「站住！」祈豐年卻是一聲清喝，復又搖搖晃晃地站起來。

楊進寶忙伸手攙扶，祈豐年卻是一抽，躲開他的手，自己撐著桌子定了定身形，朝九月這邊晃了兩步。「妳，給我出去。」

九月站定，面無表情地轉身看著祈豐年。

「說的……就是妳。」祈豐年見她這樣，似乎很是厭惡，皺了皺眉，伸出手指著九月又說道：「快走、快走，這兒不是妳待的地方。」

九月挑挑眉，沒有一句廢話地邁開腳步。

「九月！」楊進寶正驚愣地看著祈豐年，看到九月往門口走，他不由著急地上前一步，伸手攔下九月，邊朝廚房喊了一句。「阿巧，快來！」

「怎麼了？」祈巧匆匆從廚房裡探出身來，後面還跟著楊妮兒。

「快來勸勸岳父吧！」楊進寶無奈地看著祈巧。

「甭喊她。」祈豐年不高興地瞪了楊進寶一眼，酒氣之下，誰的話也影響不到他，反倒因為楊進寶喊出祈巧的舉動，加深了他的怒意，說話越發不客氣。「潑出去的水，沒資格在這兒比手畫腳。」

一句話，讓九月沈了臉，讓楊進寶啞了言，同時也重重刺痛祈巧的心。

她張了張嘴，勉強維持住平靜的語氣問道：「在你心裡，我們這些女兒都是潑出去的水是不是？」

祈豐年沒理會她，又轉向九月，伸著手上前兩步。「妳，給我出去，別晦了我家。」

九月淡淡地看了祈豐年一眼，一句話也不說的大步出了院子。

楊進寶也有些不贊同地看了看岳父，走到祈巧身邊彎腰抱起楊妮兒。

祈巧的眼中滿是失望，她靜靜地看著祈豐年好一會兒，臉上一陣青一陣紅之後，她開口了，語氣平靜沈著。「好，我們走。」

「走，都給我走！」祈豐年大吼一聲，居然拿起一旁的凳子，趕蒼蠅般地把幾人往外趕。

楊進寶生怕凳子傷到祈巧和楊妮兒，忙抱著女兒護著妻子往門外走。

「我們會走，不用你趕。」祈巧被楊進寶護著到了院門口，一腳踏出了門，她卻忽然停住了，推開楊進寶的手，轉頭看著祈豐年沈聲說道：「你可想好了，這一走，我們就不會再回來。」

「走，都走，全給老子滾！」祈豐年本就不怎麼清醒，聽到祈巧這麼一說，心裡的不滿就被無限放大了，手中的凳子脫手便往門口砸來，吼聲也脫口而出。「一個一個都是沒用的賠錢貨、喪門星、災星！」

「當心！」九月就站在門邊，看到祈豐年的動作，她連忙把祈巧和楊進寶拉出來，自己卻是一錯步就擋在他們身前。

凳子砸在門框上，接著反彈到九月的背上。

九月踉蹌了幾步往前撲去，所幸祈巧已然反應過來，及時扶住九月，語氣也變了調。

「九月，妳怎麼樣了？」

「沒事。」背上自然是火辣辣的痛，一說話，只覺嗓子眼裡還有一股腥甜味，不過九月還是鎮定地搖搖頭，站定身子後，轉身看著祈豐年。「既然覺得女兒是賠錢貨、喪門星，您為何還一個接一個的生？您大可以把自己閹了，說不定那樣您家也不會有災星，娘也不會死了。」

「滾！」

祈豐年手中的凳子脫手以後，他的神志已恢復了一絲清明，心裡正浮現悔意和擔心，可沒想到九月一轉身就說了這麼一番話，他不由再次氣極。

「放心，我們會滾。」九月冷冷地勾了勾嘴角。「我們這些賠錢貨、喪門星再不會做這種熱臉貼冷屁股的事了，您老人家好自為之吧。」

說罷，她再沒有多看祈豐年一眼，對祈巧道：「四姊，妳也看到了，這樣的家還值得我常來嗎？」

「我們走吧。」祈巧眼中濃濃的失望，她難過地看著醉醺醺的祈豐年，有些猶豫，最終卻沒有說出挽留或是自己留下的話。

「阿巧、九月，且等等。」楊進寶卻不忍祈巧如此，他還存有一絲希望，想到祈豐年這一下午流露的隻字片語，心裡湧現模糊的想法。「岳父，您是不是遇到什麼難事？」

「與你們無關，都走，都給我走！」祈豐年的目光微閃，說話竟也不含糊，他跌跌撞撞上前幾步，掃了楊進寶一眼，卻沒有理會，而是直接指向祈巧和九月。「走，別讓我再見到妳們，走！」

「這話可是你說的。」祈巧氣極，她看著祈豐年，臉色煞白。「反正，我、二姊還有九月，都是有爹娘生沒爹娘養的孩子。」

「滾！」祈豐年一聽這話，一張老臉更加憋得通紅，好一會兒才憋出一聲吼，他順手抄起門後面的掃把，衝著祈巧等人丟過來。

楊進寶著實嚇了一跳，趕緊往後退出來，擋在祈巧和九月身前，他急急地喚道：「岳父請息怒！」

「我們走！」祈巧的神情比祈豐年也好不了多少，氣呼呼地扔下一句話，接著就要下坡。

「阿巧。」楊進寶看著祈巧嘆了口氣，卻又不知道從何勸起，只好求助地看向九月。

九月抿著唇，淡淡地看了祈家院門一眼，什麼話也不說，靜靜地跟在祈巧身後。

楊進寶見狀，除了嘆氣也只能嘆氣。

九月等人正要下坡，祈老頭便拄著柺杖回來了，與沖沖地朝九月喊道：「九囡，妳瞧瞧，是不是這樣的紅紙？」
九月幾人只好停下腳步。
「爺爺，我鋪子裡還有事，得回去了。」九月不想讓祈老頭知道祈豐年趕她們出來的事，便隨意尋了個藉口想糊弄過去。
「都除夕了，能有什麼事？妳那鋪子還開著門嗎？」祈老頭不悅地看著她們，臉拉得老長。
「爺爺，是真的。」九月看了看祈巧，保持著一抹微笑解釋道：「我本就是想回來看看您就回去的，我要是不回去，鋪子裡留守的那位大嫂子只怕會害怕了。」
「鋪子都關了門，有什麼好害怕的。」祈老頭不滿地嘀咕著。
「爺爺，您放心，以後我們會經常回來看您的。」九月只好安慰祈老頭。
「唉，我還以為今年能吃個團圓飯……」祈老頭見狀，手中的紅紙也無力地垂下，他嘆了口氣，總算沒有再說什麼，只是落寞地擺擺手。「天色不早了，要回就回去吧，莫在路上耽擱了。」
「爺爺……」祈巧看到老人如此，心頭湧上愧疚，只是他們突然離開的原因又不能對老人言明，一時便找不著好藉口，只好喃喃地喚了一聲。
「好了，你們都有事要忙，回去吧。」祈老頭似乎想通了什麼，臉上再次綻開笑容。
「下次回來別帶這麼多東西了，人來了就行了。」
九月和祈巧自然一口應下。

早上乘的車是從鎮上車行租用的，他們原本是想留在這兒守歲，所以一到大祈村，搬下東西後，楊進寶就付了錢讓那車子回去了。這會兒沒了車，路上又積雪未消，行走更是不易。

楊妮兒被楊進寶馱在肩上，祈巧微提著裙裾，和九月並肩而行，出了大祈村村口，她腳上的繡花鞋已被積雪浸濕，身上寒冷，腹中便越發飢餓，她不由咬咬牙，忿忿說道：「以後，我再也不來了。」

「淨說傻話。」楊進寶略帶一絲責怪地看著祈巧。「今天的事，妳也有些過了，不論岳父說什麼，他總歸是妳爹，又是喝醉了酒的，妳又何必與他鑼對鑼、鼓對鼓地對著幹呢？」

「什麼爹？有他那樣的爹嗎？」祈巧眉頭一挑，衝著楊進寶就要發作，卻被九月輕輕拉下。

「我覺得……」楊進寶嘆氣，皺著眉說道：「岳父好像是故意的。」

「什麼意思？」九月和祈巧齊齊轉頭看著楊進寶。

「就是種感覺，我覺得他是故意把妳們趕出來的。」楊進寶自己還沒琢磨透，當然也就無從說起。

「你就幫著他吧。」祈巧不滿地瞧著楊進寶。

「我是說真的。」楊進寶搖搖頭，越發堅持自己的看法。「我陪岳父喝了這麼久的酒，他後來一直在說胡話，我聽得清清楚楚，總覺得他心裡藏著事。」

「他都說了什麼？」九月插了一句。

「他好像一直在說什麼對不住誰的信任，斷斷續續的，還說什麼遊家、什麼罪孽的，聽不大懂。」楊進寶仔細回想一下，把聽到的說了一遍。

「遊家？什麼遊家？」祈巧不明所以，不高興地噘嘴問道。

「這個我就不知道了。」楊進寶搖搖頭，把楊妮兒從肩上放下來，抱在懷裡。

楊妮兒的小臉凍得通紅，卻一直乖巧地配合大人，這會兒一到懷裡，她便把臉埋進她爹的肩頸處。祈巧見狀，頓時把滿腹的不高興都拋到一邊，來到楊進寶身邊，整理楊妮兒的衣襟。

九月聽到楊進寶的話，卻是愣住了，她的腳步邁著，思緒卻不由自主地繞到遊春身上。

難道，祈豐年真的就是遊春要尋找的那個關鍵人物？

第七十章

九月回到鋪子裡，自有舒莫為她準備熱湯熱水，比起在祈家受的氣，這兒反倒顯得清靜溫馨。到了晚飯時，阿安也冒著風雪回到鋪子裡。

九月不知道的是，此時此刻的大祈村小草屋裡，遊春正黯然地站在屋中，打量著冷冷清清的屋子。床鋪空空的、櫃子空空的，裡屋也是空空的，手指撫過桌子，還能揩下一層灰。顯然，她已經不止一天不在這兒住了。

「少主，既然這處沒人，我們還是早些回去吧。」

門口暗處站著兩個人，入夜後他們就站在這兒，怎麼說也有一、兩個時辰，可少主卻一直站在屋中一動不動，兩人擔心不已，悄悄地商量好一會兒，才硬著頭皮站出來勸說。

「再等等。」屋裡靜了好一會兒，才傳出遊春淡淡的回覆，兩人只好又站回陰暗處，警惕地看著外面的動靜。

遊春這時才總算動了，他走到櫃子前，拉開櫃門，只是暗門已經沒有了，他打量著牆壁，便知道隔間已消失，卻不知是她的主意還是別人動的手腳。

「九兒，妳回家了嗎……」遊春嘆了口氣，心裡又是愧疚又是擔心。

想到這兒，他猛地調轉腳步，到了門口。「來人。」

「少主。」門口兩人齊齊現身，恭聽命令。

「你去一趟落雲山，看看那廟後的小屋裡可有一位姑娘上山。」遊春不想放過任何一絲可能，說罷又指向另一個人。「你去趟祈家，看看她是不是回家了。」

「是。」兩人齊聲應下，卻沒有馬上離開。

遊春正要轉身，見兩人有些奇怪地站著，不由挑眉問道：「還愣著做什麼？」

「少主，那您呢？」兩人互相看了一眼，猶豫著問道。

「我在這兒等消息。」遊春的目光忽然落在床鋪前的屏風上，那兒似乎有些不一樣，說罷便擺擺手。「你們回來若沒見著我，便直接去找樵伯，我自會去那兒與你們會合。」

「是。」兩人才放心地轉身沒入黑暗中。

遊春反手關上門，快步繞過屏風，來到床鋪前，他蹲下去，從懷裡掏出火摺子點燃，湊近床鋪觀察起來。

屋中的一切都沾了灰塵，可唯獨此處的灰塵只是薄薄的一層……

遊春微一沈吟，匆匆設置了屋裡的小機關，就關門飛快地閃入黑夜中。

順著路，他反而比他的隨從還要快來到祈家，隱身在祈家大院的屋頂上，探了起來。

屋裡點著小油燈，卻空無一人，遊春不滿地皺眉，又換了個位置，倒是看到呼呼大睡的祈豐年，他沒有多逗留，拱起身體又換了位置。

這時，後面小院裡傳來一陣極低的抽泣聲，遊春忙潛過去。

「他真過分，居然做出那樣的事來……」

祈喜坐在後院井臺邊上，身邊站著祈稻、祈稷，她邊用袖子抹眼淚邊低聲泣道：「四姊和九月好不容易才回家來，今天也難得她們還記著回家來守歲，一家人也算是團圓了。可誰想，他居然發酒瘋，把四姊和九月氣跑了。她們這一走，以後哪裡還會再回來……」

「八喜，先消消氣，有話慢慢說。」祈稻見祈喜哭得傷心，忙輕聲安慰道：「她們都是極懂禮的人，今天一時氣不過走了，說不定明天氣消就回來了。妳且別著急，不然讓爺爺知道可不得了。」

「我就是怕爺爺知道才不敢說的。」祈喜又抹抹淚，語氣平緩許多。「大堂哥、十堂哥，明兒一早，你們幫我去鎮上看看好不好？我擔心她們，四姊的性子如何我不知道，可九月，她那樣一個心氣高的人，今天被他那般說道，她肯再回家來才怪。這麼多年了，我們家好不容易才團聚，我不希望九月再離開了。」

「好，明天一早我們就去。」祈稷立即點頭。

祈稻見祈喜還在抹眼淚，伸手撫了撫她的頭，故意說笑。「好了，莫哭了，再哭下去要是腫了眼睛，爺爺那兒可瞞不住了。」

「嗯。」祈喜使勁地揉了揉雙眼，重重點頭。

「爺爺休息了嗎？」祈稻看了看屋子。

「應該睡了吧。」祈喜也不確定。

「大伯呢？」祈稷也問。

「喝了一下午，四姊和九月他們走了以後，他又灌了一大罈，這會兒正在屋裡醉著呢。」祈喜朝祈豐年住的屋子努努嘴，語帶不滿地道：「真不知道他是怎麼回事，一直胡言亂語的，也就半個時辰前才算消停下來。」

「大伯也怪可憐的，八喜，妳可別再刺他的心了。」祈稻嘆了口氣。

「我知道。」祈喜點頭。

兄妹幾人接著說起旁的事，再沒有提與九月有關的話題，遊春才緩緩離開。

得知她去鎮上了，遊春的心卻沒有安定下來，馬上加快腳步，掠下坡時堪堪與尋來的隨從碰個正著。

「少主？」那隨從看到他時，不由吃了一驚。

「此處不必看了，你去那邊的土地廟尋一個叫阿安的小乞兒打聽，看看他可有消息。」遊春淡淡吩咐道。「我先去樵伯那兒。」

「是。」隨從見他目露急切，心知攔不住，當下奉命轉身離開。

遊春也不停留，直接往鎮上掠來。

他的傷勢已然大好，輕功又十分了得，不到半個時辰，便來到成衣鋪前，也不去敲門，而是直接停在二樓一處窗臺外，伸手撥弄幾下便開了窗跳進去。

因是除夕夜，鋪子早早打烊，韓樵和外鄉幾個回不了家的小夥計守在鋪子裡，此時樓下燈火通明，韓樵等人便坐在前廳，熨燙了一壺酒，正一起剝著花生抿著酒，邊說笑邊守歲。

遊春停在樓梯口，用暗號叩了叩牆。

這聲響不明顯，不知內情的小夥計是聽不懂的，可韓樵卻馬上有了反應，他喝盡杯裡的酒，抓了一把花生在手裡，笑著站起來。「你們先聊，我去一趟後院。」

「掌櫃的自便。」小夥計當然不會攔他。

韓樵經過樓梯口時頓了頓，隨即便往後院走去。

遊春立即閃身上了樓，到了之前帶九月來過的那間屋子。沒一會兒，韓樵便從窗臺跳進來，看到遊春時，韓樵很驚愕。「少主，怎麼是您？」

剛才聽到暗號，他還以為是遊春派來的人呢，沒想到竟是遊春本人，韓樵腦海裡瞬間湧現九月的那封信，心下一虛。

「樵伯，九兒今天可有來尋過你？」遊春急急問道。

「今……」韓樵一愣，打量遊春幾眼後，他很肯定地搖搖頭。「少夫人不曾來過。」

「沒來嗎？」遊春有些失望，更多的還是擔心，他深鎖著眉，在屋裡踱了幾步，轉身看著韓樵問道：「你可知道她四姊家在哪兒？」

「少夫人的四姊？」韓樵一臉驚訝。「少主可知道她的姓名？屬下這就派人去查。」

「立即去。」遊春順著話點點頭。「我不知道她四姊叫什麼，倒是知道她四姊夫在一家糧鋪當二掌櫃，是了，鎮上有家澡堂也是他在管事，你多派些人手分頭去查，有任何消息速來回我。」

「是。」韓樵很鄭重地領命而去，由始至終，都沒有提九月那封信半句。

遊春怎麼也沒想到，自己一貫倚重的韓樵卻會在這中間動了手腳。

「都聽明白了沒有？」韓樵對著留守的手下道。因為遊春身分保密，韓樵發布的消息只說讓他們去尋一位九月姑娘，並沒有提及太多。

他也不怕遊春怪他辦事不盡心，至於等以後遊春知曉他的所作所為，那時他再負荊請罪就是了。反正，他就是認為九月這樣晦氣的姑娘不僅幫不了少主，反而會扯他的後腿，身為遊家忠僕，他不允許這樣的情況出現。

就這樣，在這個除夕團圓夜，本該團圓的兩人就在自以為是忠僕的韓樵一手操作下，失去了相見的機會。

遊春不知道九月的下落，而九月更不知道遊春特意趕回來，和阿安、舒莫母女一起吃過晚飯，收拾妥當後，幾人便圍著火盆坐在鋪子裡守夜。

九月想起忘了給外婆上香，於是舒莫又忙著準備供果，阿安則帶著周落兒——他在那群兄弟姊妹裡是老大，自然懂得怎麼照顧比他小的孩子，周落兒倒也服他管教。

九月和舒莫兩人到了樓上，供了果、燃了香，祭拜過後，九月才抽了一張宣紙，拿著筆墨和舒莫回到樓下，她還欠著祈巧外婆的畫像，這除夕夜無事可做，倒不如畫畫打發時間。

舒莫也回屋端了針線簍子回來，坐在一邊做起女紅。

雖不知九月為何在除夕的黃昏趕回來，可聰明如舒莫，自然也猜到些許，心裡便對九月生出幾分憐惜和惺惺相惜。

很快的，九月同外婆之外的人一起過的頭一個年夜就這樣過去了。

按照風俗，初一不出門、初二主亡祭，九月因除夕夜的事，自然不會再回去大祈村，於是便讓阿安幫著跑一趟，把禮送到祈喜手上代轉，自己則窩在鋪子裡足不出戶。

初三這一天，阿安一早又回自己家去了，九月便帶著舒莫母女一起出門，她帶上新畫的外婆畫像，提了一盒這兩天與舒莫無聊做的糕點，緩步去了祈巧家。

張嫂家中也沒什麼人，所以這大過年的也沒有回去，而是留在祈巧家幫忙。看到九月和舒莫母女上門，張嫂樂開了花般迎了三人進門。

「夫人，九姑娘來了。」

「九九姨。」楊妮兒聽到聲音，頭一個探出頭來，衝著九月就跑出來。

「妮兒真乖。」九月伸手接住飛撲而來的楊妮兒，湊她臉上「吧唧」就是一口，逗得楊妮兒直咧嘴。「妮兒又長大一歲了吧？」

「嗯——妮兒三歲了。」楊妮兒很認真地伸出三根小手指，朝九月報告，剛說完，她便看到後面的周落兒，立即從九月的懷裡扭出來，朝周落兒走去。「姊姊——」

「妹妹——」周落兒到底比楊妮兒要大幾歲，顯得沈穩許多，上前兩步摟住楊妮兒，高興地打了個招呼，便牽住她的手。

「妳們來了，妳姊夫剛剛出門，我正打算帶著張嫂去妳那兒混一天呢。」祈巧笑著上前挽住九月的手。「正好，省了我這一趟。」

「妳是姊姊，自然是做妹妹的來給姊姊拜年了。」九月說笑道，接著從懷裡掏出一個小福袋掛到楊妮兒頸上。「這個是我做的福袋，祝我們妮兒健健康康，越來越可愛。」

「謝謝九九姨。」楊妮兒仰頭道謝。

「妳看，我也有。」周落兒指著頸間的福袋。

「我們的一樣好看！」楊妮兒高興地舉著自己的福袋比較道。

「這兩孩子……」祈巧笑看著她們，正要說話，卻聽見敲門聲，忙對張嫂說道：「快去看看，又是誰來了？」

張嫂折身回去，打開門，只見外面站著一個二十多歲的年輕人拱手笑問道：「這位嬸嬸，請問這是楊進寶楊掌櫃家嗎？」

出於好奇，九月同祈巧一起停下腳步往門口看了一眼。

「我們家老爺出門了，請問你是哪位？找我們老爺有什麼事嗎？」張嫂倒也隨和，客氣地詢問著。

「沒關係，我不找楊掌櫃。」年輕人朝裡面瞧了瞧，看到了祈巧和九月，笑道：「請問，楊掌櫃家的小姨子可在府上？」

「你找錯門了，我們家老爺沒有什麼小姨子上門。」張嫂的笑容頓時沈下來。

祈巧和楊進寶待她很好，如今她表妹又在九月那兒做事，加上九月這小姑娘的性子頗合她心意，所以她對九月便起了一份維護的心思，說罷，便把門重重地關起來。

年輕人一愣，沒來得及細問，門已然關閉嚴實，還險些撞著他的鼻子，他抬抬手想要再敲門，可想了想，又垂了下來，盯著門思索片刻，才匆匆轉身離開。

他走後不久，張嫂又悄悄開了一絲門縫，看到外面沒有人了，才又關上門走向祈巧和九月，擔心地說道：「夫人，剛剛那人是來打聽九姑娘的呢，被我趕走了。」

第七十一章

「九月，妳認不認識那人？」祈巧和九月就站在這兒，自然是把那人看清了的，聽到張嫂的話，她也看向九月。

「不認識。」九月很肯定地搖搖頭，她雖然沒有過目不忘的本事，可見過的人，總不會沒有一絲印象的。

「那就奇怪了，他怎麼會找到這兒來呢？瞧那樣子，也不似認得妳的。」祈巧擔心地皺眉。「九月，妳不會是得罪了什麼人吧？」

「我能得罪誰呀？到了鎮上都沒怎麼出門，前面又有二掌櫃看著不需要我出面的，認識我的人幾乎屈指可數，可剛才那個，我很確定不認識他。」九月連連搖頭，心裡也是很奇怪。

「姑娘，會不會是張師婆？」舒莫怯怯地問道。

「張師婆？」祈巧驚訝地看向舒莫，不明白這中間怎麼還冒出個張師婆來了。

「自鋪子開張以來，張師婆已上門不止兩、三次，而且她那人……」舒莫輕聲細語地解釋。「她素來認識的閒漢比較多，之前巷口便常有閒漢逗留，因這事，掌櫃的還提醒過我，出入多加小心呢。」

「也有可能。」祈巧深覺有理，當下點點頭，隨即又擔心地看著九月。「九月，妳們如今住那兒太不安全了，不如搬來我這兒吧，那邊乾脆讓二掌櫃他們盯著算了。」

「四姊，張師婆不敢對我怎麼樣的，儘管放心好了。」九月笑著搖頭。「我們要是搬過來，豈不是打擾妳和姊夫的清靜嗎？我已經麻煩姊夫夠多了，可不能再得寸進尺，要不然你們不介意，我自己都不好意思了。」

「自家姊妹，有什麼不好意思的。」祈巧瞪了九月一眼，還待再勸，便被九月抬手攔下。

「姊姊如今有自己的家，我也有我自己的事，偶爾上門來叨擾兩天還好說，真住到一起，未免有各種不便。」九月微笑著說道。「我知道姊姊是擔心我，不過妳妹妹我也不是吃素的。」

祈巧見她這樣，也知道九月不可能聽她的話真住到這兒來，當下也不再硬勸，只在心裡打定主意，等楊進寶回來後好好說道說道，讓他多多照應著些。

「來，外婆的畫像，我總算畫好了。」九月雙手奉上畫軸，笑著轉移話題。

「我當妳忘記了呢。」祈巧高興地接下，拉著九月往裡走，舒莫一手牽著周落兒一手牽著楊妮兒，跟在後面，張嫂則去張羅茶水和糕點乾果。

在堂屋坐定後，祈巧不免和九月說起除夕那天的事，也說到初二祭祀，姊妹倆說罷，才知道兩人竟做了同樣的事，不由相視一嘆。

不過在座的還有舒莫和後來進來的張嫂，兩人也不便就祈豐年的事多說，很快就扯開話題，聊起了家長裡短。

楊進寶今天出門拜年去了，到了中午，四人便帶著周落兒和楊妮兒圍坐一桌，高高興興地吃過了飯，閒坐一會兒，兩個孩子便有些犯睏，祈巧便讓張嫂和舒莫帶著兩個孩子下去歇息，自己拉著九月到了樓上的房間。

姊妹兩人相對而坐，祈巧看了九月許久，才像下了決心般，開口問道：「九月，有件事我一直猶豫著要不要問，這會兒也沒人，妳可得老實回話喔。」

「妳說。」九月點頭，見祈巧這樣鄭重，心裡不免好奇。

「翻過了年，妳也十六歲了吧？」祈巧憐惜地看著九月。

「嗯。」九月又點頭。「怎麼了？」

「妳有什麼打算？」祈巧認真問道。「我知道，之前爹也是為妳操持過親事的，結果……那件事過去也就過去了，八字不合也就不合吧，妳總不能連別家也不考慮吧？今年十六了，一轉眼就是十七、十八的大姑娘，姑娘家可禁不起耽擱啊。」

「四姊，怎麼好好的想到這個了？」九月聽到這兒，不由失笑。「家裡還有個八姊呢，妳怎麼不替她看看？怎麼說也是長幼有序嘛。」

「九月，不是姊姊說話不好聽，妳與八妹的情況畢竟不同。」祈巧忍不住嘆口氣。「這世間，不信神鬼的人畢竟少，就算年輕人不計較，可他們家中的老人不可能不介意，那樣的人家，姊姊也不願妳過去委屈自己。要找，就要找那些家中老人不多的，最好就是公婆全無，嫁過去就能當家作主的，那樣妳才不會吃虧。」

「噗——」九月忍不住輕笑出聲，祈巧這話說得倒像現代某些女人的擇偶宣言——有車有房父母雙亡……

「妳笑什麼？」祈巧不悅地拍了九月的肩一下，苦口婆心勸道：「我說這些，可不是姊姊我黑心詛咒人家，而是事實如此。自古以來，多少婆媳紛爭數不勝數，偏偏妳又有那樣一個名頭在身上，想要挑一戶不計較這些又好的人家，更是難上加難，妳都十六了，這些事哪能不好好思量呢？」

「我知道四姊是為我好。」九月忙討饒。「四姊放心，我心裡有數的，絕不會委屈自己。只是姻緣這東西，講的還是個緣分，緣分未到，我強求又有何用？總不能給自己掛個牌子，跑大街上徵婚去吧？」

「只要妳有心就好，哪用自己掛著牌子上街去？」祈巧嗔怪地白了她一眼，笑道：「只要妳同意，姊姊明兒就為妳打探，多託幾個媒婆留意著，總能挑個好的回來。」

「別——」九月看出祈巧眼中的認真，忙抬手阻攔道。「四姊，我才十六，上面還有八姊呢，沒必要這麼急。」

祈巧見她推託，一雙杏眼不由疑惑地在九月身上打轉，看了好一會兒，才狐疑地問道：「九月，妳不會是心裡有人了吧？」

九月聞言，心頭忽地浮現遊春的臉，不由臉上一熱，避開祈巧的目光，心虛地搖頭。「哪有。」

「哪有？」祈巧這雙眼睛豈是好糊弄的？她只一眼便看出九月的口是心非，不由又湊近一些，試探著問道：「是誰？那個木匠鋪裡的小學徒？還是那個叫阿安的小夥計？」

在祈巧心裡，她更偏向阿安。

木匠鋪那個五子之前曾向九月提過親，卻因八字不合被拒，所以他是不可能再和九月有什麼的；而阿安卻是有機會的，沒瞧見九月總是帶著他嗎？據說他為了九月，除夕夜放棄與家人團聚連夜趕了回來，這幾日也都是白天回家，晚上趕回來，種種跡象，不就是表明他們之間的不同尋常嗎？

祈巧自以為猜到九月的心事，怕她臉皮薄不好意思說，便主動提起，想為九月解決這個難題，也是她這個做姊姊的一番心意。

可誰知，九月聽罷竟笑得前俯後仰。

「我說的可是正經事，妳笑什麼？」祈巧嗔怪地白了她一眼。

「四姊啊，妳都是怎麼想到這些的？」九月好不容易斂起笑，拭去眼角因笑溢出的淚花。「那個五子哥，我之前可是拒過婚的，若有意於他，幹麼還要拒？還有阿安，他比我小好不好？我只當他是弟弟，哪有別的想法？妳怎麼把他們與我扯到一塊兒了。」

說罷，又是一陣好笑。

「那妳到底是怎麼想的？」祈巧被她笑得無語，只好顰眉看著九月乾瞪眼。

「四姊，等哪一天我真的看上誰，一定告訴妳，讓妳幫我作主，好不好？」九月也知道祈巧的一番好意，笑夠之後，才拉過她的手給了保證。

她與遊春若有結果，她這邊還真得有個能說話的人出來為她操持，祈巧便是最合適的人，至於祈豐年，早被她排除在外了。

「妳說的喔。」祈巧這才重新展顏，心裡也鬆了口氣，她最怕的就是這個妹妹以災星為由，宣誓自己終生不嫁。

九月心裡記掛著之前那個尋上門的年輕人，生怕是韓樵派來的，所以沒有心思多聊下去，在祈巧這兒略略小坐，便提出還有事要上街一趟。

祈巧只當她是為了鋪子裡的事，也沒有多攔，只讓她早些回來，晚上等楊進寶回來一起吃個飯再回鋪子。

九月應了，留下舒莫在這兒，自己獨自出了祈巧的家門，往成衣鋪趕去……

「樵伯。」九月匆匆進門，一眼就看到站在櫃檯後的韓樵，便滿臉笑容地上前行禮。

韓樵乍一看到九月，心裡一驚，下意識往樓上瞧了一眼，不過他反應很快，只一眼，便放下筆，撩著長衫下襬從櫃檯後走出來，動作十分自然流暢。

九月也不疑有他。

「姑娘來了，新年好啊。」韓樵走到九月面前時，滿臉笑意，朝她拱手作揖，嘴上說著吉祥話。

「樵伯新年好。」九月忙又福了福身。

「今兒才初三，姑娘怎麼沒留在家裡呢？」韓樵微笑著問道。

「出了一點事，年三十便回來了。」九月一言帶過。「樵伯，今早可曾派人去我姊夫家裡尋我了？」

「啊？有這事？」韓樵暗罵一聲，臉上卻不變。「這大過年的，鋪子裡的夥計都放假了，只有我在鋪子裡看著，這幾天呀，我還真有些忙不過來，今早……是了，今早我在盤帳，並不曾派人去尋妳呀，姑娘，那人說是我尋妳嗎？」

「那倒不曾。」九月有些失望，搖了搖頭。

「想來是別人吧。」韓樵見她沒有追問，暗鬆了口氣，耳朵卻一直支著聽著樓上的動靜。

「興許吧。」九月點點頭，見那人不是韓樵派的，也沒了興趣。

「姑娘想來是著急了吧？」韓樵呵呵笑著。「放心，少主身邊高手如雲，他不會有事的，等他忙過了這會兒，一定會來看妳的，等有了消息，我一定馬上向妳稟報。」

「謝謝樵伯。」九月點頭，見這兒沒有消息，心情也黯然許多，一時也忘記問自己的信有沒有傳到遊春手裡，便要告辭。

「姑娘不多坐會兒嗎？上樓喝杯茶吧？」韓樵猶豫一下，開口挽留道，心裡卻有些緊張。

「不了。」九月搖頭。「我還有事，先走了，有消息記得告訴我喔，你知道該怎麼找我的。」

「是是是。」韓樵暗暗慶幸自己賭對了她的性子，自然也不會在這兒敷衍她，當下客氣地把九月送出門口，連連保證。「只要有消息，就算是半夜，我也一定親自給妳送過去。」

「嗯。」九月深信不疑。「你留步。」

「好。」韓樵果然就在門口止步，只是看著九月遠離的背影，他心裡多少有些愧疚。可一想到自家少主的大業，也只能硬起心腸。許久許久之後，他暗暗地嘆了口氣，喃喃道：「九月姑娘，妳要怪，就怪老頭子我吧，等將來少主大仇得報，我一定親自上門負荊請罪……」

「樵伯，你在嘀咕什麼呢？」遊春一下樓，就看到韓樵站在門口發呆，不由好奇地上前，湊在韓樵身邊張望一番，卻沒有看到什麼。

韓樵猛地一驚，轉身看著遊春，心裡緊繃地問道：「少……少主，您什麼時候下來的？」

「剛剛下來的。」遊春奇怪地看著他。「怎麼了？剛剛聽你說什麼負荊請罪，你做什麼對不起人的事了？」

「哪是我呢。」韓樵訕訕一笑，也不正面看著遊春，只指著街上某個方向說道：「我方才聽說一件好笑的事，覺得做那事的人不厚道，才嘀咕兩句閒話罷了。」

「喔。」遊春點點頭，不以為意。

「少主這是要出門？」韓樵見他不追究，暗地為自己抹了把汗。

「出去轉轉。」遊春心情不是很好，都幾天了，卻一直沒有九月的消息，也不知道她去了哪裡，如今可還好？

「少主，少夫人的事……」韓樵眼珠子一轉，低聲說道：「依我看，少夫人只怕不在康鎮了，不然就康鎮這麼小的地方，以我們的人手，怎麼會打聽不著她的消息呢？」

「怎麼說？」遊春果然被他吸引了注意力，收回邁出去的腳步。

「您想啊，少夫人那身分，如今被趕出祈家，落雲山又回不去了，她還能去哪兒？」韓樵垂眸略思考措詞，便有了說法。

「在這鎮上，也就只有她四姊能收留她，可她那四姊夫也只是幫楊家做事的，要是被楊家人知曉他收留這樣一個小姨子，只怕對他不好。所以我覺得她很有可能被她四姊送到鄰縣她二姊家，也有可能送到別的地方安居，畢竟遠離了這兒，別的地方便沒有人知曉她的災星之名了。」

「她不是災星！」遊春聽到這兒，劍眉倒豎，冷冷地掃向韓樵。

「是是是，我也知道她不是災星，可駕不住別人的閒言碎語啊。」韓樵忙順著遊春的話接道，心裡卻暗暗起了警惕。

「備馬，立即去鄰縣。」遊春沒有注意到韓樵的表情。

無論如何他都得親自把她找回身邊來才好。

第七十二章

遊春這命令一出，韓樵頓時大喜。「是，我這就備馬陪少主走一趟，不尋到少夫人，誓不回來。」

於是在韓樵有意誤導下，成衣鋪關了門，遊春帶著韓樵和兩個隨從立即出鎮，趕往鄰縣。

九月不知曉要找的人曾離自己這麼近，從祈巧家吃了晚飯回到鋪子裡，她始終壓抑對遊春的思念。反正他回不來，她怎麼想也是沒用的，還不如化思念為動力，多多製香製燭、多多賺錢。

鋪子初六開業的事自有二掌櫃安排，九月倒不用分心去做什麼，便開始為正月十五的燈節做準備。

當然了，鋪子裡要準備的不是什麼花燈，而是各種漂亮的香熏燭。

這些是要趁正月十五燈節擺出去打廣告的，除此，她還要準備落雲廟裡要用的香燭和經文。

二掌櫃是大力支持她這想法的，甚至把張義撥給九月使喚，前面只留他和張信兩人照應著。

幾天相處下來，張義和阿安雖然不怎麼交談，可行動中卻漸漸培養出一定的默契了。

看到兩人之前的嫌隙有所消滅，九月也是打心裡高興，暗地裡為兩人的和好做了些努力——「阿安、張義，你們去多弄些竹子回來削成篾絲，趁著這兩天，我們多做些小花燈出來擺門口賣。」

「好。」張義乾脆地應了一句，阿安則點點頭，把手頭上的雜物歸到一處，才跟在張義身後取了柴刀出去。

康鎮上沒地方砍竹子，他們只得拉了板車去郊外山上尋找。

九月一點也不擔心兩人離了她的眼前會不會鬧翻，阿安和張義都是識大局的，不會意氣用事，頂多就是互不搭理罷了。

事實也正如她所料，兩人拿了兩把柴刀拖了一輛車出了鎮，尋到一處山上砍了一車的竹子，也沒有說上一句話，便是回來的路上，兩人一個拉一個推，硬是沒吭過一聲，竟也把東西運了回來。

「東家，要削成多細的絲？」東西都搬進後院，車子也推到角落放好，張義直接走到雜物房門口詢問。

九月也不知道怎麼說明，乾脆走出來，按著她的想法先弄了個小小的兔子燈籠做示範。

張義和阿安都是聰明人，很快就學會要領，連續兩天下來，手藝大長，類型也多了起來，什麼兔子、雞、鴨、蝴蝶，甚至蘋果、梨、西瓜、南瓜、冬瓜之類的燈籠也紮了不少。

九月乾脆在燈籠外的紙上添了顏色，寫上不少吉祥話，十四這天便拿到前面鋪子門口放著。

周落兒見了這些新做的燈籠很歡喜，自告奮勇當起了小小搬運工，居然還真吸引幾個跟隨家裡大人來趕集的小孩子，於是乎一拿出去，便賣掉不少。

二掌櫃見狀，乾脆和舒莫打了聲招呼，讓周落兒提著她的兔子燈籠在鋪子裡玩耍，算是作宣傳。

果然，九月的巧思在十五日得到了極好的回應反響，各種小燈籠和香燭銷售一空。

第二天，九月見天氣極好，吃過午飯便帶上舒莫做的點心去看望祈巧。

下午回來的時候，在街口卻迎面遇到兩個之前在她鋪子前後出沒的閒漢，她多看了幾眼，沒有多在意。

每個地方總有那麼幾個閒漢，整日流連街頭無所事事，九月來到康鎮後，也遇到過這樣的人。

可誰知走了一條街後，這兩人依然緊跟不捨，無論她急走慢走穿街過巷，他們都沒有放棄的跡象，令她心裡不由一凜。

九月藉著觀看街邊小攤的機會往後瞄一眼，心裡猜測著這兩人的來意。

「姑娘，這胭脂可是上好的，便宜著呢。」看攤子的是個壯實的中年婦人，她見九月拿著裝胭脂的小盒子翻來覆去地看，便熱情地介紹起來。

九月瞄到後面兩個閒漢也放緩腳步，正逐漸逼近，她只好順著婦人的話問道：「多少錢？」

「不貴，五文錢。」婦人滿臉堆笑，伸出一隻胖胖的手示意著。

九月為了裝得更像些，沒有猶豫地掏出五文錢，隨手把胭脂盒放進籃子裡。

「姑娘不看看別的嗎？」婦人接過錢，樂得雙眼瞇成了縫，巴不得九月多看看，自己好多賺幾文。

「下次吧。」九月擺擺手，快步往前走。

她正邊走邊想著辦法，迎面便撞上一個人。來人急急致歉，一抬頭，便驚喜地喊道：「對不住……九月妹子?!」

九月也抬起頭，看到是五子，心頭頓時湧上一股歡喜。「五子哥，是你啊。」

五子看到她的菜籃，驚訝地問道：「這麼晚了，妳怎麼一個人在這兒？莫姊今天沒出來買菜嗎？」

「五子哥，你來得正好。」九月像找到救星般，順手便拉住五子的袖子，把他拉著往前走了幾步。「後面有人跟著我，五子哥，幫幫我。」

「有人……」五子說著正要回頭，卻生生忍住了。他不是不知輕重的人，當下順著九月的力道轉了方向，邊走邊問道：「是什麼人？」

「我也不知道。」九月搖頭，依然拉著五子的袖子。「我剛從四姊家回來，結果卻遇到他們。」

五子感受著手臂上的力道，心裡甜滋滋的，一股豪氣油然而生，伸手接過九月手裡的籃子。「妳別怕，我們往前面走走，要是他們還跟著，妳就跟我回鋪子，我從後門送妳回去。」

「好。」九月鬆了口氣，無論如何，有個人陪在身邊總能增些膽量。

說話間，兩人便往魯繼源的鋪子走去。

九月隨著五子走了一會兒，仍不見那兩個閒漢放棄，兩人一商量，便直接進了鋪子。

鋪子裡，魯繼源正帶著學徒們忙碌著，看到九月過來，不由驚訝地停下手。「咦？這麼晚了，妳怎麼還在外面？」

「東家，她遇到了麻煩。」五子上前一步，把九月的事說了一遍。

「那老乞婆又來了，和這些人熟的，除了她沒別人。」魯繼源聽罷，把手上的工具一放，拉下塞在腰間的長衫前襬，用袖子擦了擦汗。「她來我這兒不止一趟了，讓我把模子和底座分一些給她，出的價倒是不低呢，不過她也太小看我魯繼源了，哼。」

「沒想到她居然這樣費心。」九月苦笑。「她也曾幾次向我提起製燭手藝的事，我實在懶得和她有糾葛，誰知道……」

「妳一個姑娘家，讓那老婆子盯上確實不妥。」魯繼源顯然也知道張師婆的臭名，聞言不由贊同地點點頭。「不早了，五子，你送九月姑娘從後門走，阿林、阿帆、阿濤，你們去前面看看，會會那兩個閒著沒事幹的傢伙。」

「是。」被點到名的幾個夥計放下工作，興高采烈地握拳，把指關節壓得「噼哩啪啦」響，相繼走向前面鋪子。

九月有些擔心地看著他們。「可別鬧出什麼大事來啊。」

「放心。」魯繼源渾不在意地揮揮手。「妳快回去吧，這麼晚了，讓人看到妳隻身與我們這些男人混在一起，只怕難聽話又要出來了。」

「多謝魯大哥援手。」九月福身道謝。

「五子，把人送到再回來。」魯繼源趁九月不注意，朝五子使了個促狹的眼色。

「是。」五子臉一紅，倒是感激魯繼源的仗義，提了九月的籃子把她往後門引。「九月妹子，這邊走。」

「告辭。」九月朝魯繼源點點頭，跟在五子後面出來。

這鋪子後面是條小巷子，這會兒人都在幾條主街道上熱鬧，這兒便顯得格外幽靜，所幸今夜月亮極圓，銀輝遍地，宛如白晝，兩人倒是不擔心行路難的問題。

唯一的缺點，就是兩人都不說話，便顯得有些尷尬。

不知不覺中，兩人已來到九月鋪子的後門，九月停下腳步，見五子還低頭往前走，忙出聲喊住他。「五子哥，謝謝你。」

「不……不用。」五子這才驚醒，轉身一看才知已到目的地，不由臉上一熱，自己竟想得出神，走過頭了都不知道。

「天晚了，我就不留你了，等哪天有空，再請你過來喝杯水酒。」九月從他手中接過籃子，微笑地看著他。

「好、好。」五子有些侷促，心裡被她說的「哪天」吸引，不由自主便期待起來，抬頭飛快地看了九月一眼。「快進去吧。」

「好。」九月點點頭，伸手敲了敲後院的門。

門應聲而開，舒莫出現在門口，看到九月，她不由驚喜地喊道：「姑娘，您總算回來了，我們正商量著要出去找您呢。」

「路上遇到五子哥，回來晚了。」九月不想讓她擔心，便拿五子作藉口。

五子也甘之如飴，朝舒莫禮貌地點頭，才看著九月說道：「快進去吧，我也回去了。」

「路上小心。」九月隨口關心一句，在她看來，作為朋友，又為她解圍，這話再尋常不過。

可聽在五子耳中卻不一樣了，他心裡那絲希望如燎原之火，一下子蔓延開來，心情瞬間飛揚，滿臉笑容地點點頭，離開的腳步也輕快起來。

她是關心他的……五子喜孜孜地想，卻忘了九月對祈稷幾位堂哥也是這樣的態度……

九月進了院子，後院只有舒莫和周落兒兩人在，前面鋪子裡倒是熱鬧得很，不時傳來聲音。

「姑娘，妳怎麼出去這麼久？」舒莫擔心地看著九月。

九月沒多說被跟蹤的事，依例過問起鋪子裡的事。

舒莫邊回答邊端出為她熱下的晚飯……

圓月西移，漸漸的，前面的喧譁聲輕了下來，周落兒被二掌櫃牽著一起進來了——自從昨天讓她幫忙之後，她就興致勃勃地跑前跑後，幫著傳遞消息，一天下來，居然也是有模有樣。

「東家。」二掌櫃笑咪咪地招呼。

「二掌櫃請坐。」舒莫忙站起來，搬了張椅子讓他坐，自己則鑽進廚房沏茶。

「辛苦了。」九月笑著起身，把椅子搬近了些。「今兒狀況如何？」

「相當不錯。」二掌櫃連連點頭，讚賞地看著九月。「經昨兒這一宣傳，今晚便有不少人家來下訂了。」說罷，遞過來一張紙，接著笑道：「接下來，就該東家辛苦了。」

「只要生意好，辛苦便辛苦吧。」九月接過一看，喜上眉梢。

兩人又商議一番鋪子經營的事，街上的熱鬧已經差不多過去了，阿安幾人開始關門打烊。

「張信、張義，送二掌櫃回去，路上小心些。」

二掌櫃在鎮上有房子，每天都是黃昏時吃了飯就踱步回去，可今夜特殊，此時已然深夜，九月便叮囑張信、張義送他回去。

「是。」張信、張義連連點頭，一個打燈籠，一個扶著二掌櫃出了門。

這邊阿安頂上了門，檢查沒問題後，幾人才熄燈回到後院。

九月正打算提熱水上樓，便聽到阿安忽然問道：「妳沒事吧？」

「沒事。」九月回頭一笑。「累一天了，快去歇著吧，接下來幾天又要忙了呢。」

「嗯。」阿安打量她一番，走上前來提過她手中的水桶。「我來吧。」

「這幾日留意一下門前門後的閒漢，我懷疑他們與張師婆有關係。」九月只好抽手，跟在他身後上樓，想了想，還是叮囑一番。

「妳回來晚了與他們有關？」阿安很聰明，一句話就猜中九月晚歸的原因。

「嗯。」九月點頭。「幫我查一下他們。」

「好。」阿安毫不猶豫。

「記得，安全第一。」九月忙又補上一句。

「好。」阿安點頭，看向九月的目光暖暖的。

待阿安下了樓，九月洗過澡，收拾了澡桶，方才歇下。

第七十三章

一夜無夢。

第二天起來，九月等人便忙碌起來，進貨的進貨、趕訂單的趕訂單，張義自被調過來給九月當幫手，他倒也聰明，很快就上了手。

接連幾天，鋪子裡陸陸續續收到不少訂單，九月等人忙得天昏地暗，前面招小夥計的事全權交給了二掌櫃。

連續趕了七、八天，手上的訂單才算趕製完畢，九月才抽出空來見兩個已經做了三天的小夥計。

對二掌櫃親自掌眼尋來的人，九月自然不會有異議，見了面，勉勵兩句，各自打賞幾文錢算是見面禮就罷了。

到了下午，祈巧帶著楊妮兒和張嫂上門來，這些天她來了不少次，見九月一直忙，也沒打擾，自顧自地和張嫂、舒莫幾人商量好瑣事，定下鋪子裡眾人的春衣，還把尺寸量好送到裁縫家裡。

「說來也真是的，那成衣鋪居然到現在都還沒開門，要不然我們大可以到那鋪子裡訂製。」祈巧對成衣鋪一直關門的事很不滿。「沒見過那樣做生意的，大過年的倒是開著門，可初四以後卻大門深鎖，這樣下去，好好的鋪子遲早關門大吉。」

「也就夫人心善，不然誰管他會不會關門大吉啊。」張嫂好笑道。

「罷了，管他開不開門呢，反正劉裁縫的手藝也是極好的，價錢也公道。」祈巧擺擺手，朝九月說道：「九月，要不要一起去瞧瞧？這一屋子人可就只有妳還沒有裁衣了。」

「我就不用了。」九月搖頭。「新來了兩個小夥計，把他們的補上就是了。」

「那成。」祈巧知道她的性子，也不多說，讓張嫂去給兩個新來的小夥計量身，便帶著張嫂和舒莫出門了，楊妮兒和周落兒則留在這兒讓九月看顧。

這兩個小人兒倒也省心，九月拿了一個小兔子燈籠送給楊妮兒，兩人也不點上燭，就這樣在院子裡玩起來，再後來還跟著三條搖頭擺尾的狗兒，整個院子煞是熱鬧。

「當心些，別摔著。」九月見她們跑得快了，才出言提醒一下。如今她雕蠟的手藝見長，拿著一塊蠟、一把刀就能隨時隨地雕刻起來，倒也不怕耽誤工夫。

「哎喲，當心——」二掌櫃從前面鋪子過來，差點被周落兒撞到，忙張開雙手扶住她，笑著刮了刮她的鼻子。「摔著可疼了呢，慢著些。」

「對不起，爺爺有沒有哪兒疼？」周落兒見自己撞了人，忙停下來關心問道。

「爺爺沒事。」二掌櫃無兒無女孤身一人，所以對周落兒很是喜歡，這會兒聽到她的關心，一顆心都化了，哪裡會和她計較。「落兒自己當心些，帶好妮兒妹妹，別摔著了。」

「嗯。」周落兒重重點頭，也不再跑了，提著燈籠，轉身牽起楊妮兒走到簷下。「妹妹，我們去那兒坐著玩吧。」

「好。」楊妮兒奶聲奶氣地應著，兩個小人兒便往邊上去，到了周落兒母女住的房門前，周落兒開了門，從屋裡搬出兩張小凳子，兩人相對而坐，玩起拍手遊戲，三條狗兒也乖巧，就這樣趴在兩人身邊。

「東家。」二掌櫃笑咪咪地轉身，緩步往九月走去。

「二掌櫃沒傷著吧？」九月迎上幾步，打量他一番。

「沒事。」二掌櫃搖搖頭，遞過來一張紙，上面寫的自然是誰家要什麼貨。「這是鎮東戚老爺家要的，他們家月底準備作法會，需要不少經文，戚老爺家的管事讓我來問問，我們家可來得及？」

「來得及。」九月瞧了瞧，上面所有經文加在一起不過二十六部，以她印刷的速度來看，一天就能搞定。

「真來得及?算上今天，也不過三天呢。」二掌櫃忙提醒道。

「來得及的。」九月笑著安撫。

二掌櫃見狀，倒也沒再說什麼，轉而說起別的。「東家，還有一件事，我今兒得了消息，張師婆尋了人在亭長那兒打聽我們這鋪子的屋主，據說她想買下這屋子呢。」

「什麼？」九月大吃一驚，要真被張師婆買下，她還能繼續租下去嗎?就算能租下去，這租金、以後的種種麻煩事……想想都頭疼。

「康鎮原先還有不少家香燭攤子，可後來都被張師婆以各種手段搞沒了，更何況我們還與她同一條巷頭巷尾的開著，她不動點手腳那才叫怪事。」

「你的意思是，她想獨占康鎮的香燭生意？」九月皺眉。「她家不是沒開鋪子嗎？」

「差不多就是這個意思了，她沒開鋪子，可她家做的是這生意啊，似乎還不止這些呢。」二掌櫃嘆了口氣。「東家，我們不能不防，我們的生意漸入佳境，她離得這麼近，天天見著，豈能不眼紅？她這人三教九流都有涉及，東家該多留心才是。」

「那你說，她查這屋主是想幹麼？直接買下鋪子然後讓我們滾蛋嗎？」九月的眉皺得越來越緊。

「也不是不可能，張師婆積蓄了大半輩子，手裡難道沒點積蓄？更何況這條街因為凶巷之說，開幾家鋪子倒幾家，這邊的房子就算是想賣，也沒人敢接收，她要是真想買下房子，這價也不會很高的。」

「凶巷……」九月聽到這兒，心中一動，忙問道：「老伯，你看買下這房子要多少銀子？」

「按我估算，我們這鋪子也不過是百多兩的事，這還是巷口，要是再往那邊去，只會越來越便宜。」二掌櫃侃侃而談。「只可惜，這邊的房子買下來也不知能做什麼，別人都忌諱著呢。」

「因為那鬧鬼事件嗎？」九月心裡的想法漸漸清晰起來。

「應該是。」二掌櫃點點頭。

「那就沒問題了。」九月微微一笑。鬧鬼是假的，如果凶巷因此而來，還真的埋沒了。

「老伯，你知道買房子的手續要怎麼辦嗎？」

「妳……想買下這房子？」二掌櫃驚訝地看著她，不過想到她還有楊進寶這樣的姊夫，倒也釋然。「這倒好辦，只要找到房東，談好價，一起到亭長那兒簽契蓋章過戶就行了。」

「既然這樣，這事就麻煩你了。」九月鄭重地看著他，壓低聲音道：「從我們鋪子往那邊去，能收幾家收幾家，要連著的。」

「什麼?!」二掌櫃詫異道。

「我這兒還有一千兩銀票，你先拿著，戶名就用……遊春。」九月想了想，沒想把這些銀子據為己有。「這事還請你幫我保密，我姊姊、姊夫那兒也就不要提了。」

二掌櫃是什麼人，活了一大把年紀，見識多廣的，聽到這番話心裡便明白幾分，當下點點頭。「放心，我明兒就去辦，只是簽契需要簽字的，遊春這人可靠嗎？」

「簽字？」九月有些為難。「人自然是可靠的，可如今他不在這兒……非要簽字嗎？」

「不能簽字的話，就只能疏通疏通了。」二掌櫃搖搖頭。

「他也不知道什麼時候回來……」九月嘆口氣，疏通就疏通吧，只要能把事情辦妥就行。「麻煩你多多費心了，這些銀子本就是他存在我這兒的，雖說我能支配，可也不想占他便宜。等他回來，我們這鋪子的租金也少不了要付給他，若他不願意，我也只能努力賺錢還他了。」

二掌櫃聽到這兒，忙建議道：「東家，既然這樣，為何不先買下我們自己的鋪子？這幾天的進項，省著點花，想來也是夠的。」

「既然買了，就趁此機會都買下，等以後真相大白，這邊的房子只怕我們想搶也搶不到了。」九月搖搖頭。

「真相大白？什麼真相？」二掌櫃眼中精光一閃。

「老伯還不知道吧，我們搬進來頭幾天，這兒便鬧了幾天的鬼。」九月淺笑，她知道要是不說清楚，二掌櫃辦起事來也是猶猶豫豫——他這也是不想她多花冤枉錢。

「咦……那妳還買？」二掌櫃倒吸了口涼氣，心慌地四下看了看。

「都是人裝的。」九月見狀不由莞爾。「你還不知道吧，張師婆會的，我也會，等房子到手了，我們再好好的作作法事、收收鬼、改改風水，還怕這生意旺不起來？」

「原來如此……」二掌櫃頓時恍然，朝九月拱手。「放心，我明兒……不，我現在就去辦。」

「辛苦你了。」九月點點頭，含笑看著二掌櫃疾步出去。

「姨。」這時，周落兒走過來，拉著九月的手臂晃了晃。

「嗯？怎麼了？」九月回過神。

「妹妹想尿尿。」周落兒指指那邊的楊妮兒，果然，楊妮兒正交叉著腿站在那兒扭來扭去的。

「啊？來了。」九月忙站起來，把蠟和刀往雜物房門口一放，快步過去，抱起楊妮兒就往茅房跑。

幫著楊妮兒解決了這件事，祈巧和舒莫、張嫂剛好回來，九月把周落兒和楊妮兒都交給她們，自己則跑上樓，準備印刷經文，至於房子買下要幹麼的問題，反正暫時也沒有主意，就先擱著了，等忙過眼前的事再說……

接下來連續三天，九月都關在自己的小屋裡忙碌，雜物房就交給張義和阿安，兩人如今倒是相處得不錯，偶爾也會說上兩句。

二掌櫃給的單子上要的經文已全部完成，九月整理好最後一部，便開窗招呼阿安上來幫忙搬下去。

頭剛伸出去，目光一瞟，只見相隔三間的那個院子牆頭上來一個人，她忙縮了回來，藉著窗框的遮擋往那邊瞅去。

只見那人晃了晃，又下了牆頭。

九月站了好一會兒，也沒等到那人再上來，不過她也警惕起來，關上窗直接下樓。

「阿安，來幫我搬一下東西。」九月到了雜物房門口喊一聲。

阿安正在攪拌木粉，聞言便放下木棍走出來。

九月帶著他上樓，到了樓梯口窗前，便停了下來。「方才那邊有人上牆頭，你一會兒去打聽打聽，那家有沒有人住。」

「哪家？」阿安探了探外面問道。

「這邊數過去，中間好像隔了三個院子，剛才有人上牆頭晃了一下，也不知道是不是發現我，馬上又下去了。」九月低聲說道。「順便去探探那張師婆最近在幹什麼，我總覺得她不會善罷甘休。」

「好。」阿安點頭，頓了一會兒又問道：「附近的情況張義最熟，能和他說嗎？」

「你們和好了？」九月驚喜地打量阿安。

「算不上吧。」阿安有些訕訕的，避開九月的目光淡淡說道：「都是為妳做事的，還能起內訌不成？」

「我是怕你心裡過不去。」九月抿唇一笑。「阿月可把他當仇人了呢。」

「其實說到底，下手的人也不是他，阿月也是因為我被打又不知實情才會這樣。」說到阿月，阿安生怕九月誤會什麼，忙多解釋了幾句。

「你心裡不會不舒坦就好。」九月點點頭，頗欣賞阿安這份明理。「那你一會兒去和他說？」

阿安聞言看了她兩眼，好一會兒才緩緩點頭，算是答應了。

阿安也不知道和張義達成什麼協定，到了晚上便有了消息——九月看到的那個人影是這邊算過去第四家的大兒子，他妹妹把毽子踢上牆頭，他上牆是為了取回毽子。

九月鬆了口氣，她是被那天跟蹤的閒漢給跟怕了。

至於張師婆，這幾天正東走西竄地忙碌著，也不知道忙些啥，反正鮮少在家，連同那幾個閒漢，也沒有在祈福香燭鋪附近晃蕩了。

沒有了張師婆的騷擾，日子似乎回歸寧靜，鋪子裡的生意也一天比一天穩定。

九月每天忙著印經文、製香、製燭趕訂單，一時也沒有工夫關注其他，要不是二掌櫃來回報買房子的事，她只怕真把這件事忘記了。

「東家，所有房子的房東都尋到了，他們倒是都想賣房子，價錢也談好了，亭長那兒也疏通好了，妳看，什麼時候去辦手續？」二掌櫃花了五天工夫準備好一切事宜，這會兒來回報自然是談好細節，需要付銀子簽契約了。

「這麼快？」九月對他的辦事效率很滿意，聽罷立即說道：「我這就去取銀票給你。」

「算上我們這間，往那邊數直到棺材鋪，都談妥了，一共八百兩銀子。」二掌櫃報上帳目。「亭長那兒，我已經支了鋪子裡一百兩銀子，明日簽契約時，再帶些鋪子裡的小禮物就好了，我瞧著亭長夫人挺喜歡我們的香熏燭。」

「那便每種挑一個裝一盒吧。」這個好說，反正是自家製的。

「還有一件事。」二掌櫃又說道。「亭長說，沒有簽字倒是無所謂，不過需要私印，東家這兒可有遊春的私印？」

「這個……」九月為難了，她這兒除了遊春留下的銀票，就是他為她買的東西了，哪來的私印啊？

「那我去尋人刻一個？」二掌櫃見狀便明白了。

「好。」九月點頭，見二掌櫃沒再繼續說「還有一件事」，這才上樓，從暗格裡取出銀票，又匆匆下樓交給二掌櫃。

二掌櫃當著九月的面驗好銀票，確認是一千兩無誤，才貼身藏好，出去辦事了。

九月目送二掌櫃離開，活動著雙臂來到院子裡，心裡再一次記掛起游春。

「東家，有人找。」一張信從前面跑進來。

第七十四章

「誰呀？」九月好奇地看著他。

「是位姑娘。」張信回稟道。「她說她叫祈喜。」

「八姊？」九月吃驚地喊了一聲，忙說道：「快帶她進來。」

「是。」張信領命而去，沒一會兒，便領著祈喜到了後院。

看到九月，祈喜眼圈一紅，便撲了過來。「九月！」

九月見祈喜一臉憔悴，一雙眼睛紅腫著，不由吃了一驚，抱住她問道：「八姊，出什麼事了？」

祈喜卻只撲在九月懷裡痛哭，哭了大半天也沒說出一句話。

九月嚇了一大跳，雙手扶住祈喜的肩膀，把她推離了些許，急問道：「八姊，別光顧著哭啊，到底怎麼了？」

「他……」祈喜只說了一個字，便泣不成聲。

「他？誰啊？」九月又疑惑又心急。

「爹他……」祈喜抽抽泣泣地開口，倒是把九月心頭的猜測打消了。

九月呼了一口氣，皺著眉問道：「他又對妳做了什麼？」

「他找了個媒人，要把我說給鄰村的鰥夫，還把爺爺趕回二伯家去了，昨兒還領了一個人回來，好像是說房子值多少錢……」祈喜想起那些事，也顧不得哭，拉著九月的袖子急急說道：「九月，爹這是怎麼了？他這樣做，是不是不要這個家了？」

「什麼?!」九月心頭騰地升起一股火氣。

「我該怎麼辦？」祈喜苦著臉，滿面淚痕。「那個人家裡還有五個孩子，最大的那個都與我一般大了……爹不同意我和宏哥的事也就算了，怎能狠心把我許給那樣的人家……」

「八姊，妳且冷靜冷靜，好好說。」九月拉著祈喜往樓上走，一邊朝廚房喊了一聲。「莫姊，幫我打一盆熱水上來。」

「好。」舒莫探出半個頭，看到哭泣的祈喜，又縮了回去，趕緊準備熱水熱茶。

九月拉著祈喜到了樓上，把她按坐在凳子上，才在對面坐下，看著她道：「快別哭了，光哭有什麼用？事情到底是怎麼回事？妳慢慢說，我們也好想對策。」

「姑娘，熱水來了。」舒莫一個人拿兩樣東西有些吃力，便叫了阿安幫忙提熱水，自己端著熱茶上來。

「八姊，先洗洗臉。」九月拍了拍祈喜的肩。

舒莫已絞了布巾遞到祈喜面前。

「阿安，幫我跑一趟大祈村，找我五姊問問家裡出什麼事了？」九月看到阿安，忙吩咐道。「記得告訴他們，我八姊在我這兒，免得他們擔心。」

「好。」阿安點點頭，飛快地走了。

「莫姊，麻煩妳去一趟我四姊家，請我四姊和四姊夫過來一趟。」九月又讓舒莫去請祈巧，她不想多管祈豐年的事，不過祈喜的事卻不能不管。只是她是妹妹，想管也管不了多少，倒是祈巧幾個姊姊還有說話的餘地。

「是。」舒莫也匆匆走了。

祈喜洗過臉，喝了幾口熱茶，心情才算平靜了些，坐下緩緩說起這段日子的事……

那日祈喜回到家沒見到祈巧和九月等人，問祈老頭才知他們有事先回去了，她便覺得事情有些不尋常——明明是特別回來過除夕的，怎麼可能說走就走呢？可當著祈老頭的面，她也沒多問，只和往常一樣，做好菜後就祭祖先。

吃飯的時候，醉醺醺的祈豐年在屋裡沒出來，一頓團圓飯便只剩下祈老頭和祈喜兩人，而祈老頭年邁，熬不了夜，守歲的事便落到她頭上。

祈喜一個人守歲，越坐越覺得事情不對勁，忍了一晚上，隔天終於逮著晚起的祈豐年問出疑問。

豈料祈豐年卻理也不理，逕自出門去了。

接下來半個月，祈豐年都是早出晚歸，回來也是醉醺醺的不理人，回家倒頭便睡，早上祈喜起來時，他卻又早早地出門去了。

祈喜找不到問話的機會，又顧忌祈老頭的身體，不敢在家多說什麼，偏偏家裡事情也多，也抽不出空來鎮上尋九月和祈巧問個究竟。

直到某天中午，祈豐年意外清醒地出現在祈喜面前，告訴她，他給她尋了一戶人家，讓她早些準備嫁衣繡品。

祈喜如遭晴天霹靂，也顧不得問原因，私下便去找水宏商量對策，水宏頓時急了，暗地裡就去調查祈豐年說的是哪家。

事情還沒調查清楚，祈豐年就先在家發了頓脾氣，把祈老頭趕回祈康年家，還把上門調解的叔伯長輩們都得罪了遍。

過沒幾天，祈豐年又帶了一個人上門，屋裡屋外的看了個遍，祈喜以為那是為她的親事來的，便躲在角落偷聽，不料卻聽到祈豐年問那人這屋子值幾個錢。

她當即出來阻止，卻被祈豐年當場打了一巴掌……

說到這兒，祈喜泣不成聲。

九月皺眉問道：「他以前有沒有這樣過？」

「從來沒有。」祈喜搖搖頭，哭道：「爹以前雖然不愛說話，也不怎麼理睬我，可他還是關心我的，吃的穿的從來沒短缺過，家裡要用什麼，只要我說一聲，他就會不聲不響地置辦好，田裡的重活，我也沒怎麼做過，而且他對爺爺、奶奶一向孝順，爺爺以前不住我們家時，他也經常過去看爺爺，還會買很多東西，可這次他一下子變了……把我許給那個鰥夫不算，還把爺爺趕跑，現在還要賣房子……」

「那天來的那個人，妳見過嗎？是不是大祈村的？」九月皺著眉，心裡疑雲密布。

「沒見過，大堂哥說是鄰村的。」祈喜搖搖頭。

「那……他給妳尋的那戶人家家境如何？」九月又換了個方向問。

「家裡還好，有五間瓦房，養了一頭大耕牛、十幾頭豬，雞鴨無數，也算是村裡拔尖的人家了。」祈喜聽九月問到這個，有些排斥，不過還是老實回答。

「妳怎麼知道的？」

「昨天宏哥回來告訴我的，他去爹面前求情……結果被爹趕了出去，還被他家人關起來了……」祈喜說到這兒，又嚶嚶哭了起來。

「快別哭了。」九月嘆口氣，她能想像當時是什麼場面。

「爹還把我關在柴房裡，要不是十堂哥，我都出不來……」祈喜說到這兒，抹了把眼淚，抓住九月的手。「九月，十堂哥說讓我來找妳，說妳一定有辦法幫我的，妳幫幫我好不好？我不要嫁給那個鰥夫，宏哥為了我，都和爹說了願意入贅，給爹養老送終，結果……」

九月頓時啞然，那個水宏還挺有勇氣的嘛……

祈巧和楊進寶來得很快，聽完九月的複述後，祈巧頓時柳眉倒立。「這糊塗老頭，到底想幹麼?!」

九月無言地嘆了口氣。

倒是楊進寶皺眉說道：「興許是遇到什麼事了……」

那天從家裡出來，楊進寶便說過祈豐年或許遇到什麼事了，只不過祈巧和九月都懶得管祈豐年的事，沒把這話聽進去，可現在聽聽，卻也有幾分道理。

「走，回去看看。」祈巧站起來就要往外走。「張嫂，妳帶著妮兒在這兒，我們去一趟大祈村。」

「四姊。」九月立即上前攔下。「事情還未明瞭，這樣衝過去，只怕又要招人嫌了。」

「阿巧，九月說得對，這件事還沒查清楚，我們就算要找岳父說話，也要先知曉到底出了什麼事，才好勸岳父改主意呀。」楊進寶走上前，把祈巧拉回來。「再說了，以妳現在這火爆脾氣找上門，豈不是又會吵架？人說吵架無好話，別到時候把活路都給堵死了。」

「那你們說怎麼辦？」祈巧怒火正盛，瞪著楊進寶和九月。「難不成要等他把房子賣了，等那個鰥夫抬了花轎上門才去？」

「阿巧，自古以來，都是父母之命，媒妁之言，若是岳父被激怒，堅決不鬆口，這親事妳我是沒辦法阻止的。」楊進寶勸道。

祈巧沒經歷過父母之命，果然把這茬兒忘記了，被這麼一提醒，她也是一滯，好一會兒才忿忿地問道：「那怎麼辦？難道還真讓八妹嫁過去？」

「我死也不要嫁！」祈喜慌忙表態。

「有姊姊在，這門親絕對成不了！」祈巧拍著胸脯保證。「那糊塗老頭已經禍害了三個女兒，我不信這次保不住八妹。」

九月看到祈巧這樣，心頭的氣莫名消散了，好笑地問道：「四姊，妳有主意？」

「沒有。」祈巧訕訕地摸了摸鼻子，嘴硬地說了一句。「不過，擠擠或許就會有了。」

擠擠就有了……又不是牙膏……九月無奈地搖頭。

祈巧白了九月一眼，眼睛掃到祈喜，忽然問道：「八妹，那個水宏對妳怎麼樣？」

「他……」祈喜臉一紅，忸怩地低下頭。

「都肯為八姊入贅祈家了。」九月在邊上涼涼地補上一句，心思急轉，她看著祈喜問道：「八姊，他……爹可有去過賭場？」

「對啊，不會是賭債欠多了，才做出這樣的事吧？」祈巧眼睛一亮，也看向祈喜。

「應該沒有吧……」祈喜猶豫一下，搖搖頭。「爹最恨的就是賭了，前兩年大姊夫被人誆去玩了兩天，爹知道後還把大姊夫狠狠地訓了一頓，險些沒把大姊夫的手指頭剁下來，連帶著那個誆大姊夫的人也被爹狠揍了一頓，後來再不敢來尋大姊夫了。」

「算他還有點良知，知道照應自家女兒。」祈巧聽罷哼了一句，隨即又百思不得其解地問：「那這次又是為了什麼？」

「這件事交給我處理，如何？」楊進寶見幾人商量不出結果，嘆了口氣站起來。

「你怎麼處理？」祈巧跟著站起來，心急地問。

「我找人查一下原因，到時再找岳父談談。」楊進寶溫和地看著祈巧，安撫道：「我雖不清楚岳父的為人，不過一個人的眼睛不會騙人，岳父的眼神很正直，所以我敢篤定，他這樣做是有原因的。」

「你什麼時候學過看相了。」祈巧嘀咕一句，撇撇嘴。「算了，那人的事我也不想管，隨你怎麼處理，反正你得把八妹的事擺平了。」

「知道了。」楊進寶笑著點點頭。「八妹暫時就別回去了，九月這兒能住，我們家裡也能住，妳且放寬心住著等消息就是了。」

「謝謝四姊夫。」祈喜紅著眼站起來，朝楊進寶彎腰鞠了一躬。

「自家人，不必這麼客氣。」楊進寶擺擺手，微微避開只受了半禮，囑咐了祈巧幾句，便出去了。

祈巧和九月又陪著祈喜聊了一會兒，見祈喜雙目通紅，神情憔悴，便打住話題。

九月下去吩咐舒莫燒了幾桶熱水送到樓上，又翻出自己的衣裙，讓祈喜好好地洗了個熱水澡，又讓舒莫做了一碗麵給祈喜填飽肚子。

「八姊，妳先在這兒安心睡一覺，瞧妳這樣，可別事情沒解決，自己先垮了。」祈巧收了空碗，九月拉著祈喜到床邊，替她鋪好被褥。「這幾日妳就在我這兒住吧。」

「九月。」祈喜與九月身形相仿，個子也只略矮一寸，九月的衣服穿在她身上倒也合身，不過她顯然沒注意自己換上這一身後是什麼模樣，而是心事重重地拉著九月支吾道：「妳能不能……」

「嗯？怎麼了？」九月看著她問道。

「幫我打聽宏哥他怎麼樣了，我擔心他……」祈喜說到這兒，瞥見一旁的祈巧也湊過來，不由大羞，紅著臉低下頭。

「知道啦。」九月見狀，無奈地搖搖頭，拍了拍祈喜的肩。「妳先睡吧，我保證，等妳睡飽就有他的消息了。」

祈喜這才露出笑意，乖乖休息。

祈巧放下幔帳，和九月一起退到樓下，低聲問道：「妳知道那個水宏的事？」

「知道一些。」九月點點頭。「他倒是個好的，只是水家人……唉，要不是我回來得不是時候，八姊和水大哥之間也不會這麼難了。」

她不願背著祈喜多說，只是嘆氣。

祈巧何其聰明，頓時明白了，抬頭看了看樓上，不服氣道：「與妳何干？不過是鄉下婦人太過無知罷了。」

九月被祈喜帶來的消息弄得一肚子不舒服，祈巧也沒好到哪兒去，兩人也沒有心思做事，便搬了凳子坐到廚房，一邊幫著張嫂和舒莫擇菜，一邊等著消息。

第七十五章

入夜時分，二掌櫃回來了，帶回幾家房子的地契，而他帶去的那些香熏燭深得亭長夫人喜愛，所以辦事時也得了極大的方便，原本預料第二天才能辦好的事，今日半天就辦好了。

「東家，所有房契都在這兒了。」二掌櫃一來，九月自然也出了廚房。

「隔壁三間、棺材鋪邊上兩間，這些都是空屋，房東得了銀錢，就把鑰匙交過來了，裡面也沒什麼東西，他們也不來取了，倒是這邊過去第四家還住著人，已經說好明天搬出去，到時候我再過去接收。」

「辛苦了。」九月接了地契、房契和一枚玉石印章，一一核查。

「東家可想好要做什麼用？」二掌櫃微笑著點點頭。

「還沒想好呢。」九月搖搖頭。「二掌櫃見多識廣，可有什麼想法？」

「東家手上若還有本銀，倒是有許多事能做。」二掌櫃笑道，對九月的直爽很欣賞，如今他倒不是看在楊進寶的分上照應她了，而是想真心幫她一幫。「東家若是有心要做大，我倒不是沒有想法，只是我還需要調查一番，才能給您建議。」

「好。」九月大喜。「老伯查歸查，身體也得多多注意，這事不急的。」

「放心，我這老骨頭可珍惜著呢。」二掌櫃很受用九月的關心，笑著拱手，去了前面鋪子。

看著手中一疊地契房契，九月長長地吐出一口氣。

鋪子打烊時，楊進寶來接走祈巧和張嫂等人，祈喜還在安睡，阿安還沒有回來，九月一時睡不著，便坐在雜物房裡雕刻蠟燭，一邊盤算著生意。

叩叩叩——正沈思著，後院門處傳來幾聲輕輕的叩門聲，九月放下手中的東西，快步出了雜物房來到後門處。

「開門。」外面響起阿安低低的聲音。

九月鬆了口氣，拉開木棍和門閂，打開門，只見阿安身後還跟著祈望、楊大洪和兩個有些面善的男子。

「九月。」祈望等人湧進來，阿安落在後面關上門，九月便被祈望等人圍住了。祈望急急問道：「八妹沒事吧？」

「睡著了。」九月看了看眾人，也不好多說什麼。

「呼……八妹也真是的，我們家不去竟跑這麼遠，可把我們嚇著了，要不是這位小兄弟來報信，我們和大姊夫、三姊夫還在外面找呢。」祈望邊說邊指了指那兩個九月覺得面善的男子，原來是大姊夫和三姊夫。

九月忙行禮，家裡也沒個待客的屋子，只好招呼幾人進了廚房落坐，阿安忙去找熱茶，聽到動靜的舒莫也走過來，一起泡好茶送到各人面前。

「五姊，到底發生了什麼事？」九月看著祈望，他們都在一個村，應該知道得多些吧？

「爹老糊塗了。」祈望一開口便嘆氣。

「也不知道怎麼了，把八妹許給那個鰥夫，那戶人家的大兒子都和八妹一般大了，居然還學人家有錢人家討小……要不是八妹跑了，十堂哥來通知我，我還不知道這些事呢。幸好三姊夫剛巧從鎮上回去，我們便叫上大姊、大姊夫還有三姊、三姊夫一起去找爹，誰知道他竟然說要賣了房子與我們所有人斷絕往來，自個兒去外面尋營生，也不想想多大的年紀了。」

「他好好的怎麼有這種想法？」九月驚訝地問，這麼大年紀了才想去外面創業？那早幹麼去了？

「誰知道呢。」祈望顯然很不滿。「正巧妳派的這位小兄弟來報信，大姊和三姊要帶著孩子走不開，便讓我們來了，想和妳、四姊商量商量，這事該怎麼辦？爹都五十多歲的人了，哪裡真讓他去外面受苦啊。」

「四姊夫說他會調查清楚再回去，他覺得……爹是有苦衷的。」九月說道。「我也覺得蹊蹺，好好的又不是缺銀子花，幹麼要斷了自己的根出去。」

「真是老糊塗。」祈望又罵了一句。

倒是楊大洪等人苦笑不語，他們是女婿，縱然同祈望一樣覺得祈豐年做了糊塗事，也不能像她這樣隨意開口指責。

「你們吃飯了嗎？」九月也不知道該說什麼，看了看幾人倒是想起這件事。

「還沒呢。」祈望在這兒住過幾日，也不拘束。「哪裡還吃得下啊。」

「不吃怎麼行。」九月忙站起來，朝外面喊了一聲。「莫姊，麻煩做幾樣菜，我姊姊、姊夫還沒吃飯呢。」

「好，來了。」舒莫原是避嫌讓他們說話才出去的，聽到聲音忙走進來，還喊上阿安當幫手。

有他們在，祈望倒是也不埋怨祈豐年如何糊塗了，轉而問起九月鋪子裡的生意。「妳這兒怎麼樣？上門的人多不？」

「還不錯。」九月笑著點頭。「前幾日又招了兩個小夥計才算忙過來了。」

「我們家九月就是能幹。」祈望看著涂興寶和葛根旺說道。

大姊夫涂興寶是個老實的莊稼漢，平時話就不多，面對九月時也有些不自在，聞言便咧嘴笑了笑當是回應。

倒是三姊夫葛根旺笑著接道：「之前這鋪子開業時，我們酒樓裡便有不少議論，大夥兒都好奇是誰這麼大膽，居然敢在凶巷開鋪子做營生，沒想到居然是九月。」

「三姊夫也在鎮上？」九月倒是意外，自祈老太出喪時見過一面，後來她倒沒怎麼注意幾位姊夫，沒想到這一位也在鎮上。

「三姊夫在鎮上一品樓做事呢，好幾年了。」祈望忙介紹道。

「原來如此，一品樓離這兒近得很呢。」九月點點頭。

「不過是個跑堂的，不值一提。」葛根旺謙遜地笑了笑，不驕不躁，倒不像個村夫走卒。

「三百六十行，行行出狀元，三姊夫不必過謙，跑堂也好，大老闆也罷，不過就是憑本事過日子，做好了一樣是人才。」九月頗有感觸。

「九月說得極是。」葛根旺連連點頭，多看了九月幾眼，她的事，他聽說不少，不過沒放在心上。對他而言，九月只是他妻子的妹妹，可今日一見，倒讓他生出幾分好奇，這些話可不是一個沒見識的小村姑能說得出來的。

「九月，八妹還在睡嗎？我想看看她。」祈望掛心祈喜，趁他們不說話的空檔提出要求。

「在樓上。」九月起身。「五姊夫，這兒你熟，幫我招呼好大姊夫、三姊夫。」

「去吧去吧。」楊大洪揮揮手，對涂興寶和葛根旺說道：「要不要去前面鋪子看看？九月折騰的這些東西，我以前還真想不到呢，看了才知道，原來蠟燭還能這樣做。」

「好，瞧瞧去。」廚房裡正忙著，就這樣乾坐著也不好意思，葛根旺從善如流地站起來，也順勢拉起涂興寶。「大姊夫，我們也去見識見識，說不定以後開鋪子還可以借鑑一下九月這兒呢。」

「三姊夫有想要開鋪子？」楊大洪逮住他話裡的意思，忙問道。

「我倒是想，可也只能想想。」葛根旺無奈地搖頭，一大家子等著他的那點月銀回去嚼用，他想開鋪子的念頭猴年馬月才能實現啊？

且不提他們三個連襟如何參觀九月的鋪子，先說九月和祈望一起進了樓梯間，九月便開口問起水家的情況。「五姊，水宏怎麼樣了？」

「妳也知道了？」祈望驚訝地看著她，想想祈喜都到這兒了，還有什麼九月不知道的？

便苦笑道：「那水家也真夠狠的，把水宏抓回去以後，直接把他關在家裡，還說鏢局也不用去了。我們出來的時候，他們正商量著找媒婆給水宏說門親事呢，要不是家裡沒人，他們肯定又要鬧上門了。唉，被這樣一鬧，八妹的親事還真是個問題。」

「找媒婆說親去了？」九月挑挑眉。

「可不是嘛。」祈望瞧了瞧近在眼前的房門，壓低聲音。「我巴不得水家能說成，找個比那老婆子厲害百倍的，讓她也嚐嚐滋味。」

「噗——」九月忍俊不禁，不過還是搖搖頭。「水大哥還是不錯的，對八姊一片癡心。」

「不錯？不錯個屁。」祈望聞言卻冒火地說道。

「他要真不錯，就該離我們家八妹遠一點！哼，明知道他家人那個德行，還來勾引我們家八妹……咳，反正那小子也不是個好的，所幸這事沒人知曉，要不然我們家八妹還怎麼見人？水家那老婆子可不是個好相與的，這樣過了門，八妹以後更抬不起頭來，要是再遇到個不講理的，都能把她拉去浸豬籠了……這妮子，真真氣死我了，居然也做這樣的糊塗事！」

「八姊做什麼了？」九月聞言，頓時驚住了，浸豬籠這麼嚴重的事，八姊到底做了什麼？

「妳還不知道吧？」祈望又看了看那房門，嘆了口氣，拉著九月往樓下走了幾個臺階，就這樣站在樓梯上嘀咕起來。「八妹可能被那小子給……」

九月張口結舌。「那妳……還說巴不得水家成事……真成了，八姊怎麼辦？」

「所以我今天就是來問問八妹的，她到底有沒有吃虧。」祈望咬牙說道：「這事幸好是被葛家姑姑看到，要是換成別人，八妹就死定了。」

「葛家姑姑從哪裡看到的？」九月想起那個瘋癲的葛玉娥，皺了皺眉。

「妳走之後，屋子的鑰匙是不是給了八妹？」祈望問道。

「是，我託八姊幫我照看的。」九月愣住了。

「那就是了，三姊從葛家姑姑那兒聽到了幾句，就拉著她到無人的地方問了，她雖然說話顛三倒四，可事情還是說清了，說是她去我們娘的墳前回來時，看到水宏拉著八妹進了妳那屋子，後來三姊就留了心思，居然真被她看到一回，他們……要不是怕八妹面皮薄，三姊當時就想衝進去了。」

祈望說到這兒，嘆氣連連。

「這八妹也真是的，也不想想我們外婆以前的事被人說了多少閒話，娘在的時候，就因為這個抬不起頭來，她居然還……我們可都還在孝期呢。」

「五姊，也許八姊沒吃虧呢？」九月說話時也有些猶豫不決，兩情相悅，情到濃時……咳，也不是沒有可能吧？

「這事只有三姊和我知道，妳聽聽也就算了，別說出去。」祈望叮囑道。「還有妳，可不能犯這樣的糊塗。」

「我知道。」九月忙舉起雙手保證，心裡卻是一虛。

九月和祈望兩人在樓梯口嘀嘀咕咕了半天，卻不知祈喜已然醒來。

在屋裡聽到她們的對話，祈喜不由淚流滿面，好一會兒，她抬手擦乾淚，開門走出去，對著樓梯口說道：「五姊、九月，妳們別說了，我做的事，我一力承擔，沒什麼好後悔的。」

九月和祈望兩人面面相覷，好一會兒，祈望才錯愕地問道：「八妹，妳真的……」

「是。」祈喜坦然點頭。「這輩子我生是宏哥的人，死是宏哥的鬼，他若娶了別人，那我……我就……」

神情間，又是傷心又是決絕。

九月呆呆地看著祈喜，沒想到在她百般提醒下，祈喜還真的做了那種事。

「糊塗！」祈望聽到這兒，快走幾步到了祈喜面前，氣憤地說道：「妳怎麼能這樣想？既然便宜都被那小子占了，自然得讓他負責，他還想娶別人？門兒都沒有！」

「五姊。」九月聽罷，也不知道該笑還是該哭了。

「怎麼？」祈望回頭瞪了她一眼。

「這件事，水大哥未必就不想認，要不然他怎麼會說出入贅祈家的話？」九月比她們冷靜許多。「如今還沒人知曉這件事，我們哪能主動去說？要說出去，八姊以後才真的抬不起頭。」

「那怎麼辦？」祈望今天來的目的就是為了祈喜，至於祈豐年做的事，那破房子想賣就賣唄，反正也沒她們姊妹的事。

「妳們都先冷靜，坐下來好好說吧。」九月一手拉一個進了房間。

「八姊也別有事沒事就往那絕處想，往最壞的地方說，就算水大哥負了妳，妳也不能就此不過日子吧？我們活著，是為自己活，與旁人何干？往前十幾年沒有他妳不也過得好好的？還有五姊也別衝動，畢竟水大哥的決心也是擺在那兒的，他要是不想負責，也斷不會說出入贅的話，現在種種，也不過是水家人一廂情願罷了。」

「妳有辦法？」祈望倒是聽進去了，坐下後看著九月問道。

「眼下最要緊的，還是弄清爹犯糊塗的原因，看看怎麼解決八姊和那個鰥夫的親事吧。」九月雙手一攤。「別的，以後再說。」

「以後再說……」祈望低語道，忽地想到什麼，蹦起來抓住祈喜的手問道：「八妹，你們……有過幾次？」

「五姊……」祈喜頓時滿面通紅，低下了頭。

「那妳最後一次癸水是什麼時候？」祈望緊接著又問。

九月這時倒明白過來祈望在擔心什麼，目光也跟著投到祈喜身上。

第七十六章

「昨兒才沒的，怎麼了？」祈喜迷糊地看著祈望。

「喔……還好、還好。」祈望大大地鬆了口氣，撫了撫自己胸口，抬頭看到九月的目光也落在她身上，才掩飾般地揮揮手。「沒什麼、沒什麼。」

「姑娘，飯好了。」舒莫從樓下上來，站在門口敲門。

於是九月又招呼兩人下樓，她是吃過飯的，不過作為主人還是陪坐在一邊，隨意地用了幾口。

阿安也沒吃晚飯，便端了飯菜坐到灶下，無論九月怎麼招呼就是不過來，九月只好隨他。

吃飽了飯，祈望等人見一時商量不出什麼，便要趕回去。

「八妹，既然妳不想回去，這幾日就在九月這兒好好住著，幫她分擔些事情，可別到處亂跑給她添亂，知道不？」祈望出門前拉著祈喜細細叮囑。

「我知道。」祈喜點頭，聽了祈望和九月的話，她倒是平靜許多。

「我們回去了，都進去吧。」祈望朝九月使了個眼色，揮揮手。

「五姊，有什麼消息就捎信來說一聲。」九月送他們出門，暗地裡捏了捏祈望的手臂。

祈望會意，回拍了一下，她知道，這是讓她多注意水家的消息。

送走了幾人，已是深夜，九月等人紛紛關門收拾，各自回屋歇下。

祈喜自然與九月同榻，夜裡，她似乎作了夢，反倒讓睡眠極淺的九月警醒了幾次。

看著祈喜不安穩的睡容，九月不由皺了眉，重新審視起這件事的嚴重性來。

她不想看到祈喜落到浸豬籠的下場，自她回到祈家，這個善良的八姊就處處照顧她，這對她來說可不僅是照顧，而是前世今生都難得的姊妹親情。

怎麼解決這件事，真是個難題……

九月在思考中迷迷糊糊睡去，直到醒來，也沒能想出個所以然。

而身邊空空的，祈喜已不知去向。

她忙掀被而起，飛快地穿好衣服趿了鞋子來到樓梯間，開了窗戶往外探了探，直到看見祈喜正端著菜簍坐在井邊清洗，她才鬆了口氣，回屋重新整理衣著、梳髮、收拾屋子。

到了樓下，前面鋪子早已開門營業，張義和阿安也在雜物房忙碌開了，舒莫看到九月，笑著問道：「姑娘昨夜怕是又睡晚了吧？今兒起得最晚了呢。」

「九月是不是不習慣？」祈喜以為是自己讓她沒睡好，不由歉意問道。

「沒，興許是這幾天趕訂單沒休息好吧，昨夜睡得最香了。」九月笑了笑，進了廚房打水洗漱，一邊探身和祈喜說話。「八姊什麼時候起來的？我都不知道。」

「八姑娘卯時就起了，把我的活兒都幹完了，我正愁不知道做什麼呢。」舒莫笑著插了一句。

「這麼早。」九月含糊地應了一句，洗漱完畢，才擦著手出來。

「姑娘，早飯在灶上熱著呢，快些吃吧。」舒莫把手中的掃帚往邊上一放，進了廚房。

「這就來。」九月應了一聲，快步進了雜物房，招呼阿安和張義道：「你們倆幫我個忙。」

阿安抬頭看看她，倒是張義搶著應道：「東家請說。」

「阿安回大祈村幫我盯著我家的動靜，打聽一下我爹尋的那個鰥夫是什麼人家、家裡有什麼人、做什麼的、有什麼把柄……都給我探聽清楚了。」

九月回頭看看外面，才壓低聲音神神秘秘地說道：「張義幫我去盯著水家，瞧瞧他們家在搞什麼，要是水宏想逃出來，不妨幫個忙，不過千萬別曝露你們自己。」

阿安倒是知道祈家發生什麼事，張義卻不知，有些驚訝地看看九月，卻沒有說什麼，便點點頭。

「阿安照應一下。」九月又多叮囑阿安一句，摸出三十文錢遞給兩人，比起張義，阿安對大祈村自然更熟悉些。

「嗯。」阿安點頭，彎腰把攪拌好的木粉倒入模子，才朝張義看了一眼。「走吧。」

張義忙跟上去。

九月派出了兩人，才慢條斯理地踱回廚房吃舒莫給她留的早餐。

當夜，九月等人正要休息，阿安和張義兩人才匆匆回來。九月聽到舒莫來喊，忙又重新穿衣起床。

「這麼晚了，出什麼事了？」祈喜揉著眼睛坐起來，看著九月疑惑地問。

「妳繼續睡，興許是生意上的事，我去看看就回。」九月沒有實說，打發祈喜繼續睡覺，自己關門下樓去了。

阿安和張義還沒吃飯，舒莫煮了兩碗麵，兩人正吃著。

「怎麼樣了？」九月等不及，直接坐到兩人對面。

「水家鬧翻了。」張義「嗦」的一聲把麵條吸進嘴裡，邊吃邊比劃著。「下午的時候，水家果然來了兩個媒婆，據說是給水宏尋了幾個合適的姑娘，他們家人正說著，水宏拿著一根棍子就破門出來，奔著那兩個媒婆，手一揮，他們中間那桌子就砸了個稀巴爛，還說以後誰要是再敢給他說親，就不只是桌子這樣了，把媒婆嚇得話都沒說完就跑了。」

「這都什麼人呀，這麼凶。」舒莫不由吐吐舌頭。

九月朝她笑了笑，繼續問道：「後來呢？」

「後來水家就鬧翻天了，一個老婦人直接坐在地上，又是哭又是說的，我也沒聽清楚她說什麼。」張義嚥下嘴裡的麵條。「反正那水宏站在院子裡半天，任那些人拉都沒拉動，再後來他也不知道說了什麼，把那老婆子嚇住了，他還衝著那老婆子和一老頭磕了三個頭，把棍子一扔就跑了，後面好多人都沒追上他。」

「跑了？」九月意外地瞪大眼睛。「跑哪兒去了？」

「我沒跟上，後來打聽一下，好像他跟家裡人斷了關係，獨自去鎮上了，這會兒他們家正找他呢。」張義撓撓頭，對自己這份不甚詳細的情報很不好意思。

「阿安那邊有什麼消息嗎？」九月轉向阿安。

阿安吃得快，一碗麵已經見底，他喝完最後一口湯，隨意用袖子一抹嘴巴，開口說道：「那鰥夫是新良村的，家裡有二十畝山地，種的都是白蠟樹，還有十畝良田，家境富裕，養了一頭大黃牛、十頭肥豬、百來隻雞鴨，還有三畝養魚的池塘，他家有三個兒子、兩個女兒，他媳婦三年前得病沒了，守了三年孝便想著再續一房。」

九月不由多看了他幾眼，便連張義，也不服氣地看著阿安，無奈人家打聽的消息就是比他詳細，他張張嘴，又只得閉上，心裡暗暗較勁——明天一定打探得更詳細些，不能讓這小子小看了。

「那人姓屠，身子骨極好，家裡雖然長工無數，不過他還是經常下地，在村裡名聲不錯，至於把柄，這個卻是不知。」阿安想了想，又說道：「他很信佛，上面還有位七十歲的老娘，他給他老娘修了個小佛堂，每逢初一、十五，他便去那小佛堂陪他老娘吃齋唸佛。」

這人聽著倒是個好人，要不是年紀太大，這門親倒也不是不可結的。九月暗暗想到。

阿安看了看九月，遲疑地說道：「另外，妳爹今天出了趟門，見了一個人，那人說了一些話，讓人很是費解。」

「什麼話？」九月忙問。

「那人說，有人在翻查十六年前那樁事，要是被查到，你我小命難保，還說他已安頓家裡所有人，問妳爹什麼時候能動身離開。」阿安皺眉回想。

「他們有沒有說什麼時候離開？」九月的眉鎖得更深。

「這倒沒說。」阿安搖搖頭。

「姓屠的那個人那邊暫時擱著，你幫我盯著我爹。」九月單手支著下巴略一思索，也沒能想出個萬全的法子，只好這樣吩咐。

「張義，明天天一亮就去我四姊家一趟，把阿安說的這些告訴我四姊夫，讓他趕緊想辦法，然後再去查查水宏的下落。還有水家，要是有不對勁，我們也好早些準備應對。」

「是。」張義和阿安齊聲應道。

「不早了，今晚你們倆就委屈一下擠一擠吧。」九月站起來，滿腹心事地上樓。

「出什麼事了？」祈喜卻還沒有睡，看著九月緊皺著眉回來，她關心地問了一句。

「小事。」九月斂了愁眉，朝她笑笑，脫衣休息。「睡吧。」

一夜輾轉，天還沒亮，九月便迷迷糊糊地醒了，睜眼看著灰濛濛的屋子，眼皮直跳，總覺得今天會發生些什麼，一時再也睡不下去，乾脆起身穿衣。

「姑娘，怎麼這麼早？」舒莫已經在準備早餐，阿安正在掃院子，張義則幫著舒莫打水。

「睡不著。」九月淡淡應了一句，抬頭看看天，不由皺眉。

今天的天氣不怎麼好，這會兒還灰濛濛的，不似平日天將亮的那種晴朗，倒像雷雨將至前的情形。

阿安瞧瞧她，猶豫了一下，緩步到了她面前，淡淡說道：「新良村那邊有阿季他們看著，有消息會及時送過來的，大祈村也派了阿定過去，我一會兒開了鋪子就去換他，妳別太擔心了。」

「嗯。」九月有些意外，不過還是朝阿安暖暖一笑。「今天怕是有雨，你們出去的時候當心些，最好帶上雨具。」

「會的。」阿安點點頭，繼續掃地。

「啪啪啪——」正在這時，後院傳來急急的敲門聲，九月和阿安兩人都愣住了。

這個時辰，張信他們該來上工了，不過他們都是到前面的鋪子，根本不會敲這邊的，現在敲的人又會是誰？

「我去瞧瞧，妳先進去吧。」阿安看看九月，體貼地示意她迴避。

九月點點頭，快步進了雜物房。

阿安到了門邊，低聲問道：「哪個？」

「我是五子，找九月妹子有急事。」門外響起五子的聲音，說話很急。

九月忙出來，示意阿安開門。

門剛剛開了一半，兩個身影就閃進來，隨即阿安被擠到一邊，後院門被來人迅速關上。

九月一看，來的除了五子還有水宏，她不由沈了臉，冷冷地看著水宏問道：「你……怎麼來了？」

「阿喜在這兒嗎？」水宏滿臉急切。

「不在。」九月冷著臉回了一句，瞥了五子一眼。

五子接收到九月的目光，有些尷尬，正要解釋兩句，便聽水宏疾聲說道：「九月，我知道她一定在這兒，讓我見見她好不好？我就和她說幾句話，說完就走。」

「我說了，她不在。」九月卻沒打算就這樣輕易讓他們見面。「你不去家裡找她，跑我這兒來幹麼？」

「她不在家，前幾天就跑出來了，這外面她也沒地方去，她要找人也只有找妳。」水宏卻有他的執著，看到九月這樣冷漠，心裡隱隱有些猜到，忙上前兩步，急切說道：「九月，請幫幫我，讓我見阿喜一面，再晚就來不及了。」

「來不及了？什麼來不及了？」九月皺眉退後一步，阿安見水宏有些激動，戒備地走到九月身邊站定。

「我師傅接了鏢，我馬上要跟著出鏢去了，這一去，也不知何時能回來。」水宏傷感地看著九月。「我和家裡已斷了關係，我來找阿喜，就是想說兩句話，我怕她誤會我。」

「水大哥，我喊你一聲大哥是敬重你是個漢子，可你呢？都做了什麼？」九月冷哼一聲。「你置我八姊於何地？明知你家人不可能同意，你還來招惹她，這對她公平嗎？」

「我知道。」水宏連連點頭。「可是我不能沒有她，只要能和她在一起，讓我做什麼都願意，雖然我現在一無所有，可我年輕，有的是力氣，等我跟師傅多跑幾趟鏢，攢了銀子，我就在鎮上買個小院，光明正大地接阿喜過門，要是她不願意出門，我也可以入贅，我不在乎別人說什麼。」

「說得好聽。」九月又冷哼一聲，擺明不相信他，這等情節要不要這麼狗血？聽得她雞皮疙瘩都起來了。

「我說的這些話，句句真心，若有半字虛假，那就讓我天打雷劈……」水宏正說著，天空中忽地傳來一道悶雷聲，打斷了他的話。

九月不由好笑。「聽見沒？老天爺都不信，你還是省省吧，該回哪兒回哪兒，少來這兒尋事。」

「好……」水宏看著她，無奈地閉上眼睛，再睜開時，眼中堅定綻現。「那麼就請妳轉告阿喜，讓她好好保重自己，等我回來，我就娶她。」

「等？你是想讓她當王寶釧還是秦香蓮？」九月依舊撇嘴。「你願意娶，我八姊就非得嫁你？」

「那妳想讓我怎麼做？」水宏徹底無奈了，沒想到平日文文靜靜的九月竟這麼難說話。

「你總得給個期限吧？難不成你不回來，我八姊就得一直等下去？表個態吧，準備讓她等多久？」九月忍不住翻了個白眼。

「一年，要是一年之後我還回不來……那麼……」水宏說到這兒，心痛難忍，卻不得不繼續說道：「讓她好好的，找個更好的……」

第七十七章

九月的步步相逼不過是想看看水宏的態度如何，此時此刻，她看到他眼中的堅定與真摯，她意味深長地看了水宏一眼，側身看了看樓梯口。「八姊，還沒聽夠呢？」

她站的地方離樓梯口最近，祈喜悄悄下樓的聲音沒有逃過她的耳朵。

水宏驚喜地抬頭看向樓梯間，臉上乍然綻放一抹奪目的光彩。

祈喜含著淚緩緩走出來，此時她的眼裡除了水宏再沒有別人。

一對小情侶四目相對，站在他們中間的九月便成了透明人似的，被他們無視了。

好一會兒，兩人竟似觸動某根神經般，不約而同奔向雙方。

就在兩人將要抱上的時候，九月猛地幾聲「咳咳」打斷兩人的動作，他們才驚醒過來，臊得滿面通紅。

「咳……不好意思，嗓子癢。」九月眨眨眼，心裡直嘆氣。

「九月……」祈喜紅著臉嬌嗔地喊了一句，那聲音就跟換了個人似的，讓九月很不習慣。

「有什麼話快些說，說完早點走，我這兒暫時還沒有誰知道。」九月撇撇嘴，狠著心棒打鴛鴦。「你這樣上門，要是被你們家人堵在這兒，不僅你們麻煩，我也頭疼，水嬸子的手段我可是領教怕了的。」

她這樣說，其中不無敲打之意，五子聽罷，面露尷尬。

水宏也不由尷尬，之前他娘大鬧九月的事，他哪能不記得？

「謝謝九月。」尷尬歸尷尬，水宏還是很鄭重地道謝，轉向祈喜深情地開口。「阿喜，照顧好自己，只要一年，我就能攢夠錢回來娶妳，等那時我們就和九月一樣，在鎮上買間小房子，做些小生意，過安穩日子。」

「我不要房子——」祈喜一開口便淚如雨下，也顧不得旁邊還站著幾個人，向前猛地一撲，投入水宏的懷抱。「你別走，只要你在我身邊，再苦再累我都願意。」

「別哭……」水宏見祈喜哭成這樣，心疼不已，也顧不得尷尬不尷尬，伸手緊緊抱住祈喜，柔聲安慰道：「我已經和師傅說好了，做滿這一年，就辭了鏢局的活兒，師傅已經答應了。如今我這樣離了家裡，要是不走遠一些，他們定不會饒了我們，等這一年我攢夠錢，給他們一筆銀子，也好息了他們的念想，到時候我們就能安安心心在一起了。」

「可是……很危險……」祈喜說得斷斷續續。

「放心，有師傅和鏢局兄弟在，我不會有事的。」水宏又是一番安慰。

九月大剌剌站在一邊看著，五子雖然不好意思，卻也不好這樣走開，舒莫帶著周落兒在廚房裡，阿安去前面開鋪子門，張義待在雜物房裡做事，頻頻伸出頭來，看得津津有味。

正在這時，後院的門再次被擂得「砰砰」響。

還不待眾人回應，外面就響起一陣罵聲。「祈九月妳個狐狸精，自己不學好就罷了，居然還教唆自己的姊姊勾漢子，快給我開門，還我兒子來！」

五子聞言頓時變了臉色，水宏和祈喜更是大驚失色，反倒是九月沈著臉，顯得極冷靜。

「瞧吧，我說什麼來著？」九月哼了一聲，看了水宏一眼。

「我去把他們轟走。」水宏黑了臉，鬆開祈喜就要往門邊走。

五子快一步攔下他，神情凝重道：「你要是出去，就坐實你娘那些罵人的話了。」

「九月……」祈喜慌了神，無助地看著九月。

九月沒好氣地瞟了水宏一眼，招手讓張義過來，低聲吩咐道：「張義，去瞧瞧鋪子前面有沒有人？」

張義極機靈，迅速跑了出去。

九月快步上樓，取了幾把鑰匙拿在手裡，待她下樓，張義才剛剛回來。「沒人。」

九月勾了勾嘴角，吩咐道：「這兒交給你應付，看看是誰帶的路，記得讓他們留下個理來。」

她在這兒的消息除了自家人之外，沒有別人知道，水家人居然來得這麼快，要說沒個帶路的人，她還真不相信。

「是。」張義點點頭。

「跟我來。」九月朝五子和水宏等人招手，拉著祈喜往前面鋪子走。

前面鋪子裡，二掌櫃和幾個夥計都已經來了，看到九月帶著人這麼著急地出去，二掌櫃忙迎過來。「東家，出什麼事了？」

「老伯，後面有人找麻煩，要是張義頂不住，麻煩你幫忙處理一下，我們出去躲躲。」

「放心吧。」二掌櫃掃了九月身後的三人一眼，什麼都沒問便點了頭，揮了揮手，張信便自發地走到鋪子外面，兩下一張望，見沒有人，便朝九月點頭。

九月拉著祈喜，帶著五子、水宏快步來到第四家門口，這一家剛剛搬出去沒兩天，還沒有人知道他們賣了房子。九月沒顧忌祈喜等人驚訝的目光，開門讓他們進去後，又把鑰匙交給跟過來的張信，讓他從外面鎖好門。

「九月，這兒……」祈喜見她如入自家一般隨意，十分訝然。

「走，去樓上。」九月掛心後院的事，揮揮手，帶著幾人往樓上走。

樓上收拾得乾乾淨淨，除了大床和一個大衣櫃之外，連恭桶都不曾留下，整個屋子光光的，倒是挺開闊。

九月掃了一眼，撇撇嘴，也不招呼祈喜等人，逕自來到窗邊，開了一條小縫隙往自家院子看去，雖然看不真切，卻也能瞄個大概。

此時，那邊的院門已經打開，隱約能看到舒莫帶著周落兒站在廚房門口，張義和阿安並列著被一群男女老少圍在中間，最後面的……

九月看到那抹身影，眼睛頓時瞇了起來，是張師婆！

這個老乞婆，就這麼想確認這間鋪子是誰開的嗎？

「九月，我們在這兒，萬一這家主人回來看到怎麼辦？」祈喜一邊擔心那邊的情況，一邊又擔心在這兒被人撞見，一時緊張得直絞衣角。

九月瞅見二掌櫃到了後院，張義和阿安兩人左右護著他，倒是壓下那些人，心裡稍稍一安，把門窗略略掩起了些，轉身看了看祈喜。「妳瞧這兒像是有人住的樣子嗎？」

「沒人……那更不行，萬一……那不是要被人當賊看了嗎？」祈喜更加不安起來，她看了看水宏，又看了看五子和九月。「不行，我還是出去吧，別讓他們鬧起來，把妳的鋪子毀了。」

「八姊，妳就把心放肚子裡吧。」九月嘆口氣，無奈地拉住祈喜。「那邊有老伯在，他們翻不了天的。」

「可是……」祈喜還在猶豫。

「別可是了，這事沒得商量。」九月板起臉，瞪著她嘀咕一句。「現在知道怕了？之前哪兒借來的豹子膽？把我說的話都扔到哪個角落裡了？早勸妳別蹚他們家的渾水，妳偏不聽，哼。」

「我……」祈喜被九月說得無地自容，不安地看了水宏一眼，紅著臉低了頭。

「九月，這事不怪阿喜，是我不對……」水宏忙上前攬住祈喜，把責任都攬到自己頭上。

「本來就是你不對。」九月可不跟他客氣，這會兒也沒外人在，說話也不必顧忌。「我八姊不懂，你身為男人難道不懂嗎？事情做都做了，便宜也占了，說句不對道個歉就有用嗎？」

「九月……我自願的……」祈喜弱弱地辯了一句。

「妳閉嘴！」這下可好，勾起九月的火氣，恨鐵不成鋼地說道：「八姊，我跟妳說過多少次了，成親不是兩個人的事，他們水家把妳貶低至此，難道妳就不能有點骨氣嗎？妳倒是說說，等妳進門以後，憑妳這性子，得被他們欺負成什麼樣子？到那時妳哭都沒地方哭！妳倒好，就這樣把自己毀了，還幫著他說話，妳眼裡還有沒有我們這些姊妹了？」

「我……」祈喜被九月這番話罵得，眼淚又湧了出來。

「九月，我一定會負責，以後他們也欺負不到阿喜，我會好好對她的。」水宏也是一臉愧意，現在想想他確實衝動了，竟然沒有為祈喜考慮過，這會兒面對九月，他也只能伏低做小。

「那是你應該做的，連自己的女人都護不住，你還算什麼男人？」九月冷哼道。「水宏，你給我聽好了，你以後若能好好待我八姊，我自然也少不了稱你一聲姊夫，可你若虧待她半分，我祈九月也不是養不起她。」

「我發誓，我若虧待阿喜半分，讓我不得……」水宏忙鄭重地抬起右手發誓，話沒說完，卻被祈喜摀住了後半句。

九月瞪著祈喜一臉不捨的樣子，鬱悶到說不出話來，當下白了他們一眼，閉上了嘴。

九月幾人在那樓上待了許久，水家人依然不屈不撓地圍著二掌櫃。

張師婆跟在後面，鬼鬼祟祟地往雜物房那邊湊。

舒莫當下牽著周落兒隨意地往那邊走了幾步，擋在雜物房門口，順手還把那門給帶上了。

句。

張師婆見狀，訕訕地轉了方向，又往倉房那邊挪去。

舒莫忙示意周落兒過去提醒阿安注意，才徹底消了張師婆想要趁亂偷窺的心思。

然而，她沒有死心，這邊的行動失敗後，她又轉到水宏娘身後，在水宏娘耳邊嘀咕了幾句。

「讓祈九月出來！」水宏娘聽罷，大喊一聲，就是九月這邊也聽到了。

九月不由皺了眉，心頭火起。

水宏也聽到了，歉意地看著九月。「九月，我看，我還是出去看看吧。」

「不成，還不如我去。」五子攔下他，方才九月的一番話，雖是敲打水宏，可聽在他耳中卻又多了一分別樣滋味，不由想起當初與九月之間短暫的交集，心裡五味雜陳。

「五子哥，那兒有掌櫃的和夥計在，你還是別去了，當心他們找不著水大哥就找你麻煩。」九月搖頭，否定了五子的話。

豈料，五子心裡正黯然著，她這話一出，他又理會得岔了——原來在她心裡，她的掌櫃和夥計都比他可靠……他不由面露苦笑退了一步。

九月哪裡知道這話居然引起五子這番思量，所以看到五子臉色有些怪怪的，她不由奇怪地看了他一眼，便又往外看去。

這一會兒的工夫，外面的情形又起了變化。

九月看到三個陌生人被張信引進後院，二掌櫃抱拳行禮，張師婆看到那幾個人，悄無聲息地躲到眾人身後，而那些水家人此時也顯得慌亂起來，隱隱後退了一、兩步。

沒一會兒，也不知道說了什麼，水家人紛紛退出去，後院門被關上，二掌櫃和帶頭的陌生人互相見禮，相攜著往前面鋪子走去。張義和阿安頂上門後回了雜物房，舒莫則帶著周落兒進了廚房，一切似乎恢復正常。

「好像沒事了？」九月疑惑地看著外面的動靜。

「走了？」祈喜一直依著水宏沒敢看，這會兒聽到才匆匆過來，趴著看了一眼便高興起來。「真走了。」

「興許是這兒沒找著，便到別處去了吧。」九月隨口說道，轉身看著水宏。「晚些下去就從後門走吧，我家八姊的安危無須你操心，顧好你自己就是了，要是一年之約到期，你還沒回來，到時候可別怪我不客氣，我定會為我八姊安排一條好出路，與你無關的出路。」

九月雖說得惡狠狠的，可水宏聽得卻放了心，他握了握祈喜的手，看著九月笑道：「我必不會讓妳失望。」

「我失望不失望不重要，別讓我八姊失望就行了。」九月撇嘴，別開了頭。

水宏只是笑，緊了緊祈喜的腰，兩人含情脈脈，想到即將分別又依依不捨，可礙於九月和五子在場，不好意思說什麼，只好互相依偎著。

五子心裡正翻騰著，自然也不會在這個時候說什麼。

九月有心讓兩人說悄悄話，便裝著觀察外面的情況倚著窗也不說話。

於是，四人便沈默下來，直到樓下傳來開門的聲音，這氣氛才被打破。

第七十八章

「東家，他們走了。」張信從樓下上來報信。

「那回去吧。」九月長長地鬆了口氣，關上窗戶。「後來來的那三個是什麼人？」

「是邢捕頭和兩位捕快兄弟。」張信在前面引路。「是二掌櫃讓我拿他的名帖去請的，邢捕頭和楊掌櫃他們都認識，知道這兒有麻煩很快就來了，要不是他們來，二掌櫃怎麼說，那些人就是不信呢，非說這鋪子是妳的，要我們交出人來，那些話……可難聽了。」

「可瞧清楚是誰帶路嗎？」九月其實已經看得很清楚，不過為了怕隔得遠了看不真切冤枉人家，還是問了一聲。

「就是張師婆。」張信忙說道。「那領頭的老太太說的，就是張師婆指路，要不然他們還在鎮上瞎轉呢。」

「喔。」九月點點頭，沒興趣再問下去，反正細節無非就是罵來罵去的話。

到了樓下，九月直接讓張信開了後門，讓五子和水宏從這邊出去。

五子深深地看了九月一眼，在心裡無聲地嘆口氣，什麼也沒說出來。

水宏和祈喜離別在即，也顧不得別的，緊緊摟了一會兒，才依依不捨地鬆開。

「快走吧，還想把人再招回來？」九月最看不慣這個，朝水宏瞪了一眼。「張信，送送他們……確定安全了再回來。」

「是。」張信把鑰匙交給九月，在前面給五子和水宏開路。

目送他們離開，九月才重新鎖上後門，拉著淚眼婆娑的祈喜往前走，依舊警惕地出門、鎖門，又飛快地回自己的鋪子，一切倒是順利得很，沒有遇到半個多餘的人。

祈喜情緒低落，九月直接把她趕回樓上休息。

她們回到鋪子裡的時候，那捕頭已經帶著兩手下離開了，二掌櫃等在樓下，準備向她稟報事情經過。

「麻煩你了。」九月不好意思地對二掌櫃笑了笑，他只是她四姊夫請來幫忙的，卻一次又一次幫她解決了大麻煩，這份情，九月很感動。

「跟我還客氣？」二掌櫃好笑地看著她。「不過九月啊，不是我倚老賣老說些逾越的話，今兒來的那老婆子可不是個省油的燈，妳還是少與這種人有牽扯為好。」

「你也看見了。」九月苦笑。「這種事，我說多了也沒意思呀。」

二掌櫃深以為然，點點頭又說道：「張婆子顯然還沒有死心，我們以後要更警醒才是。」

「只有千日做賊的，卻沒有千日防賊的，我們總不能什麼事都不做就盯著她吧？」九月再次苦笑，說到張師婆，她還真拿她沒轍。

「今兒邢捕頭過來，我倒是與他打過招呼，他說，只要我們有證據證明是張婆子在中間攪事，他倒是可以出面敲打敲打。」二掌櫃也有些無奈。「說起來，我還是因為妳四姊夫才結識邢捕頭，要是沒證據，我也不好意思去尋找幫忙了。」

九月心裡一動，轉了轉眼珠，盯著二掌櫃問道：「證據？什麼樣的證據？」

「那我就不知道了。」二掌櫃微微一笑，手指敲了敲自己的頭。「想來應該是能震懾人的證據吧。」

「喔……」九月若有所思地眯了眯眼。

「東家既回來了，那我先回前面去了，今早的生意也不知道怎麼樣了。」二掌櫃朝九月招呼一聲，便逕自回前面鋪子去了。

證據……

什麼樣的證據……

九月隨意地回應二掌櫃一句，有些恍惚地進了雜物房，坐到平時的位置上，取了一塊蠟模，一手拿起刻刀，可思緒明顯還沒有拉回來。

正要下刀，阿安快步過來，一把按住九月的手。

九月才回過神來，疑惑地看著阿安。「怎麼了？」

「當心妳的手。」阿安皺眉，眼中流露的怒意竟有些像遊春。

九月一愣，不由多瞧了他幾眼，可這時阿安已經抽回手退了回去。

九月看看他，又看看手上的東西，才發現拿的刻刀竟朝向自己的左手背，要不是阿安，她豈不是把左手當蠟模給雕了？

張義看看阿安，又看看九月，大著膽子問道：「東家，那個張師婆太囂張了，我們就這樣隨她折騰嗎？」

「不然還能怎麼辦？我們又不像她那樣閒，再說了，我們也做不出她那樣的事啊。」九月聳聳肩，看了張義一眼。「你有主意？」

「主意倒是沒有，不過我知道她一些事。」張義搖搖頭，索利地往木粉裡加了些許硝石粉，拿起木棍大力攪和起來。

「什麼事？」九月好奇地問，看了阿安一眼，正巧阿安也往她這邊看來，接觸到九月的目光後，他又飛快避開來，看向張義。

「張師婆屋裡藏了人，做的便是那種見不得人的營生。」

張義話到嘴邊才想起九月是個姑娘家，不方便聽這些，可想到那可惡的張師婆幾番攪得鋪子裡雞飛狗跳，今天還帶這麼多人來搗亂，當下也顧不得別的，把他知道的都說出來。

「她養的那兩個妓子不僅做那種骯髒事，還聯合鎮上幾個混混、閒漢幫她裝神弄鬼。她要是見哪家不順眼，就指使人進去裝神弄鬼，她再去抓鬼騙取錢財。那些人還會順手牽羊，竊了東西交給張師婆處理，要是我們能抓到這些證據，往邢捕頭那兒一報，還愁張師婆不倒楣嗎？」

「還有這樣的事？」九月大為吃驚。

「還有，張師婆做了這麼多年的生意，為什麼就是不光明正大地開鋪子？我猜，她那鋪子裡必然藏了許多東西。」張義見九月聽進去了，心裡也頗高興。「我就不信邢捕頭他們沒想逮她的小尾巴。」

張義本是好心，可沒想到這話一出，九月的興奮頓時滅了大半。

「這件事……」九月沈吟許久，才舔了舔有些乾的唇，抬頭對張義和阿安說道：「先放著吧，若你說的是真的，那麼她身後必有不少幫手，才會連邢捕頭都抓不到把柄。我們如今勢單力薄，不能與她硬碰硬。」

「就這樣算了？」張義失望地看著九月。「東家，妳不能心軟，妳也看到了，現在是她天天在找我們麻煩，妳怎能輕易放過她呢？妳以前可不是這樣膽小的人。」

「嗯？那我以前是什麼樣的人？」九月瞇了瞇眼，盯著張義問道。

「那次妳和那小姑娘逮著人下手可……」張義脫口而出，話說一半才想到阿安還在一旁，不由尷尬地看看他，伸手抽了自己的嘴一下，然後撓撓頭訕笑地抱著木棍溜回自己的位置上。

「那次又是哪次呀？」九月好笑地看著他。

「嘿嘿……沒哪次，我記岔了。」九月平日與他們同起同坐，也沒什麼架子，經過這段日子的相處，張義看到她沒有敬畏，說話也隨意許多。

「記岔了？我看是那次挨揍的不是你，所以沒長記性吧？」九月瞥了他一眼，對阿安說道：「阿安，你說這小子是不是皮癢了？居然敢調侃他東家我。」

「嗯，皮癢揍揍就好了。」沒想到，阿安居然一本正經地接話。

「喂喂，你們倆聯手欺負人啊！是不是看我落單了好欺負呀？」張義一愣，隨即品出阿安語氣中隱約的促狹，這才心中一鬆，配合地抗議起來。

「誰要欺負你了？」九月撇嘴表示不屑。「這麼瘦，打著沒勁。」

阿安也瞥了張義一眼，淡淡說道：「那就先攢著，等養肥些再動手。」

「……我錯了。」張義從善如流。「東家，饒了我吧，當我什麼都沒說。」

「那怎麼行？」九月調整一下坐姿，一隻手托著桌子，身子前傾看著張義。「知錯要改，這件事既然是你提出來的，就交給你了，我等著好消息。」

「啊？讓我做什麼啊？」張義沒反應過來。

「水宏已經走了，你注意一下水家後續動作就行了，也不用一直盯著，所以呢，張師婆這兒的事……就交給你了。」九月咧嘴一笑，指指阿安。「你要是忙不過來，可以學阿安那樣，找好兄弟幫忙。」

妳怎麼知道我沒找……張義在心裡嘀咕一句，他找的可比阿安要多得多咧。

「如何？」九月見他不說話，挑眉又問了一句。

「是。」張義一本正經地點頭。

九月滿意地笑了笑，重新把注意轉回手上的東西，無論是阿安還是張義，她相信，他們都是有分寸的，怎麼做就不用她一一指導了。

水宏的事有了結果，祈喜這邊卻還沒有解決，所以一時之間她也不敢回家，便暫時在九月這兒住下來。

連續兩天雷雨，祈巧帶著楊妮兒也不便過來走動，便派了張嫂送了些家中的乾貨過來，叮囑九月照顧好祈喜，家裡的一切事宜由她和楊進寶等人解決。

九月樂得不去摻和，她在意的祈喜就在她眼皮子底下，也不怕誰來把人搶了，至於家裡那位……他愛怎樣就怎樣。

距離水家人來鬧事已過去五天，這日早上，九月正和祈喜坐在雜物房裡做事，阿安匆匆來回報。「屠家有動靜了。」

屠家就是那個鰥夫家。

九月看了看祈喜，才轉向阿安。「什麼動靜？」

阿安瞧了瞧祈喜，含糊地說道：「有媒人上門換庚帖。」

「喔。」九月點點頭。「換走了嗎？」

「換走了。」阿安點頭。「說是三天後再議。」

「九月，那個屠家是不是……」祈喜聽兩人含含糊糊的對話，有些不明所以，此時才反應過來他們說的是她的事，不由擔心地問道：「這可怎麼辦？」

「放心吧，涼拌就好了。」九月安撫地拍拍祈喜的肩。

「什麼涼拌？」祈喜皺眉，有些忐忑不安。

「八姊，妳就把心放肚子裡吧，這親事絕對不會成的，妳幫我做好這些就行，其他妳別管。」九月乾脆把面前的蠟塊都推到祈喜面前，以這些事堵了祈喜的嘴，才朝阿安招招手。

阿安走到她身邊靜靜地等著她發話。

「附耳過來。」九月微微一笑，示意阿安俯身，才湊在他耳邊嘀咕起來，教他在庚帖上動手腳的辦法。「可聽清楚了？」

阿安認真聽完，這會兒才回過神與她竟這樣近，她身上的香氣還有說話時撲在他耳處的熱氣，讓他的心猛地一跳，臉上便顯出微紅來，一時忘記及時回話。

「怎麼了？沒聽清楚？」九月誤會了，忙問道。

「不……不是。」阿安慌亂地避開她的目光，藉轉身之際掩飾他的不好意思。

「你好好琢磨，一會兒我把東西拿給你。」九月點頭，沒注意到阿安的異常，自顧自地叮囑道：「記好了，別自己去，花點錢找個偷兒去都比你自己去要安全，知道嗎？」

「嗯。」阿安點頭。

「屠家既然家境不錯，想來也該有些丫鬟下人的吧？你可得探好底了再去喔，可別把自己曝露了，要是不安全，我寧願另外想辦法。」九月又道。

「嗯。」阿安又點頭，臉上不自覺地帶了笑意。

「還有……」九月還要說什麼，被祈喜拉了一下，便停下來，轉頭看著祈喜。

「九月，之前五子哥家那張紙上的『破』字也是妳弄的？」祈喜滿臉震驚。

「呃……」九月小小地不好意思了一下。「我只是不想誤人誤己罷了，妳幹麼這樣看我？」

「會不會很危險？」祈喜想了想也是，也不糾纏這個，轉而看向阿安問起來。

「不會。」阿安搖頭，這種事自然是他親自動手了，花錢找偷兒？萬一弄出點動靜，九月豈不是有穿幫的危險？而相反，他自己去了，有阿定他們掩護，想來也不是什麼難事。

「那你千萬當心。」祈喜方才還覺得九月反覆叮囑阿安的場面有些奇怪，這會兒便輪到她自己了。

阿安在兩姊妹期望的眼神中離開，他要趕回家，然後在這三天裡瞅準機會下手。

「能成嗎？」阿安離開後許久許久，祈喜仍很擔心。

「安啦，他會成功的。」九月倒是對阿安頗有信心，又不是什麼皇宮內院，屠家而已。

祈喜卻把這句「安啦」聽成對阿安的暱稱，頓時把自己的事放到一邊，擔心起來九月來，剛剛那個小夥計看起來比九月小啊……

「九月，那個阿安……」祈喜糾結好一會兒，本著對九月的關心，猶猶豫豫地開口。

「你們……」開了口卻不知道該怎麼問。

「阿安怎麼了？」九月一臉納悶。

其實也不怪九月為什麼如此遲鈍，要是在現代，阿安還是個國中生，拋去做事，她從頭到尾只把阿安當弟弟看，哪會想到男女之事？於是乎，祈喜的這番問話便有些雞頭鴨講的感覺了。

「九月，妳和他……會不會太近了？」祈喜糾結了半天，總算把想問的問出來。

「近？」九月眨眨眼睛，恍然笑道：「妳是說剛才啊？我說的法子要是被人家聽到就不靈了，沒辦法，下次我注意距離。」

呃……祈喜頓時無語，她頭一次發現，她心目中聰慧能幹的九月居然也有這樣遲鈍的一面……

第七十九章

阿安走後的兩天，祈喜明裡暗裡想要刺探兩人的關係，都因九月的遲鈍而挫敗。到了第三天，她也沒了再問下去的心思，今天庚帖就要有個結果，她哪有工夫分神操心別的事情。

九月也以為祈喜這兩天的嘮叨是因為擔心這件事，因此不以為意。

第三天很快就過去了，阿安還沒有消息，張義這邊也是一切安靜得很，祈喜更加不安起來。

入夜，鋪子打烊，二掌櫃和夥計們吃了飯都先回去了，張義這段日子倒是經常留下來與阿安擠一塊兒，今天阿安不在，他和張信說了一聲便留下來。

不過，收拾好雜物房後，他便獨自出去一趟，待回來時已是戌時三刻左右。

九月和祈喜一時睡不著，便在屋裡秉燭做事。

祈喜心不在焉地縫著一件小衣。

九月則坐在桌邊印刷經文符紙，最近鋪子裡的生意越來越穩定了，她要做的事越來越多，雖然大多數的香燭都是二掌櫃透過管道進的，可店裡的特色香熏燭卻只能靠她製作。

叩叩叩……三聲輕響後，門外傳來張義的聲音。「東家，歇息了嗎？」

聽到聲音，恍惚的祈喜頓時跳起來，搶著回答道：「沒睡沒睡，快進來！」

九月見狀，不由好笑，不過她也在等結果，便站起來，到門邊拉開門閂讓張義進來。

「東家，不好了。」誰知，張義一見到她，張口便是這一句。

祈喜一手拿著小衣，一手捏著針傻愣在原地。「失、失敗了、了嗎？」

「阿安那兒還沒有消息。」張義見狀，知道她誤會了，趕緊解釋。

「呼……」祈喜懸起的心落下，緩緩地坐回去，可一坐下，這顆心又忐忑起來。

「出什麼事了？」九月也擔心阿安那邊的事，不過她比祈喜冷靜許多。

孰料，張義接下來的話讓九月大大吃了一驚。「在大祈村那邊的一個兄弟被人打了，那人還讓他帶了一句話。」

「誰打的？什麼話？」九月倒吸一口涼氣，她知道張義說的那個兄弟是他找了代替阿安關注祈家動靜的小乞兒，奇怪的是，好好的為什麼會被打呢？

祈喜這會兒也聽到了，放下小衣跑過來，緊張地聽著。

「咳……」張義有些尷尬地清咳一聲。「是老爺子下的手，他說，有本事就自己出來，別光會支這些小嘍囉。」

「老爺子？」九月剛問完，立即就明白張義說的是誰。「他知道是我派人看著他了嗎？」

「應該不是。」張義搖搖頭。「那位兄弟說，老爺子雖然一天到晚喝酒，可是卻很警醒，有好幾次他都險些被發現。今天下午，老爺子醉醺醺地出了門，他就跟上了，結果在大祈村墳山那兒把人跟丟了，他正要退出來，老爺子就出現在他面前，說什麼『狗崽子想打他家人主意，沒門兒』，然後就把他揍了一頓，下手可狠著呢。」

「那人怎麼樣？可去看大夫了？」九月關心地問道。「你且等等，我去取些銀子，你好好安頓那位被揍的兄弟，這傷可不能落下病根來。」

「我已經安頓好了，也找大夫看過了，開了幾帖藥，大夫說了，不會有大礙。」張義又搖搖頭。「東家，您要回去嗎？」

九月還沒回答，張義慌忙又補了一句。「老爺子還扣了一位兄弟在那裡呢。」

這下九月無語了，好一會兒才看著張義嘆了一口氣，他們怎麼做事的她不會過問，可這會兒出了事卻不能置之不理。

「這會兒還能找到車嗎？」九月頭疼地摸摸眉心，她實在不願意去見那個人。

「那倒不用，老爺子說最遲等到明天中午。」張義看看窗外，黑燈瞎火的出去……還是算了吧。

「那行，明天一早出發。」九月點點頭。

張義也不廢話，直接下樓休息去了。

這一夜，九月睡得不踏實，因為祈喜一會兒擔心庚帖的事，一會兒擔心祈豐年，好幾次把剛剛入睡的九月搖醒，問一堆明知沒有答案卻忍不住要問的問題，直到五更天，祈喜才累得睡過去，而九月，卻不得不起身準備。

下樓的時候，天還沒亮，張義卻已等在後院門邊了，屋外也停了一輛牛車。

「姑娘，怎麼這麼早起來了？」聽到動靜的舒莫披衣出來，看到兩人很驚訝。「這是要去哪兒？」

九月叮囑道：「莫姊，我回一趟大祈村，我八姊要是醒了，妳告訴她，讓她別胡亂出去。」

「啊？這麼早？那，我去做碗麵給你們填填肚子吧。」舒莫慌忙說道，就要回去整理衣服。

「不用了，我們中午就回來了。」九月揮揮手，謝絕舒莫一番好意，在井邊打了桶水，就著冷水簡單洗漱一番，就直接上了車。「張義也不用去了，就留在這兒，阿安不在，你再走了，這兒人手只怕就不夠了。」

「那可不行。」張義卻不理她，直接坐在車夫身邊。

沒辦法，九月只好由他。

車夫是位中年漢子，滿臉落腮鬍，看起來極穩重，見九月和張義上車，也沒有多問一句，而是等他們坐穩之後，穩穩地驅使牛，一路上也沒有多餘的話，只顧著揮響鞭子，控制牛車前進。

天朦朦亮的時候，牛車來到大祈村外。

「老爺子如今不住在家裡了。」張義朝後面的九月回了一聲，直接指引車夫往土地廟趕去。

「怎麼？房子這麼快就賣了？」九月吃驚地問。

「沒有，那房子本來是找到買主了，可是楊掌櫃暗地裡送了信到大祈村，老太爺和幾位叔老爺子趕過去大罵一場，把那人趕跑了，後來無論是誰來了，老太爺劈頭就罵，這會兒倒是沒人敢去了。」張義回道，他手上每天都能收到一些消息，只不過都是雞毛蒜皮的事，九月又沒過問，他也沒有特意提起。

「然後他就不敢住家裡了？」九月冷哼一聲。

「這個……就不知道了。」張義摸摸鼻子，那位厲害的老爺子可是他東家的老爹，他可沒有資格說什麼。

「哼，真是老糊塗。」九月也沒打算找人一起評判祈豐年是對是錯，嘀咕了一句後就不說話了。

大祈村到土地廟的路不遠，沒一會兒，牛車就停下來，張義先跳下去，轉身想扶九月，九月卻提著裙，撐著車門直接跳了下去。

她沒說什麼時候回去，張義也不問，領著那中年漢子一起把牛車停在不遠處，任由那牛去嚼路邊的嫩草。

九月在土地廟前略停了停，之前有阿安他們在，這兒倒是收拾得挺乾淨，可現在他們搬離這兒，這短短的時日，土地廟看起來越發落敗了。

撇了撇嘴，九月提著裙襬緩步走上去，剛到門前，只聽「砰」的一聲，一團黑影重重地撞在本就岌岌可危的大門上，緊接著連同大門一起砸落在地上，灰塵伴隨著一聲慘叫揮散開來……

飛揚的塵土撲面而來，九月猝不及防，被弄了個灰頭土臉，嗆得連連咳嗽，她卻顧不得其他，那叫聲太過淒慘，要是鬧出人命，可就不得了。

雙手不停地揮去面前的灰塵，九月怒聲喊道：「姓祈的，發什麼瘋呢？想到牢裡吃免費牢飯了是吧？」

怒氣之下，也不管這人是不是她這一世的爹了。

「怎麼是妳？」灰塵那一頭，傳來祈豐年沙啞而驚訝的聲音。

「那你以為是誰？」九月沒好氣地哼了一聲，總算揮去面前的灰塵，走了進去。

這時，聽到動靜的張義也跑過來，來到那倒地哀號的乞丐面前。

「張義，送他去醫館療傷。」九月見狀，忍不住心裡一突，忙掏出身上所有碎銀子給張義。

「小虎，你怎麼樣？」張義扶起那人，上上下下地檢查著他的傷勢。

「我沒事，咳咳……」那人倒也結實，在張義的攙扶下站起來，佝僂著腰，手按著胸膛不斷咳著。

張義絲毫沒有嫌棄那人身上的髒亂，把人架在肩上，緩緩走了出去。

土地廟裡只剩下九月和祈豐年這對父女。

九月目送張義他們出去，聽著牛車的聲音遠去，才緩緩轉過身來，看著靠在土地公像前的祈豐年。

他手裡還拿著那個酒葫蘆，身邊扔了三、四個酒罈，披頭散髮，醉眼朦朧，那形象堪比方才被他扔出去的乞丐。

瞧著他這德行，九月忽然有些愧疚，祈豐年在她眼中從來都是不負責任、不顧家庭子女、沒有作為的懦夫，可此時此刻，她忽然意識到，自己似乎不曾正眼看過這個老人，更沒有想過要好好瞭解這個老人。

九月心頭的火氣頓時消散無蹤，她左右瞧了瞧，在廟裡漫步起來，一邊輕飄飄地扔出一句問話。「說吧，他們哪裡得罪您了？」

「快滾，少來管老子的閒事！」祈豐年拿起酒罈就砸過去。

九月停住腳步，不躲不閃，任由那酒罈砸在她腿邊一尺處。「這兒是您家嗎？您管我滾不滾？」

祈豐年見她竟然不躲，眼神一緊，直到酒罈落地破成碎片之後，他才若無其事地轉開目光，仰頭灌了一大口酒之後，說道：「那幾個小兔崽子是妳派來的？」

「沒錯。」九月承認。

「妳讓他們來幹麼？當老子是囚犯啊？」祈豐年說著又是一陣暴怒，又扔了一個酒罈出去，這次離九月更遠，足足偏離好幾尺，最後落在土牆上，酒罈支離破碎，那土牆上的泥也抖了三抖，掉了一地。

「誰敢當您是囚犯啊。」九月更加確定祈豐年不會對她怎樣，心裡莫名一暖，說話也底氣十足。「我也沒想管您的閒事，您是老子，我們也管不著您，我管的，是八姊的事。」

「哼，知道老子還是老子就成，她的事，老子說了算。」祈豐年也不知是受了什麼刺激，在九月面前也是一口一個老子，態度極其粗暴。

「不好意思，那是我八姊，我還真就管定了。」

九月一腳踢開酒罈碎片，居高臨下地看著祈豐年。「您以為您是我們的老子，就能隨意決定我們的命運嗎？什麼父母之命，媒妁之言，在我看來都是狗屁，您要是真當自己還是我們的老子，您就不會給八姊找這樣的人家，一個四十多歲的老鰥夫，您是覺得自己有這樣一個女婿會給您臉上增光嗎？黃土都埋了半截的人了，存心讓我八姊過去當寡婦是吧？」

「屠家至少比水家好吧。」祈豐年又灌了一大口酒。

「水……」九月想要反駁，卻找不著有力的話。

「沒話說了吧？」祈豐年睨著她，嘲諷地說道：「水家有什麼？窮酸一窩，一大家子全靠那小子走南闖北的走鏢過活，水家那老乞婆還有一大夥的七大姑八大姨，哪個是省油的燈？那樣的人家，妳好意思讓妳八姊過去受苦？還有妳知道鏢師是幹什麼的嗎？鏢師，那就是提著腦袋幹活的，一個不好，這趟鏢出去，遇到賊人了，能不能活著回來都不知道！哼，人都回不來，女人不成了寡婦嗎？一個寡婦也就算了，可妳也不瞧瞧水家那些人，現在就容不下人了，以後他們還容得下一個寡婦嗎？」

確實容不下。九月一想到水家人那副樣子，就忍不住打了個寒顫。

第八十章

「屠家又怎麼了？」祈豐年見堵住九月的嘴，心裡也有些得意，說話更加大聲起來。「屠大發那老小子老實家境好，子女都孝順，在他們家，他說一不二，他是四十多快五十沒錯，可他身子骨壯實，八喜過去後要是爭氣些，有了兒子傍身，就算屠大發死了，在那個家裡也沒有人會虧了她。」

「您又知道以後沒有人欺負她了？」九月哼了一句，可心裡不得不承認他說得有道理。「既然知道屠家不錯，為什麼您不把八姊許給他們家兒子？屠家那大兒子，不是和八姊一般年紀嗎？」

「妳以為我不想？」祈豐年悶了一會兒才說道：「還不是因為妳。」

「因為我？」九月只一轉念就明白了，又是災星之名，不由冷笑道：「他當娶個續弦就沒事了？哼，惹急了我，一樣剋死他全家。」

「閉嘴！」祈豐年手中的酒葫蘆猛地往地上一甩，指著九月說道：「妳是不是覺得這樣說話很好玩？是不是覺得自己是災星就很了不起？妳這樣對得起妳死去的娘？對得起一心維護妳的外婆嗎？」

九月看到祈豐年這般，忽地平靜下來，她瞇了瞇眼，淡淡地問道：「這與您又有何干？」

「我……」祈豐年揚起的右手就要落下，最終還是停在半空，目光死死地盯住九月好一會兒，才頹然放下手。「沒錯，妳的事與我何干……」

說罷，再次跌回剛才的位置，撈起身邊僅剩的幾個酒罈尋酒喝。

此時，天空忽地幾聲悶響，頃刻間大雨傾盆，失去了大門的廟門如同掛上雨簾，豆大的雨滴激起地上的泥土。

九月轉身，靜靜地看著外面的雨，聞著鼻間泥土的氣息，一顆被祈豐年激得煩躁的心也沈靜下來。

祈豐年尋了一遍，最後還是找回他那個酒葫蘆，葫蘆裡的酒早灑得所剩無幾，他卻裝作要灌酒，目光偷偷打量著立在廟中間的九月，眸中漸漸地滲出一抹歉疚。

許久，祈豐年仰起頭，葫蘆抵在額上，掩藏住奪目而出的濁淚。

他現在能做的，也只有趕走他們所有人，那樣才不會受他牽連……

九月背對著他，看著廟外連綿的雨簾，平靜問道：「您這樣做，是因為當年遊家的事嗎？」

她沒有留意到，祈豐年聽到這句話時，猛地抬眼看向她，眼中閃過一絲厲色，不過很快便消弭下去，又成了那副半死不活的樣子。

「聽不懂妳在說什麼。」祈豐年把酒葫蘆掛回腰間，搖搖晃晃地站起來。

「有人要脅您嗎？」九月轉身，盯著祈豐年。

「老子說了，少管閒事，滾回妳的鋪子去！」祈豐年大吼一聲，踉蹌著往九月這邊走來。

「吼什麼吼！」九月眉一皺，吼了回去。

祈豐年有些意外，在他面前，她就是冷冷淡淡的；在祈喜面前，她也是輕聲細語的，哪裡像現在，絲毫沒有一個姑娘家該有的柔弱矜持。

「別在我面前老子老子的，有您這樣當老子的嗎？」九月不耐地瞪著他。「我不知道您在發什麼瘋，趕走爺爺，把八姊隨意許出去，賣了房子，然後呢？浪跡天涯？別告訴我您老了才發現自己虛度一生，想要發揮一把餘暉給我們幾個姊妹掙一分富貴回來，這話說出去誰信？」

「屠家是我精心選的，沒有隨意好不好？」祈豐年看著九月，似乎又看到了當年那個身影，那時，也只有她才會這樣大聲和他說話……他的眼神有些迷茫，說話也低沈許多。

「精心？您問過八姊的意願嗎？您知道她想要什麼嗎？」九月不屑地反問。

祈豐年目光閃爍，無言以對。

「當初為了這個家，四姊自賣為婢、二姊服從您的安排，那時候還可以說是為了一家人的命，可事實上呢？」九月步步緊逼。「如今她們難得回來了，家裡也不愁吃不愁穿了吧？您還有什麼不滿足的？」

「我……」祈豐年下意識就要辯解。

九月不給他機會。「您什麼？您倒是給個理由，說說如今到底還有什麼比當年還要難過的坎，需要您拋家棄女背井離鄉？沒有合理的理由，就別在我面前老子老子的。」

祈豐年的眉心鎖成深深的川字，有些失神地看著發飆中的九月，有多少年沒聽過這樣的聲音了？隱約間，眼角有些濕潤。

「怎麼？沒話說了？」九月嚇了一跳，退後一步，警惕地看著祈豐年。

祈豐年收回思緒，眼神複雜地看了看九月，沒說話。

被這麼一看，九月還真有些心虛，她別開頭，看著外面的雨簾嘀咕道：「別以為您沈默抗議我就怕您。」

雨，似乎越來越大，廟門口失去大門的阻擋，風毫無阻礙地灌進來。

九月忍不住打了個寒顫，如今雖是二月，平日天氣晴時還不覺得寒冷，這會兒一下大雨，就好像冬日重臨般，寒氣逼人。

祈豐年看著環胸靜立著的九月，心底湧上一股失落，他動了動嘴唇，很想把原因說出來，或許說出來，他們父女之間就能更親近些？

「轟隆隆——」一聲響雷像在頭頂上炸開般，閃電緊接著劃破天空，在那一閃而過的亮光中，祈豐年似乎看到了某些猙獰的身影，令他不由心頭一顫，緊緊閉上了嘴巴。

他深深地看了九月一眼，像是想把她的容貌、身形刻入心底，又或者，他想把心底深埋的那個身影重新翻出來。總之，連他自己都不清楚，他到底在看什麼，只是就這樣看著。

噠噠——突然，急促的馬蹄聲在雨幕中襲來，九月愣了一下，回頭看了看祈豐年。

祈豐年神情凝重，方才醉醺醺的樣子頓時消失不見，他快步來到九月身邊，拉著她往土地公像後面跑去，到了邊上，馬步一紮，拍著膝蓋催促道：「快上去。」

九月沒有抗拒，踩著祈豐年的膝蓋，攀著土地公像就爬了上去，躲在後面。

緊接著，祈豐年隨手從地上撿起一根木棍也跳了上來，護在外面。

九月轉頭看著他，此時的祈豐年神情嚴峻，目光炯炯，哪裡還有平日那頹廢老頭的半絲影子？

「噓！」祈豐年留意到她的目光，轉頭朝她比了個噤聲的手勢。

「這兒有廟，我們先進去躲躲吧。」外面有個聲音斷斷續續傳了進來，沒一會兒，急促的馬蹄聲停在廟門口，說話聲也大了起來。

「賊老天，沒事下這麼的大雨。」粗獷的聲音罵罵咧咧地進了廟。

「三哥，賊老天可不是能胡亂罵的，當心遭雷劈。」接著進來的是個溫和帶笑的聲音。

九月聽到，卻是愣了一下。

像是回應他的話似的，一聲悶雷「轟隆隆」地砸下來。

進廟的幾人不由大笑，又是一頓打趣調侃的話。

九月聽到那有些熟悉的聲音，心裡猶豫不決，不知道是不是聽錯了，見祈豐年嚴陣以待，也不敢隨意出聲，只是豎起耳朵想聽聽其中有沒有遊春的聲音。

「孟冬，你和遊少最熟，你可知道他這次是怎麼回事？上次在外面那麼久才回去，回去沒多久又急匆匆地走了，都沒和我們打招呼。」伴隨著一陣擰水聲，粗獷嗓子再次響起，總算提到九月感興趣的話題。

「遊少的事，我哪知道。」齊孟冬笑嘻嘻地接話。

「少胡說八道，上一次你不是來過嗎？你沒見著那位姑娘？」另一個聲音也加入。「說說，是什麼樣的姑娘？竟然讓遊少這樣癡迷？」

「去去去，你那什麼口氣？」齊孟冬嫌惡地推開那男人。「要不是她救了遊少，你我如今還能這樣輕鬆地在這兒？」

「這麼說，遊少對她只是報恩？」另一個人又擠過來。

九月聽到這兒，一顆心頓時提起來。

「應該不是吧。」齊孟冬也不想多說。「你們在我面前瞎打聽也就罷了，見了遊少或是見了那位姑娘，你們可要當心禍從口出，到時候打發你們去龔城養豬。」

九月皺了皺眉，腳下站得有些吃力，便小心地挪腳，卻不料蹭到土地公像，上面乾裂的泥土頓時掉落一小塊。

「什麼人！」九月還沒回過神，外面的人已警惕地擺開架勢，其中幾個「錚」的一聲抽出兵器繞到後面。

祈豐年立即揚起木棍，把九月緊緊護在身後。

「什麼人?!下來！」祈豐年對面的大漢光著膀子，手拿著一把刀。

祈豐年揚起木棍就要反抗，九月在後面見了，忙拉了他一把。「聽他們的，先下去。」

祈豐年愣了一下，點點頭，扶著土地公像跳下去，卻仍然拿著木棍，護在前面。

九月接著也跳下去。

「嘿，這老乞丐豔福不淺啊。」正對著他們的漢子一見，一雙眼睛瞪得跟銅鈴似的，上上下下打量九月一番，嘖嘖讚道：「這年頭真是什麼怪事都有，好好的姑娘家，居然跟了這樣的老乞丐，我說姑娘，妳怎麼就這樣想不開呢？」

「放你娘的狗屁！」祈豐年一聽火冒三丈，手中的木棍便砸了過去。

只是，他哪裡是這些人的對手？還沒碰到人就被那漢子給掀翻了，接著，明晃晃的刀眼看就要落到祈豐年身上。

「住手！」九月大驚，她再怎麼不想搭理祈豐年，也不想他在她眼皮子底下出事啊，忙上前一步，擋在祈豐年身前，瞪著那漢子喝道：「你這人怎麼這麼不講理啊？進來就胡說八道，現在還想殺人是吧？」

「嘿，妳個小娘……」漢子的話還沒說完，只聽到齊孟冬一陣猛咳，整個人如離弦的箭衝了過來，擋住漢子，把人推開後，才轉身朝九月笑咪咪地打招呼。「九月姑娘，呵呵，真巧。」

「哼。」九月掃了他一眼，不理會他，逕自扶起祈豐年。

「都愣著幹麼？還不快收了兵器整理儀容？」齊孟冬慌忙朝眾人連連揮手，自己頭一個衝過去撈起自己的衣服，也不管衣服乾了沒，直接套了上去。

「孟冬，你認得她？」

那些人猶猶豫豫地收起兵器，卻沒一個人跟著去穿衣服。來的路上衣服都淋得濕透了，這會兒剛剛晾起來呢，這樣穿上豈不是要得病嗎？

這時，九月理也不理那些人，扶起祈豐年就要往外面走。

「九月姑娘，妳去哪兒？」齊孟冬七手八腳地穿好衣服，還在繫衣帶，就看到九月和祈豐年走到門口，忙搶上去喊道：「外面還下著大雨呢，這樣出去會生病的。」要是讓遊春知道，不扒了他的皮才怪。

「不走留在這兒等你們來砍嗎？」九月轉過頭，冷冷地掃了齊孟冬一眼，這些人是遊春認識的人又怎麼樣，滿腦子骯髒。

「欸、欸，先別走啊！」齊孟冬一想到剛剛他們說的那些話，又想到傳到遊春耳中後可能有的後果，就是一個頭兩個大。

「妳還沒介紹這位老爺子是誰呢？」

「你又是什麼人？我認識誰用得著和你報備嗎？」九月冷哼一聲，扶著祈豐年往外走，趁著還有齊孟冬的面子在，她得趕緊把人帶走。「爹，我們走，別理這些野蠻人！」

爹，這個稱呼，祈豐年已聽了二十幾年，可此時此刻，聽到九月這樣不經意的一聲，他突然有種想哭的衝動，緊繃的神經也在這一刻鬆開，他忘記這廟裡還有那麼多危險的人，也忘了問九月怎麼認識他們，他只是呆呆地看著九月，任由她拽著他的手臂走出廟門。

微風襲來，雨水撲面而來，裙襬馬上濕了一片，九月本就皺著的眉鎖得更緊。

這時，齊孟冬趕緊出了廟門，來到九月身邊急急說道：「九月姑娘，這雨這麼大，妳可淋不得啊，真會生病的。」

九月礙於祈豐年在邊上不好多問，便只是側頭瞧了他一眼，淡淡說道：「多謝齊公子關心，病不病的，是我自己的事，就不勞齊公子操心了。」

齊孟冬苦笑道：「九月姑娘，他們不認得妳，所以說話放肆了些，冒犯之處，還請妳看在遊少的分上，別和他們見識了。」

齊孟冬這番話，除了提醒九月，這些都是遊春的人，同時也暗示身後那些人，這位就是方才他們議論的、被遊春放在心上的姑娘！

第八十一章

九月無視齊孟冬的苦瓜臉。「我不過是與我爹在這兒躲雨，便被說得那麼不堪，這會兒你們這麼多大男人衣衫不整的在這廟裡，我若進去了，到時又該得被傳成什麼樣？只怕浸豬籠、沈塘都不足洗清這髒水了吧？」

「這……」齊孟冬尷尬地摸摸鼻子，眼刀子連連往廟裡那些人身上瞟，心裡直罵道——這幾個王八羔子，怎麼這麼沒眼力？得罪了人還不出來幫腔，就會躲在殼裡裝孫子……

無奈之下，他只好硬著頭皮頂住了，雖然他和九月只是短短相處過，可他看得出這姑娘心腸不壞，想來多說些好話哄哄也就過去了。「九月姑娘，要不，我讓他們都出來，你們進去？」

「不必了。」九月往路邊瞧了瞧，隱隱約約看到一個灰影往這邊過來，心裡升起一絲希望——是張義回來了嗎？

「那妳站到屋簷下，都被雨打濕了，要是真生了病，我們真是百死莫辭了。」齊孟冬只好換了個建議。

九月見他說得這樣嚴重，有些忍不住笑意，態度明顯緩和下來，拉著祈豐年往牆邊移了移，自己仍站在他這邊擋住齊孟冬的視線，這才看了齊孟冬一眼。「齊公子這是打哪兒來？」

「自然是從京都來了。」齊孟冬見她態度軟化，鬆了一口氣，倚在廟門口就拉開聊天的架勢。

「喔。」九月點點頭。「這次要在康鎮住多久？」

「沒打算久住，這不是遊……遊少有急事召我們來嘛，說不定見了面又要往別處去了。」齊孟冬猶豫著瞄了九月身邊的老頭一眼，這老頭跟個乞丐似的，難道就是遊春未來的老丈人？

「喔。」九月有心想問問遊春的消息，可身邊還有祈豐年，她只得把話嚥了回去。

「遊少……」其實齊孟冬也想問遊春的消息，他看了看祈豐年，改口問道：「九月姑娘最近可有他的消息？」

九月搖頭。「沒有。」

「咦？他沒和妳聯繫？」齊孟冬驚訝不已。

這時遠處的灰影已到廟前，正是之前離開的牛車，停下後，車上兩個穿著蓑衣、戴著斗笠的人跳下一個，到了九月面前，斗笠摘下，果然是張義回來了。「東家，要回去了嗎？」

「嗯。」九月點頭，朝齊孟冬笑了笑。「不好意思，先走一步了。」

齊孟冬還在皺著眉思索遊春的去向，沒反應過來九月這句話，下意識就點點頭。張義從蓑衣下拿出一把油傘撐在九月頭上，把九月送上車後，又過來接祈豐年。等齊孟冬反應過來後，牛車已調轉方向消失在雨幕中。

上了車之後的祈豐年漸漸清醒過來，目光複雜地看著九月。「那些人是誰？妳怎麼認識的？」

「我只認得那個出來和我說話的，其他不認識。」九月懨懨地回道，土地廟的相遇，在她心裡種下不確定的因子，生出絲絲惶恐。

「我聽到他們說什麼遊少，那又是誰？」祈豐年注意著她的表情，心裡一沈。

「以前他遇到難處，我幫過忙而已。」九月擺明不想多說。

「離姓遊的遠一點。」祈豐年也只好這樣叮囑，他不想剛剛改善一點的關係再次被他弄僵。

九月抬眼看看他，意味深長地說道：「還是管好您自己吧。」

祈豐年眼皮一跳，別開臉，心裡卻不安起來。

牛車很快就停在祈家院子前的坡下，張義撐了傘送他們兩人進去，接著向九月請示道：「姑娘，現在雨太大，我們還是晚些來接您吧？」

「不用接了，你去和那車夫說一聲，讓他把車停好，先進來躲雨吧，等雨小些了，我們就走。」九月搖頭。

「成。」張義想想也是，便出去張羅。

祈豐年看了看九月濕透的裙襬，猶豫一下才說道：「八喜的房間在那邊，妳去尋套她的衣服換上吧。」

「不必了。」九月淡淡應道，四下一看，就往廚房走去，一邊嘀咕。「管好您自己吧，好好的家不待，非要弄得跟乞丐一樣……」

祈豐年聞言，低頭打量自己一番，又看了看進了廚房的九月，嘴角忍不住揚了揚。

九月進了廚房，打開鍋蓋看了看，就挽起袖子開始刷鍋燒水。

這個家沒有了祈喜，鍋底有些許生鏽，廚房的水缸也見了底，手一抹，隨處都是灰塵，院子裡的落葉也掉了一地。

九月邊吐槽邊收拾，燒好了熱水，讓張義給祈豐年送過去，又沏了一壺熱茶送到堂屋給車夫喝著，接著便開始大掃除。

張義也勤快，送完熱水便尋了掃把，在堂屋和走廊上打掃起來。

「你們是誰？」正掃著，祈康年和祈稻兩人出現在院門口，警惕地看著張義和堂屋裡坐著的車夫。

「我們是……」張義轉身，本著保護九月的心思，他反問道：「你們又是誰？有什麼事嗎？」

「這兒是我大伯家，你們怎麼會在這兒？」祈稻謹慎地打量了張義和那車夫一眼，他們是看到坡下停了牛車才趕過來的。「你們東家呢？請他出來說話。」

「稍等。」張義聽到他說找東家，自動理解為他們知道九月回來，所以過來看她的，便朝廚房喊了一聲。「東家，有人找。」

「誰呀？」九月聽到，忙放下掃除用具出來。

祈稻眼尖，率先看到九月，驚喜地喊道：「九月？妳回來了！」

「大堂哥。」九月快步迎到走廊，對著祈康年行了禮。「二叔，裡面坐吧。」

「嗯。」祈康年看看她，點點頭，和祈稻兩人撐著傘走進來。

「妳什麼時候回來的？」祈稻看到九月極高興。「上次……我和阿稷還商量著要去尋妳勸勸呢。」

「剛到。」九月笑了笑。「最近辛苦二叔和大堂哥了。」

「沒什麼，都是一家人，總不能看著這房子歸了別人的姓。」祈康年搖搖手，這時車夫見到他們進來，主動捧著杯讓到廊下，和張義坐到一處。

「九月，妳是為了大伯的事來的吧？」祈稻有些愧疚地看著她。「他在土地廟，我們去了好幾次，怎麼勸也勸不回來，還被他趕出來了。」

九月給兩人送上熱茶，笑著說道：「他那個脾氣……只能請二叔、三叔還有幾位哥哥們多擔待了。」

「既然回來了，等天晴了，我們一起去一趟土地廟把妳爹拉回來吧。」祈康年嘆了口氣。

「拉什麼拉，我想回來自己沒腳嗎？」祈豐年洗漱好後，換了一身乾淨衣服出來，正好聽到祈康年說這話，不由不高興地應聲。

「大哥。」祈康年驚了一下，轉頭看著祈豐年，眼中流露笑意。「你可算回來了，你要是真不回來，我可就和老三商量著把你這房子拆了燒柴了。」

「哼，要燒柴自己不會上山砍啊？燒我房子……你知道這房子能賣多少錢嗎？」祈豐年眼一瞪就要較真。

「大哥，你要是缺錢花，跟我們說一聲就是了，賣房子幹麼呀？」祈康年嘆著氣勸道。

「誰缺錢花了？」祈豐年硬著脖子駁了一句，看了看九月，倒是沒有發脾氣，坐到祈康年對面，自己倒了一杯熱茶端著。「家裡也沒什麼吃的了，你要有心，還記著我這個大哥，去給我弄幾道菜過來。」

「大哥你這話說的，不就是飯菜嗎？要不是大哥，我們哪裡住得起這樣好的屋子，哪裡娶得起媳婦？大哥說這些話，那不是戳我們的心窩嗎？」祈康年顯得有些委屈，瞪了祈稻一眼。「稻兒，快去讓你娘多做幾道菜送過來，以後你大伯的一日三餐都在我們家了。」

「是。」祈稻應下，朝九月笑了笑，撐著傘出去了。

「總算說了句人話。」祈豐年哼了一聲，看了他一眼。「你也不用怕，今天也就是有客人在才麻煩你們的，以後我自己吃就是了，省得惹是非。」

「大哥。」祈康年聽他說這些，無奈地喊了一聲，看了看九月。「當年的事都過去那麼久了，你還老記著做什麼？都過去了，沒了的人已經沒了，我們活著的人總要過日子不是？你現在好歹也是做外祖父的人了，反倒比我們還要小孩子氣，你瞧瞧你這幾天折騰的，讓孩子多擔心呢。」

「你少管閒事。」祈豐年不滿地哼了一聲，伸手便要摸腰間的酒葫蘆，卻摸了個空，才記起自己洗澡的時候扔在房間裡了。

「現在二囡、四囡還有九囡都回來了，瞧她們一個個如今都出息了，你不安安心心地在家享清福，你還鬧什麼呀？」

祈康年倒是真心實意地想勸祈豐年，側了側身，手托在桌上看著祈豐年語重心長的說道：「大哥啊，說真的，村裡有多少人羨慕你啊，個個都說你祈屠子如今算是熬出頭了，女兒孝順，女婿有出息，可你呢，老了居然想賣了自己的根。我們都一把年紀了，你如今去外面，能混出什麼名堂？你瞧瞧你前幾天，活脫脫就是個老乞丐，難道早些年因為屠子的名頭受了大半輩子的苦，還不夠嗎？還想去嚐嚐老乞丐的滋味？」

祈豐年聞言，眼睛瞪得大大的，偏偏又反駁不了，心裡不斷嘆氣。

九月在一邊安靜聽著，聽到這兒也忍不住失笑，想了想，便乘機對祈豐年說道：「爹，您這樣做或許是因為不想拖累二叔、三叔，可您有沒有想過，一筆寫不出兩個祈字，就算您離開這兒，您還是姓祈，血濃於水的親情，是不可能因為您的決定就能完全隔斷的。」

祈豐年抬頭，看到的是一雙坦然、清澈的目光，目光裡沒有淡漠，甚至，他還能看到絲絲關心和溫情。這種目光，就如同那一聲「爹」一樣，讓他心裡又暖又澀。

祈康年有些意外地看了看九月，之前他們父女見面的冷漠比之見了陌生人還不如，怎麼這會兒倒有些進步了？

「反正無論怎麼做，結果都是一樣的，又何必非要落得拋家棄女的境地呢？」九月見祈豐年猶豫，又加了一把柴火。「有些事做了，還能挽回，可有些事一旦發生，那便是一輩子的遺憾了。」

祈豐年知道，她說的是祈喜的事，不由黯然神傷，眼前似又看到當年祈願眼中的絕望、祈巧眼中的不捨，他最終閉上眼睛，啞著聲問道：「可是，還來得及嗎？」

「當然來得及。」九月笑了。

祈豐年看著她的反應，嘆了口氣。「妳又動了手腳？」

「什麼叫『又』？」九月心情大好，也不和他計較。「我又沒做什麼。」

頂多就是派幾個人盯著他，盯著屠家、水家罷了，還不是為了他們好嘛。

沒多久，祈稻提著一個大食盒過來了，六菜一湯，還備了一瓶好酒。

瞧那樣子，連祈康年和祈稻自己的分也備下了。

於是，幾人圍了一桌用了中餐。

到了下午，雨才漸漸小了，九月見屠家人還沒有動靜，也等不下去。

「您要和我們一起去鎮上嗎？」九月倒不是因為喊了爹就自覺該帶在身邊孝敬，她只是覺得，既然有可能是遊春的人在找他麻煩，那麼讓他與她同住，或許她還能在遊春面前求個情。

可顯然祈豐年等人都誤會了，祈康年和祈稻都鼓勵地笑看著祈豐年，可祈豐年在初初的高興之後，便搖搖頭。「我不去。」

第八十二章

「大伯，這也是九月的孝心，您就去吧。」祈稻勸道。

九月也懶得解釋了。

「老爺子，您還是一起去吧，省得東家掛心。」張義也插了一句話，只要這老爺子去了鋪子裡，他那些乞兒兄弟們也不用再過來這邊看著了，也省了被揍的危險。

「不去。」祈豐年連連搖頭，不過好歹補了一句。「你們要是不放心，就讓之前那兩個小子來這兒。」

「那兩人的傷怎麼樣了？」九月只是一愣，便明白過來了，撇撇嘴，當著祈豐年的面問張義。

「大夫說了，沒什麼要緊，皮肉傷養養就好了。」張義看了看祈豐年，搖了搖頭。「要是老爺子想讓他們陪伴，也不是不行，他們都是孤兒，能有個棲身之地，高興都來不及呢。」

「嗯。」九月點點頭，朝祈康年和祈稻笑了笑。「那我先回去了，鋪子裡還有事。」

祈豐年和祈康年也沒說什麼，只是點點頭，倒是祈稻起身送九月出了門下了坡。「九月，八喜在妳那兒吧？」

「嗯。」九月點頭，目光掃了附近一眼。

「那水宏呢？」祈稻緊接著又問。

「他走了。」九月眨眨眼。

「呼……」祈稻竟鬆了口氣。「那天水家人從鎮上回來又到這兒鬧了一場，好在當時家裡沒人，他們又回去了。」

「鬧就鬧唄，他們在鎮上吃了虧，肯定是趁著家裡沒人來出出氣的。」九月笑了笑。

「這麼說，他們差點被捕頭抓住的事是真的？」祈稻眼中一亮。

「大堂哥，我住在那兒的事，外人不知道，你就當什麼都沒聽見喔。」九月朝他眨眨眼。「不早了，我們還有事要辦，先走了。大堂哥哪天有空，來我那兒坐坐。」

「好。」祈稻點點頭，叮囑道：「路上小心。」

九月揮揮手，笑著鑽進車廂，牛車啟動，往康鎮趕去。

路上，張義猶豫地問道：「東家，小虎和阿旺還要過來嗎？」

「你回去問問，可願意到我家做事。」九月應了一句，在心裡略略思量，又說道：「如果願意，就先把他們帶到鋪子裡吧。」

「是。」張義興高采烈地點頭。

回到鋪子裡，祈喜正和阿安說話，看到九月回來，忙跑過來拉住她，滿面堆笑。「九月，妳可算回來了，妳知道嗎？事情成了，阿安真厲害！」

「喔？」九月看向阿安。

阿安微微點點頭。

「妳知道嗎？那屠老頭把庚帖藏到他亡妻的牌位底下，那屋子還上了鎖，妳說他壞不壞？想再娶還在那兒裝，還說要讓他亡妻給他把關。」說到這兒，祈喜還是很不高興，她一個大活人還比不上一個死人了。

「然後呢？」九月緩緩上樓，她的裙襬都濕了，到家了還不換，那純屬自找麻煩。

「然後阿安就找人合作，把那庚帖換了唄。」祈喜笑嘻嘻地跟在後面，幫著把門關上，又殷勤地打開櫃子。

九月進了屏風後，脫去衣服，驚訝地問道：「找人合作？」

「是啊。」祈喜說到這兒又興奮起來。「妳猜他找誰？」

「誰啊？」九月配合地問。

「屠老頭的大兒子。」祈喜兩眼彎彎。「妳一定想不到他那幾個兒女也不想這事成吧？」

「也不意外。」九月倒沒覺得什麼。「畢竟有誰會願意有個與自己一般年紀的後娘來管著呢。」

「也是。」祈喜點頭，轉述起從阿安那兒挖來的隻字片語。

而此時，成衣鋪子裡，齊孟冬一行人正圍著韓樵追問游春的下落。

「樵伯，這到底怎麼回事？少主來這兒不是因為……他怎麼跑鄰縣了？到底出什麼事了？他現在身邊跟隨的都有誰？」說話的自然是那個三哥，在這群人中，以他的話最具威信，在他面前，齊孟冬也得站邊上去。

「三爺，少主他……」韓樵一臉為難，直接跪了下去。「三爺，老奴斗膽懇求幾位爺能聽完老奴的話。」

「樵伯，出什麼事了？」齊孟冬皺眉，直覺不對勁。

「起來說話吧。」三爺上前扶起韓樵，他們這些人都是後來跟隨遊春的，而面前這一位卻是當初陪同老管家一起把遊春救出來的，雖名為家僕，可他們誰也沒真把他當下人看待。

「幾位爺，少主去鄴縣，是老奴使的手段，因為我跟他說，九月姑娘被她四姊送到鄴縣去了。」韓樵垂手而立，低著頭低聲說道：「少主擔心她的安危，就追過去了。」

「樵伯，九月姑娘明明沒去鄴縣啊，你怎麼……」齊孟冬大吃一驚，他怎麼越聽越不懂了呢？

「沒錯，九月姑娘就在鎮上，我騙了少主，是因為我覺得他們不適合。」韓樵坦白道。

「少主自幼失親，韜光養晦這麼些年，為的就是平反冤情，重振遊家，這些都需要更大的助力。而九月姑娘，她只是個尋常村姑，不僅如此，她還是人人忌諱的災星，老奴不能眼睜睜看著少主……若少主有一絲一毫不妥，老奴閉眼之後，也沒臉去見老爺夫人。」

「可是你之前不是還……」齊孟冬著急道。

「之前是不知道她有這樣的身分。」韓樵嘆了口氣。

「我說，這災星又是怎麼回事？」老魏忍不住插嘴。

「是呀，樵伯，跟我們說說，到底是怎麼回事？」眾人頓時來了興趣。

「事情是這樣的，」韓樵見幾人沒有追究他使手段支走遊春的事，心裡略略一鬆，趕緊說道：「十六年前那場大饑荒，九月姑娘的母親也不幸離世，死的時候還懷著九個多月的身子。可說來也怪，她死後第二天，也就是九月初九子時，竟生下一個女嬰……」

「那女嬰難道就是九月姑娘？」其中一個叫老魏的目瞪口呆地看著韓樵，插嘴道：「這……這也未免太他娘的邪門了吧？」

「沒錯，就是九月姑娘。」韓樵看了他一眼，點點頭，細細說起九月的身世。「而且她爹還是個屠子……」

「啥叫屠子？」老魏又忍不住插嘴。

「我說老魏，你就不能先讓樵伯把話說完嗎？」有人不滿地把老魏推到最旁邊。「樵伯，別理他，繼續說。」

「屠子意思就是屠夫、劊子手……」韓樵解釋道。

「噗——」齊孟冬正坐在一邊喝茶，聽到韓樵說到這話時，他忽然一口茶水噴出來。那幾個推開老魏的人正巧站在他面前，頓時中了招，跳著腳逃開，指著齊孟冬的鼻子罵道：「齊孟冬，你小子幹什麼呢?!」

齊孟冬顧不得他們，站起來拉著韓樵的衣襟急急問道：「樵、樵伯，你剛剛說什麼……她爹是個劊子手?!」

韓樵嚇了一大跳，點點頭。

「我說……」齊孟冬鬆開手，傻傻地看著三爺問道：「三哥，你說我們到處找人，這九月姑娘的爹，遊少未來的老丈人會不會就是我們要找的人？」

此言一出，屋裡一片寂靜，連那幾個正叫罵的漢子也忘記擦拭臉上的茶水漬，愣愣地看著齊孟冬和三爺。

「還等什麼，馬上找人啊！」老魏性子最直爽，反應也是眾人中最快的，跳起來就要往外面走。

「慢。」

三爺卻抬手阻止了他們，面對眾人的疑問，他緩緩開了口。「此事還需再議。」

「三哥，議什麼啊？你又不是不知道這邊的情況，上次遊少可是在這兒吃了虧，現在我們能找著人，他們說不定也得到消息了，萬一……」老魏著急說道。

「我沒說不去找，你急什麼？」三爺瞪了他一眼，看向韓樵。「樵伯，想來你對這位九月姑娘是最瞭解的，你可知道她家住哪兒？還有這位祈老爺子之前的事又知道多少？請你派人速去查探清楚。」

「三爺，那九月姑娘那兒……？」韓樵此時也顧不得別的，認真地看著三爺。

「九月姑娘那兒……暫時還不要驚動她。」三爺吩咐道。「速速派人去通知遊少回來。」

「是。」韓樵匆匆而去。

餘下齊孟冬等人眼巴巴地等著三爺發話。

「三哥，不論九月姑娘出身如何，她救了遊少可是事實，你可不能……」齊孟冬眼中滿是擔憂。

「我又沒說要對她做什麼。」三爺看了他一眼，無奈地搖頭。「如今的情況，就算我們不做什麼，你覺得遊少和九月姑娘還有可能嗎？」

齊孟冬頓時沈默了。

「老魏、樂源、樂業，你們三人負責暗中保護好祈老爺子的安全。」三爺開始調兵遣將。「孟冬，你既然與九月姑娘熟識，那她就交給你了，你就當是朋友間走動走動，留意一下她身邊有沒有可疑之人。」

「喔。」齊孟冬點頭，倒是沒反對。

「你可給我記好了，樵伯做的所有事，都沒有發生過。」三爺瞇了瞇眼，皮笑肉不笑地盯著齊孟冬。

「我又不是傻子。」齊孟冬沒好氣地翻了個白眼。

「樵伯畢竟是遊少身邊的老人，這麼做也是一片忠心。」三爺又補充一句，便不再理會齊孟冬，轉而安排餘下幾人的任務。

任務分配完畢，眾人便行動起來。

這一次有了明確目標，效率大幅提升，等他們吃完中飯，換過了乾淨衣服，韓樵已經回來了，手上拿了一張紙，遞到三爺面前，神情凝重地道：「三爺，你瞧瞧這個。」

三爺接過紙，看了看，不由驚訝地問道：「這都是哪兒來的？」

「都是祈九月幹的。」韓樵也不知道該說什麼好，只是說到九月名字的時候，已不客氣地直呼其名。

「這也是好事啊，平白多了這麼多房產。」三爺反覆看了看，笑意盎然。

「可是……要是被那些人盯上，少主豈不危險了嗎？這祈九月，真真胡鬧。」韓樵皺了皺眉頭。

「沒這些，他就不危險了？」三爺搖搖頭，把這張紙收起來。「都幹活去吧，當心安全。」

於是，在韓樵複雜的目光中，眾人稍稍改裝之後分頭行動。

此時的九月，壓根兒就不知道成衣鋪早已翻了天，她正在魯繼源的鋪子裡。

鋪子裡沒有五子的身影，只有一位陌生的小夥計正在招呼一對老夫妻。

「夥計，你們家公子在嗎？」九月含笑上前，客氣地詢問，目光掃了鋪子裡的東西一眼。

小夥計顯然不認得她，客氣地問道：「姑娘有事嗎？」

「我找魯公子說點事。」九月隨和地答道。

「九月？」忽然，邊上有人喊了她一聲。

九月側頭去看，才發現身邊站著的竟是郭老和那位老婦人，不由驚喜道：「郭老、老夫人。」

「真是妳啊。」老婦人高興地拉住九月的手。「許久不見妳去落雲山了，我們正記掛妳呢，沒想到就在這兒遇上了。」

「最近瑣事纏身，便去得少了。」九月朝兩人福身，笑道：「我家就在附近，兩位要是不嫌棄，到我家坐坐吧。」

「求之不得。」

九月極少主動邀請人去她那兒閒坐，只是，偶然遇到的這兩位老人卻讓她很自然地開口邀請。巧的是，老婦人還接得異樣順口，說罷還笑咪咪地看了看身邊的郭老。

郭老倒是含蓄些，只微笑地看著九月，手緩緩捋著長鬚，一派慈祥長者風範。

「夥計，麻煩轉告魯公子，他若有空就去一趟祈福香燭鋪。」既然有客，九月也不能多耽擱了，當下叮囑夥計一聲。

「妳不是有事要忙嗎？」老婦人拍拍她的手，笑著說道：「還是先忙吧，我們不妨事的。」

「今兒難得遇到貴客，再要緊的事也沒待客要緊啊。再說了，我來這兒也就是訂一些東西，不打緊的。」九月笑著搖頭，對這對老人，她打心裡覺得親近。

「姑娘要訂東西嗎？且稍等，我這就去通報我們東家。」夥計一聽，這是他們鋪子裡的要緊事啊，方才還不願去的心思頓時消散一空，朝幾人告罪一聲，就急著跑進去了。

「妳常來這兒嗎？」老婦人藉機閒聊起來。

「這鋪子的東家魯公子手藝超群，與我那鋪子有合作之誼，倒是常常來往的。」九月點頭。「老夫人可看中什麼嗎？若是這鋪面上沒有的，您也可以畫出來，或是說與他聽，他都能做出來。」

「這麼厲害？」老婦人隨口應道，她瞧了瞧郭老，笑著問道：「九月，這位魯公子今年多大了？」

「應該……」九月被難住了，她哪知道啊？「好像二十多歲吧，我也沒問過。」

「喔。」老婦人點點頭。「我們出來走走，經過這鋪子的時候瞧著這些東西精緻，就過來看看，沒想到這東家居然這麼年輕，後生可畏啊。」

「魯公子確實很有才華。」九月也跟著讚了一句。

「哈哈，多謝九月妹子誇讚。」布簾後傳來魯繼源的笑聲，接著布簾掀開，魯繼源耳後夾著一枝毛筆，長衫衣襬還塞在腰間，他出來後，看到九月身邊還有兩位氣質不凡的老人，忙拱手一揖。「原來還有貴客在，魯繼源有禮了。」

郭老和老婦人齊齊頷首，笑著打量他。

「九月妹子，怎麼來了也不進去？」魯繼源轉向九月調侃地問道：「如今成了大忙人，便瞧不上我那小院了？」

「魯大哥，你就編排我吧，我這不是遇到貴客嘛，橫豎只是幾個模具的事，你要沒空，我讓人給你送圖樣也就是了。」九月今天也是純粹出來走走，順便打聽消息，還真沒要緊的事。

「九月，妳有事就先忙吧，我們沒事的。」老婦人忙說道。

「真沒什麼呢。」九月連連搖頭，笑道：「我也是這幾天忙得有些乏了，才想了一招偷懶的辦法，反正魯大哥這兒也沒空，我那些模具過兩天再做也是一樣，並不要緊。」

「妳想出新樣式了？」魯繼源忙問。

「也不是新樣式，就是鋪子裡那幾樣手工蠟雕，我想著做些模具融蠟，也就是圖個簡便罷了。」九月實話實說。

「那成，一會兒我讓五子過去取就是了，妳也不用畫圖，直接拿妳鋪子裡的實物就成了。」魯繼源說到這兒有些幽怨。「說起來我們也是合夥人了，妳那鋪子裡的香熏燭，我都沒見識過呢。」

「成，一會兒每樣給你來一個，記你帳上。」九月忍俊不禁。

「不肯吃虧的丫頭。」魯繼源無奈地嘆了口氣，朝兩位老人拱手。「二位，先失陪了，有什麼需要只管與夥計說，記這丫頭帳上就行了。」

說罷，衝著幾人隨意地揮揮手，就飛快衝回後院去了。

老婦人不由愕然，笑道：「倒是個有趣的孩子。」

「他呀，一說到手藝就兩眼冒光，廢寢忘食。」九月隨口接道。

「你們……？」老婦人好奇地看著她。

「只是朋友而已。」九月忙解釋，扶著老婦人說道：「郭老、老夫人，我家就在前面不遠，只是前面開了鋪子，還得委屈兩位隨我從後門進了。」

「無妨，前門後門還不都是門。」郭老直到此時才開口，語氣和藹，隱約還帶著些許笑意。

第八十三章

「請這邊走。」九月扶著老婦人，三人並肩緩緩而行，邊走邊說這兩邊鋪子的情況。九月雖然很少上街，不過她之前為了尋找原料，來來回回地細看了幾次，所以對鋪子裡都賣了些什麼還是瞭解的，正巧給二老當導遊。

二老聽得興致盎然，一路過去，倒也買了不少小玩意兒。

「就是這裡了。」九月在自家後門站定，朝二老笑了笑，上前拍門。

門很快就開了，祈喜站在門口，驚訝地看著九月身邊的二老。「九月，這兩位是？」

「進去說吧。」九月左右瞧了瞧，沒見著閒雜人等，忙請二老進門。「郭老、老夫人，這是我八姊祈喜。」

「姊妹倆都是俊俏人兒。」老婦人隨和地拉起祈喜的手上下打量一番，留意了身邊的老人一眼。

「見過郭老、老夫人。」祈喜跟著九月倒是學了不少，大大方方地行了禮。

「免禮。」老人眼角有些濕潤，他含笑點點頭，抬頭打量了院子一番，眼中流露一抹疼惜。

「我這兒簡陋得很。」九月不好意思地笑了笑。「郭老、老夫人，隨我上樓坐坐吧。」說罷，又輕聲對祈喜說道：「八姊，快去準備茶點。」

「好。」祈喜也瞧出這兩位老人似乎來歷不凡，當即點頭跑進廚房。

九月則把二老往樓上引。

沒辦法，平日裡沒有客人，與二掌櫃等人商量事情就在廚房或是後院湊合著就行了。可這二位……九月總覺得不能如此失禮，想來想去，也就她樓上的外間合適些。

「請。」九月推開門，站在門邊請二老進門。

老婦人點點頭，卻沒有動。

郭老緩步入內，目光便在屋裡掃了個遍。

圓桌上堆放著十幾個水果，還放著一些蠟塊和工具，櫃子上排放著一卷卷各種顏色的紙，而牆上……

郭老看到那幅畫時，整個人頓時僵住了，目光緊緊盯著畫中人。

雖然畫中人華髮已生，風華已褪盡，可他還是一眼就認出來了，那是他的妻，他尋了一輩子也負了一輩子的妻……

老婦人也隱隱有些淚花，不過為了不鬧誤會，她還是冷靜地開口問道：「九月，這畫中人是誰？」

「這是我外婆。」九月有些奇怪地打量著兩人。

「茶來了。」祈喜端著托盤上來，笑著喊了一聲，只是一進屋，她就發覺不對，納悶地把托盤放到桌上，退到九月身邊，以手肘悄悄地推了她一把，低聲問道：「怎麼了？」

九月搖搖頭，沒說話，只是打量著兩位老人的舉動。

「釵娘……」郭老一步一步到了畫像前，竟抬手撫上畫中的周師婆，一聲呼喚引發了淚如雨下。

這一下，九月和祈喜頓時傻眼了——啥狀況?!

「釵娘……」郭老只是手撫著畫像老淚縱橫，哪裡還顧得上九月等人。

倒是老婦人抹了幾滴眼淚後，對九月說道：「九月，妳外婆可曾留下什麼物品？」

「老夫人，你們認識我外婆嗎？」九月狐疑地看著他們，目光流轉間，最後落到郭老身上，她忽地想起外婆留給她的那封信，神情慢慢淡了下來。

「認識，我們找了她很多年。」老婦人連連點頭，握住九月的手。「九月，妳外婆可有提過妳的外祖父是誰嗎？」

祈喜驚訝地看向郭老，又轉頭看向九月，心裡滿肚子疑問，卻看到九月竟面沈如水，她不由吃了一驚，乖乖地站在一邊。

「從不曾提過。」九月面色淡淡地抽回被握住的手，心裡已經猜到答案，可她卻後悔今天請他們上門了。

「從來都沒有嗎？」老婦人一臉驚訝。

「老夫人，我朝律法可有規定必須提嗎？」九月嘲諷道，心裡把自己痛罵了一頓，自己居然還對這人那般親近，真是瞎了眼。

「這倒沒有……」老婦人已察覺出九月的排斥，嘆了口氣，如今確定了九月的身分，她自然也就改了口。「九小姐，這些年爺也不容易……」

「老夫人錯愛了，我九月不過是鄉野村姑，哪當得起什麼小姐之稱？」九月尖銳地打斷老婦人的話。「我們小門小戶人家，奔波生計唯恐不及，哪有能力顧及他人是不是不容易，老夫人這般說話，九月實在惶恐。」

「九小姐，您若當不得，還有誰能當得？」老婦人苦笑道，看了看悲傷中的郭老，她退後幾步，衝著九月便屈身蹲下。「九小姐，老奴知道您是心疼老夫人，可您不知道，爺也不容易，當年是因為……」

九月見她如此，皺著眉閃身避開。

「秀茹，不要說了，她們恨我沒有錯，確實是我負了釵娘、害了釵娘……」郭老頭抵在畫像上，痛苦地打斷老婦人顧秀茹的話。

「爺，您怎麼了？」顧秀茹回頭瞧了他一眼，不由大驚，顧不得九月，忙跑過去。

「爺，您這是怎麼了？」

九月也愣了一下，下意識上前兩步。

「九月，他們……」祈喜擔心地跟在九月身邊，剛才的話，她聽得一知半解，卻也隱約知道眼前老人的身分。

「爺！」這時，郭老慢慢站起來，卻連連後退五、六步，連帶著把顧秀茹也拖了個踉蹌。

九月一驚，上前拉了他一把，才免了兩人都摔倒的下場。

郭老站定後，雙目緊閉，面如死灰，嚇得顧秀茹又是拍背又是撫胸。「爺，您怎麼了？

您倒是說話啊，別嚇老奴了。」

「我沒事……」過了好一會兒，郭老才順過這口氣，緩緩地擺擺手。

九月也暗暗鬆了口氣。

「孩子，這張畫能送給我嗎？」郭老靜站了一會兒，臉色才緩了許多，抬頭看著九月問道，眼中帶著深深的憐意。

「不能。」九月一口拒絕。

郭老失望地看著她，許久許久，才長嘆一聲。「那我……能給她上炷香嗎？」

「不……」九月正要回絕。

祈喜扯了扯她的衣袖，低聲喊道：「九月。」

「隨你。」九月側頭看了看祈喜，見她眼中流露著不忍，頓了頓便改了口，面無表情地走到櫃子邊，取下一支香點燃，遞到郭老面前。至於顧秀茹，她卻是沒理會。

郭老眼中流露欣慰，他接過香，拒絕了顧秀茹的攙扶，前行幾步，朝畫像深深地揖了下去，三拜之後，雙手扶香插入香爐，才略退後幾步，看著畫像癡癡說道：「釵娘，四十八年了，我終於找到妳了……」

「香已經點了，人也已經不在了，兩位還是請吧。」九月緊抿著唇，冷著聲逐客。

「九小姐，您不能這樣對爺。」顧秀茹不滿地喊道。

「為什麼不能？」九月柳眉微挑，一想到外婆孤孤單單一輩子，他們卻雙宿雙棲白頭偕老，心裡的無名火又冒上來。「我若是知道他就是那個人，今天我也不會請你們上門了。」

「九小姐，您不知道爺他……」顧秀茹想解釋。

「我不想知道。」九月提高聲音打斷她的話。「我只知道，我外婆這輩子受了多少苦；我只看到，她這輩子受了多少罪，其他的我什麼也不想知道。」

「九小姐……」顧秀茹嘆了口氣，看了看一臉痛苦的郭老，不想就這樣放棄。

可惜，九月沒有給她這個機會。「兩位貴客，寒舍簡陋，不方便招待，請回去吧。」說罷，頭也不回地出了門。

「欸，九月……」祈喜看得一愣一愣的，自九月回家，她還是頭一次看到九月發脾氣，她無奈地看了看空蕩蕩的門口，又看了看黯然神傷的老人，想了想還是走過去。「兩位，不好意思，我家九月平時不是這樣的，她興許是……心裡不好受，才會火氣大了些，若有得罪的地方，還請兩位貴客不要往心裡去，我在這兒替她賠罪了。」

「好孩子，快起來。」顧秀茹忙扶住下拜的祈喜，嘆了口氣說道：「我們都知道，不會當真的。」

「眼下九月正在氣頭上，兩位……不如先回去吧，有什麼話等她氣消了再談，可好？」祈喜好奇地打量著郭老，不過她一向相信九月不會無緣無故發火，也不敢作主留下他們，只好言好語地勸著。

顧秀茹也知道祈喜說得在理，便扶著郭老輕聲問道：「爺，不如我們先回去吧？現在人已經找到，其他的事以後慢慢說。」

「唉，走吧。」郭老深深地看了畫像一番，無奈地點點頭。

祈喜看著他，心裡忽地一軟，猶豫了一會兒問道：「您是不是想要這畫像？」

「妳有嗎？」郭老回過頭，慈愛地看著她，這也是釵娘和他的外孫女啊，沒想到他孤獨了一輩子，在這世間居然還有這麼多後人……

「我沒有這麼大的，之前看到九月畫的畫像，就求她給我畫了一套小的，您若想要，我可以送給您。」祈喜認真地說道。

「這是九月畫的？」郭老有些意外。

「是呢，九月可能幹了，都是跟著外婆學的。」祈喜重重點頭。「您等等，我這就去取來。」

「給我了，那妳不是沒了嗎？」郭老又問道。

「我沒關係。」祈喜笑了笑。「外婆帶走九月的時候，我還很小，再說了，我們這兒還有一幅大的呢。」

說罷就去裡面翻找，她從得了這小畫冊後就一直貼身藏著，閒暇時就拿出來看看，這會兒見到郭老那樣悲傷，她直覺相信了他是真心的，所以才大方地把畫冊貢獻出來。

祈喜從枕頭下翻出用手絹包著的畫冊，雖有些心疼，卻也沒有遲疑地遞給郭老。

郭老接過，打開手絹細細看了起來，那畫上的一幕幕映入眼簾，忍不住眼眶又紅了，心裡又酸又痛。

「哎呀，您快收起來，回去再看吧，要是被九月看到，就沒了。」祈喜見狀，忙連連擺手。

停。

郭老聞言，忙把畫冊重新包起來，揣進懷裡。

「我送你們下去吧。」祈喜這才放心，笑著說道。

幾人下了樓，經過雜物房的時候，看到九月坐在裡面埋頭忙著，郭老的腳步忍不住停了停。

「九月，客人要走了。」祈喜看了看他，到門口喊了一聲。

「嗯。」九月應了一聲，頭也沒回。

「請。」祈喜歉意地朝郭老眨眨眼，也不敢多說什麼，送他們出門。

送走兩位老人，祈喜緩步來到雜物房，坐在九月身邊，輕聲問道：「九月，妳這是怎麼了？客人是妳請回來的，怎能發這樣大的脾氣呢？」

「走了？」九月不答反問。

「嗯。」祈喜點點頭，停了一會兒，又猶豫地說道：「其實他看著也挺可憐的。」

「啪！」九月把蠟模重重扔在桌上，側頭盯著祈喜問道：「他可憐？那麼我們的外婆呢？就不可憐嗎？」

祈喜無言以對，有些不安地扭了扭身子。

「要不是他，外婆怎麼可能未婚先孕？怎麼可能受盡白眼？娘怎麼可能在人前抬不起頭來？」

九月倒是沒有對祈喜發火，她是心疼外婆所受的苦，卻不是那種隨意遷怒的人。「一個女人，獨自帶大孩子，有多不容易？妳想想，外婆一個人苦了一輩子，可他呢？與他人白頭偕老，這倒也罷了，如今帶著人尋上門來又是什麼意思？想看看外婆有沒有嫁人嗎？還是想尋到外婆告訴她，他娶了個好妻子，他過得很好？」

祈喜沈默許久，才喃喃地替郭老找了個藉口。「他們不是說了嗎？也許是真的有苦衷的。」

「四十八年，不是四年、五年！」九月騰地站起來。

祈喜嚇了一大跳，往後急退了幾步。

「我出去走走。」九月看了她一眼，及時壓制住翻騰的火氣，轉身出了房門，往後門走去。

「九月，妳去哪裡？」祈喜急急地追出來，九月已然出去了，只剩下不斷搖晃的門。

這下祈喜真的嚇住了，她暗暗後悔自己最後說的話。「阿安、阿安！」

「怎麼了？」阿安迅速現身，手裡還抓著一個本子，後面還跟著張義。

「九月跑出去了，你快去跟著她。」祈喜生怕自己去了還惹九月生氣，就指使阿安去尋。

「交給你了。」阿安把本子塞到張義手裡，飛快地從後門走了。

第八十四章

九月出了鋪子，一路急行，直至走到十字路口險些與一行人撞上，才猛然驚醒自己反應過度了。

只是，她心裡正翻騰著，越想，這思緒便越往負面的方向滑去，不可自控。

「錚！」刀劍出鞘的聲音從背後傳來，九月一抬頭，發現前面擋著兩個人，正是之前遇到的閒漢，但身後，卻是兩個蒙面的黑衣人。

大白天穿著夜行衣還蒙著面……九月只來得及驚訝，那兩人已經一人拿劍、一人執鞭衝了過來。

「啊！」兩個閒漢見狀，嚇得倒退著跌坐在地，接著連滾帶爬地跑了。

但那兩個黑衣人卻還繼續衝向九月。

九月心裡大駭，可雙腳卻像被黏住一般，動彈不得，只能眼睜睜看著其中一支鞭直擊向她！

「當心！」旁邊傳來一聲疾呼。

耳際襲過一陣風，待她定睛看去，只見齊孟冬擋在她面前，手上穩穩地接住了鞭子。

「齊孟冬！」看到他，九月徹底放下心來，腿腳一軟，靠在牆上，她有些不明白，拿鞭的那個人為什麼救了她又要殺她？

齊孟冬對她微微一笑，手上猛地一抖，長鞭便被他控制，倒捲向拿鞭的人。

那人下意識往後退去。

齊孟冬乘勝追擊，鞭子瞬間將兩人的蒙面黑巾擊落，待看清兩人的臉，他不由錯愕。

「喬喬、喬漢？」九月也驚呼出聲，隨即便皺起眉。「你們為什麼要殺我？」

「要殺妳還需要我們出手嗎？」喬喬冷傲地掃了九月一眼。

「你倆怎麼在這兒？」齊孟冬疑惑地打量他們。「為什麼要對付九月？難道你們不知道九月是誰？」

「齊公子，喬喬沒有惡意的，我倆奉命保護祈姑娘的安全，剛剛喬喬只是開個玩笑。」喬漢忙上前向齊孟冬行禮。

「哼！就是知道她是誰，我才想試試她的膽量，就憑她剛剛的表現，怎配少夫人之位！」喬喬卻不理會喬漢的好意，輕蔑地看著九月。

九月聽到這話，心裡著惱，臉色也沈了下來。「多謝兩位出手相救，這份情九月記下，至於我配不配你們少主，就不勞喬喬姑娘費心了。」

「我們少主不過是看在妳救了他的分上才對妳好，我勸妳還是別自作多情。」喬喬傲然地抬著下巴，硬邦邦說道，絲毫不收斂她對九月的殺心。

「喬喬！」喬漢大聲喝止，上前向九月行禮。「家妹自小心直口快，還請祈姑娘恕罪。」

「呃，九月，喬喬這臭丫頭被我們寵壞了，妳別介意。」齊孟冬聽得一頭冷汗，連忙幫著澄清，要是到時候九月知道韓樵也……這些事情全加一起非炸了不可，最要緊的是，她一句話捅到遊春那兒，喬喬丫頭的責罰少不了！

「齊孟冬！你哪頭的？還幫她？」喬喬氣得直跺腳。

「原來你家少主是這樣想的。」九月卻突然笑起來，打量喬喬和喬漢一眼。「那就麻煩兩位轉告，我等他親口告訴我。還有我的安全也不勞幾位費心了，就當剛才，你們已經替你們少主還了救命之恩。」

齊孟冬頓時一個頭兩個大，忙瞪了喬漢一眼。「還愣著幹麼！穿著夜行衣逛大街啊？」一邊朝喬漢連連遞手勢，讓他帶走喬喬。

喬漢會意，硬拉著喬喬退開。

「走走走！請妳喝茶！」齊孟冬朝九月笑嘻嘻說道。

心裡替遊春哀嘆不已，這都是什麼事？但沒辦法，遊春不在，作為兄弟，加上他也挺欣賞九月，只好幫著圓這個場。

「沒空。」九月板著臉說道。

「別生氣啦，妳沒空還在街上瞎遛達？」齊孟冬賠著笑臉。「剛剛的事真失禮，當是我向妳賠禮道歉，給妳壓壓驚！」

「好。」九月也想知道遊春的消息，當即點頭答應。

「啊？」齊孟冬沒想到她這麼直爽，一時之間反倒愣住了。

「怎麼？反悔了？」九月停下腳步回頭看他，嘴角帶著一絲笑意。

「怎麼可能。」齊孟冬一本正經地眨眨眼，大手一揮。「走，去清茗茶樓。」

兩人相視而笑，並肩前往不遠的茶樓。

到了茶樓，齊孟冬帶九月直接到了二樓靠窗的空位坐下，手一揮，喚來茶博士。「一壺碧螺春、一壺米酒，再來些乾果茶點。」

很快，茶博士就送上他們點的東西。

「來。」齊孟冬給九月斟了一杯茶推過來。

九月沒理他，直接拿起那壺米酒斟了一杯，沒等齊孟冬反應過來，便一飲而盡。

這一下，齊孟冬把剛剛想問的話也驚得嚇了回去，只傻傻地問道：「妳是不是遇到什麼難事了？」

「他在哪兒？」九月卻又斟了第二杯，很突然地扔出一句話來。

「他……」齊孟冬鬆了口氣，原來是相思成災啊，那就好辦了。「他正在忙，不過，過幾天就會到康鎮了。」

「不在康鎮嗎？」九月挑挑眉。

「不在呢。」齊孟冬在心裡暗罵韓樵折騰出這樣的事，現在好了，讓他來收拾爛攤子。「要是他在康鎮，早去找妳了。」

「喔。」九月想了想，他說得倒也有可能，心情頓時好了大半，一杯米酒再次落了肚。

「唉，姑娘家喝什麼酒啊，喝茶。」齊孟冬忙搶下九月手裡的酒打量她一眼，說得小心翼翼。「那個……喬喬和喬漢的父母都是以前遊家的老人，為了保護遊少雙雙殉職，所以……遊少可能對喬丫頭……這麼說吧，就好像他小師妹一樣，都是妹妹。」

「很明顯人家並不想當妹妹，你也不用這樣小心翼翼，我懂。」九月輕笑，趁他不備搶回酒壺，給自己滿上一大杯。「我可是客人，這會兒喝你一壺酒，你也捨不得了？」

「我哪……」齊孟冬無辜極了，一張口卻又不得不嚥回去，韓樵做的事啊，三哥偏偏還不讓他告訴她，現在好了，讓他怎麼圓回來？「喝吧喝吧，喝醉了以後，可別在遊少面前說我讓妳喝酒。」

「用得著我說嗎？今天你請客你付錢，這可是事實。」九月難得想放縱一次，說話也孩子氣起來，就著這喝酒的問題和齊孟冬辯起來。

「那妳請。」

「也行，我請客你付錢。」

「喂喂……」

一個九月、一個孟冬，就這樣如同小孩子般為了爭奪一壺米酒嗆起來。

等到阿安找到他們的時候，兩人已各自喝完一壺米酒，齊孟冬的酒量倒是很不錯，可九月卻是雙頰微紅，雙目有些迷離。

九月的酒量只是一般，要不是這米酒帶著些許甜味，她還真喝不下這麼多，一壺落肚，她整個人都飄飄然了，不過她的酒品還算好，阿安尋到這兒的時候，她還能保持清醒。

只是，走回家後，她便一頭倒在床上睡了過去。

醒來的時候，她在被窩裡躺得好好的，身上只穿著單衣，她的腦海裡有瞬間空白，下意識就直接坐起來。一瞬之後，她才看清身在自己的房間裡，祈喜低頭坐在外屋桌邊。

九月鼓著腮幫子，長長地吐了口氣，掀開被子下地。

「九月，妳醒了。」祈喜聽到動靜，忙倒了一杯熱茶跑過來，神情間帶著淡淡的怯意，就好像當初到落雲山接她時那個表情。

「八姊，對不起，我……」九月接過茶，不好意思地看著祈喜，她難得一次的任性，把這個小姑娘嚇到了。

「沒事。」祈喜連連擺手，到一邊取了九月的衣服過來給她披上，才說道：「我也有不對，沒考慮到妳和外婆的感受，不過九月，以後妳要是生氣，罵我也行、打我也行，就是不能就這樣跑出去，還喝得醉醺醺的回來。爹是男人，醉了隨便倒在哪兒睡一覺，沒人會說他，可妳是姑娘家……」

「八姊，我不會這樣了，我保證。」九月笑著拉住祈喜的手晃了晃。

「快起來，一睡就是一天一夜，大家可擔心妳了。」祈喜這才笑了，拍了拍九月的手臂。

「灶上一直熱著粥呢，快起來喝。」

「一天一夜？」九月驚訝地伸脖子瞅了瞅窗戶，忙喝了半杯熱茶，開始穿衣服。

到了樓下，阿安正扛著袋子往雜物房走，看到她下樓，他停了一下，目光在她身上轉了一圈，見她沒有不妥，才進了雜物房。

舒莫也立即進了廚房，給九月舀了粥，端出幾道一直熱著的小菜，又準備好熱水，同時又少不了勸說九月以後少喝酒云云。

了。

吃完飯，二掌櫃聽到消息過來，又是一番教訓。在他心裡，已把九月當成晚輩來看待了。

九月自知這次有些過分，便乖乖聽著所有人的說教。

訓完了人，二掌櫃才告訴她，他挖了康鎮附近幾家廟宇的生意，以後這幾家的香燭就由祈福香燭鋪供應了。

「啊？」九月驚喜地看著二掌櫃。「那些原來是誰送的？」

「還能有誰？張師婆唄。」二掌櫃好笑地看著她，答得毫無負擔。

「幾位住持早就對她怨聲載道了，她送去的香，難點燃不說，那燭更是糟糕，用的都是黑油，融得特別快。我前些日子讓夥計往每家廟宇都送了一些香燭，給的也是公道價。這不，今兒一早張信去的時候，就直接拿下那些生意了。不過，我們也得防著張師婆來無理取鬧，您這幾天還是別出去了，至少不能一個人出去。」

「知道了。」九月暗暗吐舌，二掌櫃這是還在生氣她喝醉的事吶。

「康鎮西郊的化寧寺需要一種祈福燈，這個還需要您費心了。」二掌櫃把手裡的紙遞給她，這祈福用的蓮花燈他不是進不到，只是他想找些事情讓他這個東家姑娘做罷了。有事情做，某些煩惱就能在不經意間化解。

「好。」九月高興地點頭，她才是東家，如今反倒是二掌櫃操心最多，她哪好意思連這些小事也不做呢？

二掌櫃這招很管用，連續三天，九月都在為這些祈福燈忙碌，第四天才算閒下來。

祈豐年那邊沒有消息傳來，祈喜的事暫時解決了，遊春也沒有消息，想來事情還沒有忙完吧，至於郭老……九月捧著茶坐在後院中曬太陽，一邊理著這段日子的思緒，想到那兩個跑掉的閒漢……

「張義。」九月朝雜物房喊了一聲。

張義立即跑出來。「東家，有事？」

「這幾天，張師婆那邊可有動靜？」九月問道。

「沒有動靜。」張義細想了想，搖搖頭。

「一點動靜也沒有？」九月訝異地挑眉。

「這幾天，她被鎮東一位員外請去作法事了，就住在員外家。」張義回道。

九月疑惑地皺了眉。

「東家，怎麼了？」張義奇怪地看著九月。

「那天我出門的時候被兩個人跟上了，我想，這會兒張師婆已經知道我是這兒的東家了。而且前幾天，她的生意也轉到我們這兒，以她的性子，一定忍不下這口氣。」

本來顧忌張師婆狡猾陰險，而他們又勢單力薄，一時半會兒難與她硬碰硬。可如今她的東家身分曝光，又搶了人家的生意……看來只好先下手為強了。

「你附耳過來……」九月朝張義招手，交代對付張師婆的辦法，末了又道：「你這幾天多留意一下，以防她……狗急跳牆。」

「噗——」張義認真聽著，卻被最後一句話逗笑，朝九月連連點頭。「放心，我看著，她要是真急了，我支個網把這老狗給網下來。」

九月忍俊不禁，隨即又一本正經地看著張義。「咳咳，要有禮貌。」

「明白。」張義笑嘻嘻地應下，見九月沒有別的事吩咐，便回雜物房了。

張師婆似乎比九月想的還要有耐性。第四天，她從員外家回來，卻沒有任何動靜，依然每天風風火火，偶爾從祈福香燭鋪門口經過，便拿那雙眼睛不住地打量鋪子裡的貨和客人，不過倒是沒有再進來過。

又過了幾天，祈福香燭鋪對面倒是有了動靜。

第八十五章

「對面的房子都被人買下了呢，今天一早，就有不少人過來打掃，看來這凶巷不再是凶巷，很快就要熱鬧起來了。」舒莫買菜回來，就高興地和九月嘀咕這件事。

凶巷不再是凶巷，他們這鋪子的生意也能更好了。

「對面被人買下來了？」九月也挺驚訝，好奇心起，起身往前面鋪子走去。「誰買的？」

舒莫見狀，不由笑著搖頭，提著菜籃子進了廚房。

「東家。」張信看到九月過來，有些驚訝，一邊伸長脖子往鋪子外打量一番。

「你們忙自個兒的，我就是出來看看。」九月笑了笑，沒瞧見二掌櫃，也不和張信他們多說，直接從櫃檯的暗門出去，站在門口看著對面。

對面的門開著，十幾個人正進進出出地搬著東西，破損的家具搬出來，新的搬進去。

這時，張師婆從巷口轉了過來，看到九月，竟沒有什麼反應，僅僅只是上上下下打量她一番，又瞧了瞧九月頭上懸掛的鋪子匾額，就挎著籃子走了。

這反倒讓九月大大地驚奇了一把，目光直追著張師婆到巷尾，見她進了院子才收回來。

「九小姐。」

九月剛剛轉回目光，就看到對面院子裡走出來一個人，竟是顧秀茹，看到九月，她笑著迎過來，之前九月趕他們出去的事似乎不曾發生過，來到九月面前，顧秀茹溫婉地笑著。

「爺搬到這邊來了，九小姐若有空，記得來坐坐。」

九月淡淡地看著她，又看了看她身後，果然，那簷下站著的可不就是郭老嗎？

「九小姐。」顧秀茹順著九月的目光回頭，也瞧見郭老，她看了一下，對著九月說道：「這輩子，並不是只有老夫人孤獨終老，爺也是。」

「什麼意思？」九月皺眉。

「爺這輩子，除了老夫人，再沒有過別的女人。」顧秀茹的臉上流露出一抹自嘲、幾分落寞。「老奴只是爺身邊的奴婢，九小姐莫誤會爺了，如果說苦，爺比老夫人更甚，最起碼老夫人身邊有妳們。」

說罷，顧秀茹朝九月福了福身，緩步回去了。

九月愣愣地看著，她的思緒還沒來得及消化顧秀茹的話。

深夜，九月耳邊不斷迴響起顧秀茹說的話，久久不能成眠，眼前似乎又看到初見面時悠然自得的郭老、和遊春與她談天說地時的郭老、悲傷過度的郭老，最終變幻成下午看到的那個落寞的郭老。

也許，她該給他解釋的機會……九月腦海裡瞬間浮現這個念頭。

「啊！」突然，隔壁傳來一聲淒慘的叫聲，劃破寂靜的夜空。

九月猛地坐起來，想也不想便披上外衣，趿了鞋要往門外走。

「九月，妳去哪兒？」一旁的祈喜怯怯地開口。「我害怕。」

「那妳快穿上衣服，下樓和莫姊她們一塊兒。」九月只好停下腳步等她。

祈喜不敢猶豫，飛快地抱著鞋子跳下來，穿好鞋邊走邊披衣服，緊緊跟在九月身後下樓。

樓下已點了燈，張義和阿安手持木棍正要開後面的門。

「阿安、張義，等等。」九月忙低聲喊住他們，示意祈喜去舒莫的房間待著，自己飛快跑過去。

「東家，他們入套了！」張義興奮地道。

「妳交代之後，我們倆就去隔壁那幾個院子都設下陷阱，沒想到這麼快就有效果了。」張義咧著嘴，指了指阿安。

九月看看阿安，見他目光中也流露些許笑意，便知張義所言非虛。

「那好。」九月朝張義說道。「張義，你現在馬上去找邢捕頭，就說凶巷的那隻鬼已經捉住了，請他們速來幫忙。」

「啊？」張義愣了一下，這怎麼還要請捕頭來啊？

「快去，過了這村，可就沒這店了。」九月催促道。

「喔、喔。」張義明白九月是有心和張師婆鬥一鬥了，當下點點頭，把手中的木棍往阿安手裡一塞，開門就跑出去。

「我們去看看，不能讓他們跑了。」九月想起之前隔壁那些動靜，心裡一陣噁心。

「前門鎖了，他們可能是從後面爬牆進去的。」阿安點點頭，把一根棍子遞給九月，帶著她小心地出了後門，繞到隔壁的後門處，阿安手輕輕一碰，那後門便應聲而開。

「進去看看。」九月說著便要進去，被阿安及時拉住了。

「跟在後面。」阿安沒想到自己這一抓，竟抓住她的手，微涼卻柔滑的感覺從掌心直滲入心間，一顆心情不自禁加快許多，只是，眼前卻不是想這些的時候，他忙鬆開手，雙手握住木棍舉在胸前，一步一步地往裡走去。

九月緊跟在後。

「你快點兒，有人來了可麻煩了。」

「快了快了。」

樓梯間裡，傳來一陣低低的說話聲，一男一女，語氣焦躁不安。

阿安聽到，瞇起眼就要進去。

「等等。」九月拉住他，無聲地示意一下，她把木棍往腋下一挾，朝阿安招手。

阿安疑惑地看看她，湊了過來。

「低一點。」九月悄聲說道，待阿安略略蹲下，她便踮著腳，伸手去解了阿安的髮髻，把頭髮反撥到前面，擋住大半張臉。「一會兒，我們蹦跳進去，嚇嚇他們。」

說著，九月便學著殭屍的樣子示範一下。

阿安點點頭，如往常一樣沒有任何質疑。

九月飛快地撥好自己的頭髮，把木棍往後腰腰帶處一插，朝阿安揚揚頭，便雙手齊伸，一蹦一蹦地往前。

阿安趕緊跟上蹦在她前面，裡面不知道是什麼人，他不放心讓她走在前面。

「啊！」

樓梯間，只見兩個人雙腳被繩套緊束著高高吊起，他們本就緊張掙扎著，聽到動靜更是慌得不得了，一抬頭，竟看到兩個人鬼不知的東西蹦過來，當下就尖叫起來，那聲音，比之前更加淒慘。

叫完之後，屋裡忽然瀰漫開一股尿騷味，兩人便頭一歪，竟雙雙昏了過去。

「呿，真不禁嚇。」九月無趣地停下來，撇了撇嘴。

阿安無語地看看她，快步上前查看一下，確認兩人真的暈過去，才退到九月身邊。「真暈了。」

「走吧。」九月瞇著眼睛，無奈今夜的月牙兒光輝實在有限，這處又背光，根本瞧不清地上兩人的模樣，便沒興趣地搖搖頭。「把我們來過的痕跡都清了，我們去外面守著，等張義把人找來。」

「好。」阿安立即照辦。

很快，兩人便回到祈福香燭鋪這邊的院子，卻見院子裡站了五、六個人，最中間的竟是郭老和顧秀茹。

「九月，怎麼回事？」祈喜正和顧秀茹說話，看到九月回來，忙迎過來急急問道。

「有人裝神弄鬼，反而落入圈套。」九月瞧了瞧郭老，他身後站著兩個平時不曾見過的壯漢，瞧那身形，一點兒也不像尋常人家的護院。

「那現在怎麼辦？」祈喜驚呼一下。「剛才還叫得那麼慘，出什麼事了？」

「沒什麼，就是膽子太小，反被我們嚇暈了。」九月輕描淡寫地說道。「暈了正好，省得他們跑了，張義已經去請邢捕頭，一會兒就來了。」

「是小偷嗎？」祈喜聽到這兒，放鬆了一下，便好奇問道。

「隔壁沒有人住，什麼都沒有，哪個賊這麼沒眼力？」九月好笑地說道，目光掃向郭老幾人。「這麼晚了，你們來做什麼？」

「九小姐，我們聽到這邊的叫聲，爺擔心妳們姊妹，非要來看看。」答話的仍是顧秀茹。

九月已經打定主意要問一問原由，此時倒是顯得平靜許多。「一把年紀了，別凍出個好歹。」

郭老聽到這話，眼中一亮，就連顧秀茹也高興許多，連連說道：「不妨事的，出門的時候，老奴已經給爺加了厚衣裳。」

「阿安，去後面看著，別讓那兩個人偷跑了。」九月聽罷也不答話，轉頭吩咐阿安去守門。

這時，後面傳來拍門聲，接著響起棺材鋪阿貴的聲音。「妹子，你們沒事吧？」

阿安開門，阿貴和阿仁就閃進來，手裡都抄了傢伙，見九月這兒這麼多人，不由一愣。

「我們沒事，有勞阿貴大哥、阿仁大哥惦記。」九月微笑著迎上去。

「怎麼回事？」阿貴關心地問。

「隔壁進來兩個裝神弄鬼的，這會兒已經抓住了。」九月指指隔壁。

「抓住了？」阿貴和阿仁互相看了看。

九月點頭。

「奶奶的，平日抓不住就算了，今天要他們好看。」說著挽起袖子就要過去。

「兩位大哥。」九月忙攔住。「我已經讓人去請邢捕頭來主持公道了，兩位大哥還是不要進去了。」

「邢捕頭？」阿仁驚訝地回頭看了看九月，隨即笑道：「既然祈家妹子有安排，那我們兄弟倆就不摻和了。」

「現在人在哪兒呢？會不會跑了？」阿貴卻猶豫道。

「嚇暈了。」九月微微一笑。「兩位大哥，麻煩你們一件事，我這兒人手不夠，兩位能不能幫阿安一起守門，免得他們醒了逃跑。」

「成，沒問題。」阿貴和阿仁齊齊拍了拍胸膛，一人搭著阿安的一邊肩膀出去了。

「你們去守著前面。」郭老朝身邊兩人略抬了抬下巴。

兩人躬身，從前面鋪子出去。

舒莫見他們就這樣站在院子裡受冷，生怕九月等人生病，忙提醒道：「姑娘，這兒涼，還是進屋裡坐坐吧。」

「嗯。」九月點頭。

於是幾人進了廚房，在吃飯的木桌前坐定，舒莫忙著沏茶，九月沒開口的意思，祈喜不安地這個瞧瞧那個看看也不敢說話。

「九小姐，隔壁……」顧秀茹見他們都不語，只好打起圓場。

「妳真的……」沒想到，九月竟也同時開口。

一時之間，兩人又停下來，互相看了一眼，九月才說道：「隔壁的事不過是有人搞鬼，沒什麼大不了的。」

郭老見九月今天不再趕人，心裡很欣慰，忙抬抬手，示意顧秀茹不要說話，親自問道：「妳想問什麼？」

「你為什麼直到現在才來找外婆？」九月心裡還存有些怨懟，連平日的尊稱也省了去。

「此事說來話長，等有閒暇，我細細說給妳聽，可好？」郭老一聽，心情更好，能問原因，說明她已決定給他機會解釋了。

「既然話長，就不能長話短說嗎？」九月挑眉，不滿地問。「還有，你說你是我外公你就是了？你可有證據能證明？」

郭老認真地聽完，看著她笑了，這孩子看似在為難他，可實際上呢？是給自己找臺階下啊。

郭老自然不會不領情，當即就伸手入懷取東西。

就在這時，外面一陣喧譁。「圍起來！」

卻是張義請的邢捕頭等人到了。

九月自然坐不住，直接起身跑到院子裡朝隔壁張望。

只見，邢捕頭等人手持火把堵在隔壁的後門，瞧那火把數量，居然有十幾人之多。

接下來的事，已經不必九月操心，邢捕頭帶著人進了院子，很順利地就揪出仍在昏迷中的兩人，拉到外面火花一照，眾人頓時譁然。

好傢伙！這兩人披頭散髮，臉上抹得煞白煞白，眼睛描得烏漆抹黑，嘴唇抹得鮮紅鮮紅……看這形象，分明就是扮鬼來嚇人的嘛，只是不知道他們為什麼會自己昏過去。

邢捕頭要求張義、阿安隨他們回去配合調查。至於九月，邢捕頭倒是沒點名，只說明兒天亮，讓二掌櫃過去問話。

看著張義和阿安跟著他們離去，九月有些擔憂，就算是問話，他們今夜也少不得要辛苦一番了。

這一耽擱，九月也沒有興致再聽郭老訴說當年，等到兩邊的院門都關好，她回到郭老面前淡淡說道：「很晚了，有什麼話改天再說吧。」

郭老也不計較，他老了，這覺睡不睡也沒什麼打緊。可她不行，姑娘家的可禁不起熬夜，當下爽快地點頭，帶著人回去了。

「莫姊，妳怕不怕？」九月擔心舒莫會害怕，上樓前多問了一句。

「沒什麼好怕的，原先是不知道那東西是人扮的，現在知道了，還有什麼可害怕的。」舒莫笑道。

「那就好，要是怕的話，我讓八姊陪妳們。」九月看了看祈喜。

「不用不用。」舒莫連連搖頭。「我沒事，我這房裡的床小，三個人反倒不好擠呢，八姑娘還是陪著姑娘吧。」

當下，九月和祈喜也沒多說什麼，等舒莫關好門，兩人拿著一盞小油燈相伴著上樓。

第八十六章

第二日一早，二掌櫃等人過來，見開門的是舒莫，不免問起張義和阿安，才知道昨夜居然發生了這樣驚人的事。

九月去尋二掌櫃說今天去邢捕頭那兒的事，二掌櫃立即點頭，還向九月要了隔壁房子的房契地契，匆匆走了。

沒一會兒，舒莫這邊剛做好早飯，郭老便和顧秀茹過來了。

既然來了，也不可能讓兩人在一旁看著他們吃飯，於是在九月的沈默下，祈喜向舒莫使了個眼色，舒莫便給兩人也端上粥，郭老和顧秀茹便自然而然地坐在餐桌前。

九月倒也沒說什麼，她還不至於那麼小氣。

一頓飯，祈喜極盡和事佬的手段，給郭老挾一筷子菜，當然也少不了九月的一筷了，給九月挾了一塊肉，馬上又給郭老送了一塊過去，到最後，反倒是她自己沒吃多少東西。

吃完飯，張信之前接到一張訂單，客人等著急用，說是中午過來取，鋪子裡現貨不夠，就到後面找九月，九月藉機回到雜物房忙碌，祈喜只好負責招待郭老和顧秀茹。

郭老自覺已經邁出一大步，也不急著找九月說話，再說了，祈喜也是他的外孫女，和祈喜相處好也是必要的。

院子裡陽光正好，祈喜便搬了椅子放在朝陽處，扶著郭老和顧秀茹坐下。

「鋪子裡的生意可好？」郭老微笑問道，目光落在關著的雜物房門上。

「還不錯呢，前幾天九月都忙得沒空吃飯，好在都撐過來了。」祈喜給兩人送上茶點，看著郭老關注九月的神情，猶豫了一下，鼓起勇氣說道：「你們……別怪九月，她從出生就是外婆帶著，比起我們這些姊妹們，她和外婆感情更深，她……」

這時，後院響起敲門聲，祈喜停下，匆匆去開門。

是二掌櫃帶著阿安和張義回來了。

「八姑娘，東家呢？」二掌櫃眉心微皺。

「在忙呢。」祈喜一看，忙指了指雜物房。

「東家。」

二掌櫃看到院子裡有兩位老人，也沒在意，匆匆敲開雜物房的門進去了。

「怎麼樣？」九月立即站起來。

「邢捕頭審了那兩個人。」二掌櫃在她對面坐下，祈喜隨即送上茶水，他看也沒看，端起就喝了大半杯，才緩過氣說道：「兩人都供認是張師婆指使的，那女子，原是個瘦馬，十年前被人買了，到了康鎮上時，因為盤纏被偷，那人無法回鄉，就又把這女子賣到青樓，她在那兒待了三年，身患暗症，被趕出來，是張師婆收留了她，這些年，沒少為張師婆做事；那男的是鎮上一閒漢，無親無戚，混帳得很，張師婆為了得到保護，就籠絡他進門。暗地裡，兩人時常潛入無人的宅院，製造鬧鬼的動靜，回頭張師婆便去捉鬼作法事以便斂財。」

「邢捕頭可有說這事怎麼處理？」九月關心的還是結果。

「他已和亭長商量著寫了公文，著人送往縣裡，等縣太爺的令一到，就派人逮捕張師婆。」二掌櫃顯然對這個結果不是很滿意，無奈人家都說了事情必須這樣做。

「等令下來，人跑了怎麼辦？」九月也皺眉。

「沒辦法，沒有縣太爺的命令，邢捕頭也不好擅動，好在縣裡一個來回也就一天工夫，最遲明天中午就有結果。」

二掌櫃安慰道：「邢捕頭暗地裡託我帶句話給東家，他說，讓您這幾天出門留心些，張師婆在鎮上多年，三教九流之輩都有所認識，那個被抓起來的閒漢也不是個善的，他這是怕他們狗急跳牆，鬧出些事來。」

九月明白了，邢捕頭能這樣說，定是看在她四姊夫的分上，不過這份情，她還是記下了。「我明白了，你們都當心些，累了一上午，快去歇著吧。」

二掌櫃見她聽進去了，點點頭告辭出去。

張義和阿安這才進來，他們在衙門也就待了一晚上，邢捕頭也只問了些經過細節，沒為難他們，反倒給了兩人棉被，早上也送了吃的過去。

「都去歇著吧，這兒有我就行了。」九月體貼地讓他們去休息。

「不了，我們昨晚都有睡了。」張義搖頭，阿安已經很自發地來到拌木粉的工具那邊坐下。

「那……幫我把蠟塊搬些過來，這張訂單急著要交的。」九月也不勉強他們，點頭招呼阿安和張義過來。

阿安當即站起來，去倉房搬了一袋蠟塊。
三人齊心合力，終於在中午之前把貨趕製出來，九月讓張義送到前面交給張信，自己抖了抖身上的蠟屑，放下高挽的袖子踱出雜物房。
郭老等人已經曬了一上午的陽光了，可他們似乎還沒曬夠，這會兒顧秀茹還幫著舒莫一起擇菜，祈喜在旁邊縫衣服，郭老一邊喝茶，一邊悠閒地看著她們。
這一幕，異樣溫馨……
九月在門口頓了頓，隨意地走過去，自己拖了一張小矮凳坐下，拿起郭老手邊的茶壺給自己倒了一杯。
「九小姐忙完了。」顧秀茹看到她，笑盈盈地停下手，看到她衣襟上還沾有一些蠟屑，伸出手輕輕地幫她拍了拍。「怎麼也不多買些丫鬟回來呢？這樣不累著自己嗎？」
「自己動手，豐衣足食。」九月淡淡應了一句，隨手拍了拍自己身上。「你們也不是沒有人侍候，為何還要跑到落雲山過那樣的日子？」
「我們……」顧秀茹很自然地接話，可她一抬頭，就看到九月似笑非笑的目光，猛地驚了一下，忙站起來，朝舒莫說道：「我們去裡面準備午飯吧，我幫妳。」
「好。」舒莫不笨，一眼就看出顧秀茹這是想方便九月他們說話，當下爽快地捧了東西，招呼周落兒一起進廚房去了。
「要不，我給妳送幾個丫鬟過來吧？都是家生子，用著也可靠。」郭老見顧秀茹走開，也沒在意，只微笑地看著九月，他實在不知道該怎麼和晚輩相處，以往，那些小輩們見了他都是畢恭畢敬的，像這樣討好一個晚輩，他還是頭一次。

「不用，我習慣自己做事。」九月直接拒絕。

「好好，不用就不用。」郭老點頭，竟有些侷促，想了想總算又找到一個話題。「那個……之前見過的遊公子，他怎麼不在家？」

「咳——」九月正淡定地喝茶，被他這一句，頓時不淡定地噴了，忍不住咳嗽起來，一邊心虛地瞄向祈喜，這下慘了，怎麼和八姊解釋啊？

「遊公子是誰啊？」果然，祈喜耳尖聽到了，瞪大眼睛看著九月，眼中滿滿的好奇。

「一位朋友罷了。」九月有些心虛地撫了撫胸口，把茶湊到唇邊，抿了一口，才故作淡然地抬頭。「他有自己的事要忙，現在不在康鎮。」

郭老閱人無數，哪裡看不出她的掩飾，他若有所思地瞧了九月一眼。

「喔。」祈喜倒也沒有追根究柢，見九月這樣說，她便以為九月和那個遊公子是在落雲廟認識的。

「這個，」郭老心裡有了決定，當然也不會表現出來，只是從頸間摘下一個用紅繩串起的藍色玉扳指，放在九月面前。「可能證明我的身分？」

九月抬眸，一眼就定住了。

眼前這個玉扳指比外婆留下的那個要小些，可花紋一模一樣，便是那玉質，一眼就能看出與那枚是同一塊玉上切割下來的，無庸置疑，眼前這位老人正是外婆在信中要她去投靠的外公。

「為什麼？」九月沒有伸手，只是緩緩把杯子放在桌上，語氣平靜，她想知道原因，相信外婆也需要一個答案。

「如果我說……身不由己，妳信嗎？」郭老似被問到了痛點，神情頓時苦澀起來，他直直地看著九月。

「信。」九月也直視著老人的眼睛，在他的眼裡，她看到了痛苦、後悔還有自責，一瞬間，她所有的質問都消散無蹤。

郭老有些意外，他沒想到那天反應那麼激烈的九月今天居然這麼好說話。

「她是您什麼人？」九月抬著下巴指指廚房。

「秀茹是我的丫鬟，從我六歲，她便被賜到我身邊，這麼多年下來，我身邊原來的人，死的死、散的散，最後也就剩下她了。」郭老順著她的目光看去，眼中流露一絲絲溫情。

「就只是丫鬟？」九月挑釁地朝郭老挑眉。

郭老好笑地看著她。「妳以為我是因為她負了妳外婆嗎？」

「一個女子，一輩子不離不棄地跟著您，您就真的一點想法也沒有嗎？」九月不理他，又問。

「她的情誼，我自是明白的。」郭老嘆口氣，眼中流露懷念。「可我心裡，從來只有釵娘一個，我已經負了她，又怎能用一個沒了心的身軀去接受另一份深情？」

「好吧。」九月點點頭，站起來。「您等等，我有東西給您看。」

郭老點頭，笑了。

九月上樓，從暗格裡取出首飾盒，拿出那封信和藍色扳指，捧著到周師婆的畫像前。

「外婆，他沒有負您，如今他回來找您了，您在天有靈，可以安息了。」

拿著東西對著畫像拜了三拜，九月快步下樓，到了郭老身後，她的腳步頓了頓，不過還是走過去坐回位子上，把信和扳指放到桌上。

「這是什麼？」郭老的目光一下子被信封吸引了，頓時激動起來，可是卻遲遲不敢伸手。

「咦？一模一樣耶！」祈喜看到桌上那對扳指，驚訝道。

「這本是一對。」郭老喃喃應道。

「不看看嗎？」九月努努嘴。「這信，是我外婆留給我的，借您看看可以，不過，您看完得還給我。」

郭老轉向她，不是給他的？

「外婆在的時候，每日為了生計忙碌，從來沒有提過半句以前的事情，這封信是外婆過世後，我回到祈家，落雲廟的住持轉交給我的。」九月平靜說道。「我今天拿出來，不為別的，而是我覺得外婆苦了一輩子，如今和您之間也該有個了斷。」

郭老終於艱難地拿起那封信。

「您不必覺得負擔，如今我們都長大了，自己的路會自己負責。」九月繼續說道，說罷，便朝祈喜使了個眼色，回雜物房去了。

祈喜正聽得一愣一愣的，不過她極機靈，知道九月是有心讓郭老獨處，當下捧著針線簍子跟進去。

郭老拿著信，卻遲遲沒有拆，手邊放著那一大一小的玉扳指，在陽光下泛著淡淡的瑩光。

祈喜一直暗暗注意著郭老，看到白髮蒼蒼的他坐在那兒一動不動，她有些不忍心。「九月，這樣好嗎？」

「放心吧，不會有事的。」九月抬頭看了一眼，此刻，低頭沈默的老人彷彿一下子蒼老許多，顯得異樣落寞，忽然，她心底某處被觸動一下。

郭老坐了許久，才緩緩展開信，貪婪地看著信上的字，淚在不自覺間滑落，滴在信上，化開了字跡……

「吃飯嘍。」廚房裡傳來喊聲，顧秀茹和舒莫把小桌子抬出來，在院子裡擺上飯菜，只是顧秀茹一轉身，就看到郭老如此模樣，不由嚇了一大跳，小心來到郭老身邊。「爺，您怎麼……」

郭老忽地站起來，捏著信紙就往外走，顧秀茹嚇了一跳，忙喊道：「爺，開飯了，去哪兒啊？」

郭老卻一語不發地走了。

九月站在雜物房門前，見顧秀茹要追，而桌上還擺放著那對玉扳指，忙喊道：「嬤嬤。」

「啊？」顧秀茹一愣，轉身驚喜地看著九月。「九小姐，您有什麼吩咐嗎？」

「帶上那個。」九月指著桌上的扳指。

「是。」顧秀茹眼中流露喜色，當下拿起扳指，快步追了出去。

「九月，不會出什麼事吧？」祈喜擔心道。

「妳不放心可以跟上去看看。」九月撇撇嘴，頓了頓又說道：「順便帶些飯菜。」

「好──」祈喜聞言，高興地點頭，跑進廚房準備去了。

九月無言地看著祈喜的背影，嘴角忍不住上揚，敢情就她一個人偏激啊？

祈喜提著食盒去了對面的院子，九月幾人吃了飯，也沒來得及說別的，就接到二掌櫃轉來的第二張急需要貨的訂單，於是九月立即回到雜物房努力趕貨。

祈喜回來後臉色如常，九月也無暇多問。

黃昏時，貨再次準時交了出去，二掌櫃高興極了，晚飯後還和九月多聊一會兒，無非就是對鋪子生意各種憧憬和想法。

直到鋪子打烊，二掌櫃才在張信等人的護送下離開。

「剛才我看到幾個人在外面轉悠。」阿安上完最後一扇門板，落下門閂，轉到後面找到九月說道。

「在我們鋪子前嗎？」九月驚訝地問。

「也不算是，就是在巷子外面轉了好幾趟。」阿安皺眉。

「現在還在？」九月又問。

「剛才關門的時候好像沒了。」阿安搖頭。

「你和張義去看看二掌櫃他們有沒有安全到家。」

九月隱隱覺得不對，可又想不出什麼，只好這樣說道：「當心些，要是有什麼麻煩就趕緊跑，別和他們糾纏。」

「好。」阿安點頭，快步去找張義。

他們走後，九月也放心不下，只是她不想讓祈喜和舒莫擔心，便在院子裡和周落兒作伴，逗弄著三隻長大不少的狗兒。

半個時辰後，阿安和張義回來，帶回了二掌櫃安全到家的消息，她才鬆口氣。

「沒事就好。」九月點點頭，摸了摸周落兒的頭站起來。「晚上睡覺警醒些，有什麼事及時喊我。」

「是。」阿安和張義點頭。

這一夜，九月帶著隱隱的擔憂入眠，只是她沒有料到，這一夜倒是安然無事，「驚喜」卻在天亮後找上門來了。

第八十七章

卯時整，九月等人都收拾妥當，如往常一樣開了鋪子門，奇怪的是，二掌櫃、張信以及其他幾個夥計卻一個也沒有上門。

張義和阿安只好留在前面照顧，所幸他們平時也沒少做這些，開了門便動手整理貨物、打掃衛生。

「就是這兒。」正忙著，門口響起一陣喧譁，一群人手持著長棍、短棍湧進巷口，站在鋪子前指指點點。

張義和阿安停下動作，狐疑地交換一個眼神。

「幾位，請問有什麼事嗎？」張義出了櫃檯迎出去，阿安則悄悄地來到後面，把消息報給九月。

「知道了，你們小心點，他們要是有備而來，我們是攔不住的，他們想砸東西也別攔著，別傷到你們就行了。」九月點點頭。

「嗯。」阿安點頭，又匆匆回到前面，那麼多人，張義是頂不住的。

九月想了想，也放下手裡的活兒，讓舒莫看好祈喜和周落兒，自己往前面鋪子走去。

還沒掀開簾子，就聽到外面的人在罵。「什麼祈福香燭，分明就是有毒的蠟燭！昨晚我們家用了你鋪子裡的蠟燭，倒了三個，這會兒還在醫館裡躺著呢！」

「讓你們東家出來！」

「沒錯，不給個說法，我們就去官府告你們，居然敢賣這種有毒的蠟燭，太黑心了！」

訛詐！九月頭一個念頭就是這個。

「各位，這中間是不是有什麼誤會？我們鋪子裡的蠟燭怎麼可能有毒呢？」張義見眾人群情激憤，有些擔心，偏偏今天也不知道怎麼回事，二掌櫃沒來，張信也沒有來，他和阿安怕應對起來不周到啊。

「誤會？人都倒下了還叫誤會？讓你們東家出來，你一個小夥計出來廢話什麼！」

「出來！出來！」身後一群起鬨的人。

「不出來就把鋪子砸了！」

九月也待不住，布簾一掀，走了出去。「怎麼回事？」

「嘶……還真是個女的！」人群裡傳來竊竊私語。

「妳出來做什麼？」阿安見她出來，迎上幾步凝重地看著她。

「沒事。」九月淡淡說道，出了櫃檯，走到門前，阿安忙跟上，與張義兩人一左一右護在她身前。

「各位，既然尋到我們鋪子裡，想來也不是無緣無故，請問哪位是你們的主事人？請他出來說話。」九月掃了一眼。

這些人有五、六個穿著灰色衣衫，看著倒像是哪戶人家的家丁，右邊那三、四個穿青衫，看著也像是護院，而其他十來個卻是各種各樣的衣衫，其中還有兩個讓九月覺得有些眼熟。

這樣一群人，自然是沒有主事人的。

「妳就是這兒的東家？」其中一個灰衫人率先問道。

「正是。」九月大大方方地承認。

「就是她……」

又是一連串的竊竊私語。

九月看了看灰衫人和那邊的青衫人，心生疑惑。

「妳鋪子裡做的香燭有毒，昨天我媳婦定下許多，還是訂製的，結果回去一試用，倒下三個，還好是試用，要是沒用過就送到我們夫人那兒，妳闖的禍就更大了！」灰衫人說著把手中袋子扔到張義的腳邊。「瞧瞧，我們可是冤枉你們了？」

張義蹲下身撿起來，遞給九月看。

裡面果然是鋪子裡賣出去的香熏燭，還是昨天早上她趕製出來的，被這麼一扔，這些燭已變形，有些花瓣也折斷許多。

「還有我們，我媳婦、我兒子都被熏倒了，要是他們有個好歹，妳就準備拿命來抵吧！」青衫人這邊也是重重地扔過來一袋東西。

阿安撿回來，九月一看，竟是昨晚趕製交付出去的，一天之內接了兩筆訂單，兩筆都在同一時間出事，今天又一起上門聲討……

「各位，這袋子裡確實是我親手做的，只是這些燭我都試用過，絕不會出現這樣的情況。要是不信，我現在就可以試給你們看。」九月也頭疼，她明顯被人賴上了，可是當著這麼多人的面，不給個說法是不可能的，說著就示意阿安和張義從袋子裡各取一枝試用。

「試？妳騙誰呢？」有人嗤笑著說道。「依我看呢，不是這香燭有問題，是人有問題。」

「什麼意思？」有人馬上問。

「你們都不知道吧？這人是災星，她可是從死人肚子裡爬出來的，天生帶著晦氣，你們的人一定是用了那香燭，運氣不好，就染上了。」那人雙手環胸，看著九月大剌剌地說道。

「啊?!」人群一陣譁然，這會兒工夫，巷口已經吸引大量行人，聽到這句話，眾人的目光紛紛投向九月，眼中不乏驚疑和害怕。

「我說兩位大哥，你們也別在這兒耗了，趕緊去醫館把人抬回來，找個和尚道士，好好的作個法驅邪，這樣的病，大夫是沒用的。」那人一邊說一邊挑釁地看著九月。

九月看著他的眼神，忽地想起來了，這個眼神她見過，可不就是那天被齊孟冬趕跑的人嗎？

「你有什麼證據證明人是我害的？」九月心下一緊，該來的終於還是來了。

「東西就是從妳這兒買的，妳剛才也承認了，現在居然說這話，擺明了耍賴是吧？」卻不料，九月的話惹怒灰衫人和青衫人，兩方人激動地又往前推進幾步。

「兩位，我承認這香燭是我做的，可我不承認我的香燭有毒，你們既然口口聲聲說香燭有毒，那你們有沒有把餘下的帶過來？」九月皺眉說道。

「我呸，我媳婦除了從妳這兒買香燭，就沒去過別的地方，不是你們這兒的，難道還是我們自己的？」灰衫人激動地呸了口唾沫，脹紅著臉指著九月就要衝上來。

張義和阿安趕緊橫上一步，護住九月。

「她怎麼可能承認？」方才那閒漢陰陽怪氣地開了口。「她隱瞞身分開鋪子就是為了賺錢，要是承認了，這錢還怎麼賺？要是我，我肯定也不承認。」

「不承認？」青衫人冷哼一聲，挽起袖子。「那就給我砸，砸到承認為止。」

「住手！你們想幹什麼？」張義嚇了一大跳，跳到青衫人面前，張開手攔住他們，目光在人群中不斷搜尋，想尋找熟悉的人出去報信。

「兩位，我還是希望你們能把餘下未燃完的香燭拿來讓我看看，若真是我鋪子裡的，我不會賴帳，可若不是，我也希望兩位能還我們祈福香燭鋪清白。」九月還想試著說服兩人。

「別聽她的，給她看了東西，那東西就不是原來的了，她可是會作法的！」那閒漢嚷嚷起來。「你們不知道，她身後還有隻鬼，說不定這一帶鬧鬼的事都是她搞的！」

聞言，在場的幾人不由驚呼著紛紛後退幾步，警惕地看著九月的背後。

「胡說八道！」九月惱怒地瞪著那人，高聲說道：「你到底是什麼人？青天白日，居然這樣蠱惑人心，難不成你能看到鬼嗎？還是你裝鬼裝出經驗來的?!」

眾人聽罷，又覺得有些道理，有幾個甚至抬頭看天，嘀咕道：「鬼應該是不能見太陽的吧？這會兒太陽正大呢。」

「大家難道還不明白嗎？她是從死人肚子裡爬出來的，還有什麼事是她做不到的？」閒漢冷哼一聲，激憤地指著九月道：「大家別被她的皮相迷惑了，她是災星，是死人肚子裡出來的棺生女，說不定她還是怨鬼投胎，生來就帶著晦氣的！你們可不能被她迷惑了，她在這兒一天，我們這些人，還有到她鋪子裡買過東西的人，都會被她沾上晦氣，給家裡招禍的！」

眾人又是一片譁然，紛紛對著九月指指點點起來。

一時之間，沒有人再注意這鋪子裡的香燭到底有什麼問題，所有的話題都集中到九月身上。

「她可不僅是災星那麼簡單，她還是個狐狸精！」人群外，忽然響起一道陰惻惻的聲音。

九月壓著心頭怒火抬眼看去，只見趙老山從最外面擠進來，三角眼裡流露著絲絲怨懟。她頓時黑了臉，這貨居然也來湊熱鬧。

「趙老山，你作死啊！上次的教訓還不夠嗎？」阿安怒瞪著趙老山，率先喝破他的身分。

「那次是你自己喝醉酒跑到墳地上胡來的，惹惱不該惹的東西招了禍，要不是我們東家出手救你，你早死了，你個不知好歹的，居然恩將仇報！」

「我呸！什麼她救了我？明明就是你這小子和她搞的鬼。」趙老山眼一瞪，來到阿安面前，狠狠地說道：「哼，各位，你們可不知道，這個災星可不簡單啊，勾了這小子在家裡胡作非為，我不小心壞了他們的好事，就被他們記恨，把我扒了個精光扔在墳地裡，後來還讓這小子裝鬼來嚇我，又不知道使了什麼妖法，害得我兩個弟弟險些沒命，偏偏還假裝救人，騙了我家的錢，不然她一個小姑娘哪裡來的錢開鋪子？就是靠這些陰損手段賺來的！你們瞧瞧，現在這身邊兩個小子都這樣護著，要不是有一腿，他們會這樣熱心？」

趙老山嘴一張，好大一桶髒水便從天而降落在九月頭上。

「趙老山，說話是要憑良心的。」

九月氣極，怒瞪著趙老山卻不知道該怎麼發作，整個人渾身冰涼，微微顫抖，可她知道，此時不能退縮，退了，就代表敗了，以後再沒有抬起頭的機會。「你就不怕你這樣血口噴人損了陰德嗎？」

「他這種人，哪來的陰德可損？」阿安憤憤說道，目光死死地盯住趙老山，他真後悔那時手軟，居然沒把這貨給整死。

「姓趙的，你胡說八道，總有一天不得好死！」祈喜忍不住從後面衝出來，指著趙老山罵道，激動得雙頰泛紅。

「明明是你壞事做多了，半夜遇到鬼，與我家九月有什麼關係？要不是你娘和你媳婦死活白賴地求我家九月，誰願意救你？像你這種人，活該被鬼捉了去，活著都是浪費你家的米飯！」

「瞧瞧，大夥兒瞧瞧，就這樣一對姊妹，你們還信她們能憑良心做生意嗎？被人戳穿了，就跟個潑婦一樣出來罵街了。」趙老山卻衝著她笑了笑，對著眾人高聲說道：「你們知道這一位是誰嗎？原本倒是個好的，可自從這災星回家，連帶的她也不是東西了，勾引人家兒子，還鬧得他要和家裡斷絕關係入贅她家，你們說說，這不是狐狸精是什麼？」

「無恥！」九月怒極，說她還不夠，居然還把祈喜牽連進去，當下腦子一熱，上前就給趙老山一個巴掌。

這一巴掌集中全部力量，令趙老山猝不及防，被搧得連連後退幾步。

「臭娘兒們！居然敢打老子！」趙老山的臉上頓時浮現五道指印，待站穩後，想也不想就要還擊。阿安和張義眼明手快，一個及時衝上去撞開趙老山、一個拉著九月急退到鋪子裡，護在九月和祈喜身前。

「居然敢動手？分明就是惱羞成怒了，鄉親們，這樣的妖女、災星不趕出去，還有我們的好日子過嗎？你們就不怕我們康鎮都變成凶鎮嗎？」閒漢揪準時機再次點了把火。

「妖女！把她趕出去！」

「沒錯，趕出去！」

群情激憤，事情突然往最壞的方向演變，鋪子前的人們早已忘記他們是幹什麼來的，一個個叫囂著就要擠破鋪門。

「都給我住手！」這時，巷尾匆匆跑來五、六個人，為首的正是邢捕頭，身後跟著他的手下們。

第八十八章

康鎮只是個鎮，平日也就只有亭長和邢捕頭主持事務，手下也只有四個捕快，今天多出來的幾人，還是昨兒上報案子過去後縣太爺派下來的。

民不與官鬥，在大多數百姓眼裡，雖然來的只是捕頭、捕快，卻也足夠震懾他們。眾人停下來，猶豫地看了看邢捕頭。

邢捕頭衝到眾人面前，「唰」地抽出腰刀，朝眾人晃了一下，暴喝道：「幹什麼？想聚眾造反啊！」

明晃晃的刀在眼前劃過，眾人還是頗為顧忌，趙老山和那閒漢在邢捕頭等人趕到前就混進人群，此時眾人一退，前面就剩下灰衫、青衫兩派「苦主」。

邢捕頭極威嚴地掃了他們一眼，轉頭看向怒氣沖沖的九月等人問道：「怎麼回事？」

「捕頭大人，事情是這樣的……」灰衫人生怕邢捕頭先入為主聽信九月的話，忙搶著把事情經過說了一遍，接著青衫人也說明來由，兩方人齊齊向邢捕頭請命。「還請捕頭大人為我們作主啊！」

「既然有關人命，為什麼不來報案？聚眾滋事可是要坐牢的！」邢捕頭一瞪眼，心裡暗暗嘆氣，這祈九月可真不是個省心的，之前抓到的兩人還沒解決呢，她這邊又出狀況，這下好了，人命關天，楊進寶縱然天大的人情，他也沒法偏袒。「祈東家，他們說的可是實情？」

「邢捕頭，這兩袋香熏燭確實是我昨天做的，可是沒有看到那兩枝熏倒人的燭，我無法給你答案。」九月看到邢捕頭，暗暗鬆了口氣。

她是真的小看了這些人的迷信程度，在被蠱惑的他們面前，「災星」兩字如山般壓得她喘不過氣來，她所說的一切也是那麼蒼白，沒有一個人相信她，他們只害怕，災星可能會影響到他們，誰又在乎她是不是被人冤枉？

「既然如此，祈東家還是跟我走一趟吧。」邢捕頭看了看死盯著這邊的人們，想了想，還是覺得帶走九月比較安全。

「是，還請邢捕頭費心，早些查明事情真相，還我鋪子清白。」九月點頭，她是沒法解釋清楚了，那麼就交給官府去辦。

「還有，在事情未明瞭前，妳這鋪子還是不要開門了。」邢捕頭又指指鋪子。

「這是自然。」九月點頭。

「來人，再去兩個人隨他們把餘下的證據帶回來。」

邢捕頭衝著身後幾人吩咐道，一邊把腰刀插回鞘中，對著灰衫人和青衫人說道：「你們可有意見？」

「但憑捕頭大人作主。」兩方人倒也配合，朝邢捕頭行禮點頭。

「都散了，敢再聚在這兒鬧事，全下大牢去！」邢捕頭看到人群還沒有散去，衝著他們就一聲暴喝。

「邢捕頭，能否容我片刻安頓鋪子事宜？」九月客氣地問道。

「去吧，給妳一刻鐘。」邢捕頭揮揮手，轉頭向餘下的兩個人說道：「兩位，那邊的事還請多多費心。」

「好說。」這兩個都是從縣裡來的，他們一共來了六人，其他四人這會兒已經守在隔壁後門，他們則是跟著邢捕頭過來，這時見沒他們什麼事，就點點頭，一起轉身往巷尾走去。

「九月。」祈喜緊張地拉著九月。「妳真要去啊？」

「沒事的，我們身正不怕影子歪，配合邢捕頭早些查清事情，早些洗脫我們的嫌疑。」九月拍拍祈喜的手，安慰道：「你們把門關好了好好待著，要是害怕，就搬到對面院子去吧。」

說罷又對張義和阿安說道：「今天的事很奇怪，我擔心二掌櫃和張信他們出事，你們倆關門以後記得去看看他們，這段日子鋪子反正也開不了門，順便把事情告訴二掌櫃，讓他也歇幾天吧。」

「是。」張義立即點頭。

阿安卻猶豫一下，看著她說道：「我陪妳去。」

「不用。」九月淺笑。「你也許久沒回去了，辦妥事情也回家住幾天吧，看看你爺爺和阿月他們。」

「可是……」阿安不放心。

「你放心，邢捕頭好歹與我四姊夫是舊識，他不會難為我的。」

九月搖搖頭，安撫道：「大祈村那邊，還得勞你們多多注意著，祈家要是有什麼事，煩勞多費些心。至於我的事，就不用讓他們知道了，我爺爺也是年紀一大把了，禁不起嚇。」

「……好。」阿安猶豫再三，最終還是點頭。

「九月。」祈喜看著九月，眼圈紅紅的。「我跟妳一起去。」

「別傻了，妳跟我去能有什麼用？」九月好笑地睨著她。「我不在這兒，妳就是這兒的主人，妳要是也走了，莫姊和落兒兩個人住在這兒豈不害怕？」

說罷，她湊到祈喜耳邊悄聲說道：「我房裡的暗格藏了不少東西，要是沒人在家，被偷了可就虧大了。」

祈喜一聽，嚇了一跳，忙連連點頭，她決定了，接下去幾天白天黑夜都不睡覺，就盯著屋子了。

九月跟隨邢捕頭以及那幾個「苦主」一起到了小衙門，小衙門只是尋常百姓的說法，康鎮只是個鎮，沒有設立衙門，此處也只是一間三進院子，平日方便亭長和邢捕頭等人處理公務之用。

九月被單獨安排在一間廂房裡。

「九月姑娘。」沒有了外人，邢捕頭的稱呼也親切了些。「妳且在這兒歇歇，我還要去抓捕張師婆，放心，門外有人守著，妳在這兒很安全。」

「多謝邢捕頭。」九月心裡一暖，朝邢捕頭福身。

「沒什麼。」邢捕頭點點頭，也不便多說就退了回去。

九月待的這屋子倒是與尋常房間沒差別，除了門窗都鎖上之外，倒是有桌椅、床榻。

床榻上還有被褥，看著倒也乾淨，不過九月不知道這些是不是被人使用過，所以也沒有隨意坐下，而是回到屋中桌子邊，拖了一把椅子坐下，雙手擱在桌上，托著下巴想事情。

想著想著，九月竟就睡著了，待她醒來時，屋內光線已改了方向。

這時，門開了，九月忙站起來，來的只是個捕快，他手上端著一個托盤，托盤上放著一碗粥、一碟鹹菜、兩個白麵饅頭。

「吃飯了。」捕快進來，把東西往桌上一放，面無表情地就要出去。

「這位大哥，邢捕頭可回來了？」九月忙問道。

「沒有。」捕快停下腳步，看了看她。

「那……張師婆可抓到了？」九月想起張師婆的事，再次問道。

「跑了。」捕快臭著臉，好像九月欠了他百兩銀子般。

「跑了？」九月頓時睜大眼睛。

捕快瞥了她一眼，直接走了。

只是這會兒她被關在這兒，什麼消息也聽不到，什麼也做不了，無奈之下，她只好回到桌邊，瞪著桌上的飯菜仔仔細細地看了好一會兒，確定這些東西是乾淨的才動手吃飯。

與此同時，康鎮的大街小巷熱鬧異常。

在某些人的推波助瀾之下，所有人都知道了祈福香燭鋪是十六年前那個棺生女開的，而那閒漢的話也迅速傳播到每個角落。

那些在鋪子裡買過東西的也人人自危，紛紛前去附近的廟宇尋求保佑，希望能得菩薩垂憐，為他們消災解難。

「怎麼辦？」祈喜急得如熱鍋上的螞蟻，在院子裡不斷轉圈。張義和阿安都出去打聽二掌櫃他們的消息了，家裡只剩下她和舒莫母女，偏又不敢隨意出去，而對面的院子似乎一直沒有動靜。

「八姑娘，要不，妳和落兒在家，我出去聽聽消息？」舒莫也有些慌亂。

「不行，妳一個人出去，要是出事怎麼辦？」祈喜連連搖頭。

「那……」舒莫正要說話，後院傳來敲門聲，兩人嚇了一跳，互相看了看，一起警惕地移到門邊，舒莫看了看祈喜，大著膽子問道：「誰啊？」

「我，五子。」

「五子哥！」祈喜欣喜不已，五子來得正是時候，當下搶著開門，把五子放進來。「你怎麼來了？」

「九月妹子回來沒有？」五子一臉凝重，他今天一早就聽說了各種消息，甚至還聽說有人已經去向縣太爺請命，要求縣太爺處死妖女永絕後患。

「沒有。」祈喜搖頭，一臉擔心。「也不知道她怎麼樣了，她走的時候讓我們守在這兒，我們想出去打探消息，又不敢隨意離開。五子哥，你能不能幫我們去看看那幾個被蠟燭熏倒的人怎麼樣了？要是他們能醒過來，九月是不是就不會有事了？」

「好。」五子見她們什麼也不知道，也不敢和她們說他知道的消息，安撫了一下，就匆匆出去了。

祈喜和舒莫關緊門，帶著周落兒退到廚房裡，不安地等著消息。

「阿安和張義也不知道在哪兒……」祈喜緊張地捏著衣角，手心泛汗。

「別著急，二掌櫃和幾個夥計不住在一處，他們興許是尋找的時候耽擱了。」舒莫比祈喜還要緊張，只是為了不嚇到祈喜和周落兒，她只能強裝鎮定。

此時，被舒莫和祈喜擔心著的張義和阿安卻忙得腳不沾地。

二掌櫃早上出門的時候被人撞了一下，張信和另外幾個夥計今天一早倒是出來了，在路上遇到後，幾人一起去吃了早飯，結果幾個人都拉了肚子，這會兒正個個腿軟呢。

「二掌櫃，您可看清是誰撞您嗎？」阿安沈著臉。

「沒瞧清。」二掌櫃搖搖頭，他一把老骨頭了，哪禁得起撞啊，這一撞，雖然沒折了骨頭，可這腿只怕是幾個月不能下地了，不過他更擔心的還是九月。「我這兒沒事，你們快些去聯繫楊掌櫃，讓他想辦法打聽一下，我覺得這事不僅僅是張師婆能做得到的，快些去，晚了只怕九月丫頭要受苦了。」

「二掌櫃，這事除了那老乞婆，還能有誰啊？東家在鋪子裡的事，沒幾個人知道呢。」張義皺著眉一臉狐疑。

「不，還有趙老山。」阿安卻斬釘截鐵道。「之前他起了壞心思，結果被我們教訓了，這次他肯定不會放過機會的。」

「趙老山是誰？」張義看著阿安。

「就是那個站出來潑髒水的人。」阿安一想起趙老山那番話，就恨得牙癢癢，臉色如鍋底。

「你們快些去，找到楊掌櫃，把情況都和邢捕頭說，我這兒沒事。」二掌櫃也來不及追問，催促阿安和張義去找人。

阿安和張義兩人也不敢耽擱，二掌櫃這兒本就有個小廝和他作伴，這會兒起居也有人照應，他們便告辭出來。到了門口，張義忽然停下腳步對阿安說道：「你去找楊掌櫃，我去個地方找人幫忙。」

阿安看看他，點點頭，張義在鎮上認識不少人，兩人分頭行動效果應該更好些，當下他沒有猶豫地就往糧鋪走。

而張義卻調轉了方向，往成衣鋪走去，一路上不時在每個街道拐彎處停留，然後隨著他離開，便有不少乞兒悄悄往不同方向走開。

張義很快就來到成衣鋪門口，他抬頭看了看上方的匾額，邁步走進去。

張義到了櫃檯邊，拍了拍櫃檯，朝裡面的夥計問道：「韓掌櫃在嗎？」

「你有事？」夥計打量張義一番，覺得他不像會來光顧生意的人，態度有些冷。

「有事情回報。」張義直接說道，他思來想去，也只有找到韓樵才能有辦法。

「等著。」夥計往樓上看了一眼，淡淡說道，說罷便嘀嘀咕咕往樓上挪。

張義雖然不滿，可他也沒有辦法。

夥計上去沒一會兒便匆匆下來了，臉色有些奇怪地看了看張義。「二樓左手邊第二個房間，自己上去吧。」

張義點頭，直接抬腿上了二樓，來到夥計說的那個房間。

房間門沒有關，張義到了門口，頓時被眼前的一幕嚇到了。

只見一個男人背對著站在窗邊，身後站著十幾個看起來非同一般的男人，而他要找的韓樵卻直直跪在屋子中間。屋中站了這麼多人，卻是一片寂靜，氣氛甚是詭異，連帶的張義也覺得呼吸困難起來。

韓掌櫃這是犯了事？那找他幫忙豈不是沒希望了？張義頓時失望地皺起眉。

第八十九章

張義失望的目光從韓樵身上收回，他下意識地看了看屋裡所有人，突然，他驚喜地鎖住那個背對著的人。「公子？」

屋內十幾人的目光被這一聲吸引過來，窗邊的男人緩緩側過身來，看到張義時略有些驚訝。「是你。」

「公子！」

張義大喜，找到公子就更好了，當初可是公子安排他和韓樵見面，讓他聽從韓樵的吩咐。要是能說動公子出手幫忙，想必事情會更簡單，當下顧不了別的，他一腳踏進去，跪在韓樵身邊急急說道：「公子，請您幫幫我們東家吧！」

「你們東家是誰？」遊春有些奇怪地看著張義。

「祈福香燭店的東家，祈九月。」張義沒發現韓樵身子一僵，他忙回道。「她被人陷害了，現在被帶到小衙門裡，也不知道怎麼……」

卻不料，遊春聽到這個名字時，臉色大變，大步上前，一把揪住張義的前襟急急問道：「你剛剛說的……是誰?!」

三爺等人不約而同地嘆口氣，齊孟冬更是拿手摀了臉，只從指縫裡同情地看著韓樵。

韓樵是遊家的忠僕，他能為遊春考慮至此，這份心讓他們也頗感動，所以有關九月的事，三爺等人商量後還是替韓樵瞞了下來。這不，遊春剛回來，還沒來得及聽說外面的事，便把他們所有人叫到這兒，一開始，他們還以為遊春已經知道全部的真相，後來才知道遊春發火是因為韓樵耍了他。

試想想，他一心一意相信的人，卻把他支得團團轉，他能不傷心嗎？

所以三爺幾人也沒有替韓樵說什麼，應該說，他們還來不及說什麼，遊春也還沒有開口問話，韓樵進來後就跪下去，這個時候，張義便闖了進來。

「祈、祈福香、香燭鋪，祈、祈九月。」張義嚇了一跳，脹紅著臉結結巴巴地說道，他實在想不明白自己說了什麼，竟讓公子這樣激動。

「她怎麼了？」遊春瞇起眼，心裡已然狂濤萬丈。

「她被人陷害……」張義被勒得有些喘不過氣來。

「遊少，你快鬆手，這樣讓他怎麼說話呀？」齊孟冬看到，忙上前把張義從遊春手裡解救出來。

遊春盯著張義看了好一會兒，才平靜下來，面無表情地坐到桌邊說道：「說。」

「我們昨天接了兩筆單子，是東家自己親手做的香熏燭，貨都及時交付出去了……可誰知道，今兒卯時到了開鋪子的時辰，二掌櫃和夥計們一個都沒來，我和阿安只好頂上，正收拾著，就有一群人拿著傢伙堵在我們鋪子門口，說是用了我們的香燭，熏倒了好幾個人，非讓我們東家出來說話。」張義緩過了氣，便一口氣說起事情經過。「東家出來後，正說著，就有個閒漢跳出來說東家是災星、是棺生女……」

遊春聽到這兒，瞇了瞇眼，放在桌上的手緊握成拳。

張義注意到，不由頓了頓，嚥了一口唾沫，繼續說道：「後來又來了一個人，阿安說那人叫趙老山，說的話更難聽……東家氣不過打了他一巴掌，他們就鼓動人要衝進鋪子砸東西。還好邢捕頭來得及時，阻止了他們，不過也帶走東家和那兩家人，我和阿安出來尋二掌櫃，才知道二掌櫃早上被人撞了，傷了腿，張信和幾個夥計一起在攤子吃完早點就腹痛不止，這會兒正在家躺著呢。」

「知道是什麼人做的嗎？」遊春面沈如水，盛怒之下反倒平靜下來。

「我和阿安都以為是張師婆做的，之前她幾次上門找東家麻煩，還扮鬼鬧過，前天她的人又在隔壁搞鬼，被我們拿下交給了邢捕頭，邢捕頭帶人抓走他們，原本今兒是抓捕張師婆的，誰知道就出了這樣的事。不過剛剛二掌櫃卻說這事不簡單，張師婆一個人根本鬧不出這動靜。」

張義見遊春聽得仔細，忙把自己知道的都說出來。

「方才我在路上聽到消息，張師婆跑了，那些閒漢夥同幾個人在四處散布東家是災星的謠言，甚至還有幾戶大戶人家被說動，已派人去了縣城，說是要向縣太爺請命，處置災星！這幾戶人家都曾在鋪子裡買過東西，他們是害怕被沾了晦氣……」

「災星……哼。」遊春冷哼一聲，瞟了韓樵一眼。

「公子，求您幫幫我們東家吧。」張義大著膽子懇求道。「我們東家只是個普通的姑娘家，根本不是災星。」

「起來吧。」遊春不置可否地看著張義。「你去一趟落雲山，那廟後有一位姓郭的老者，你去把事情說與他聽，他必能救出你們東家。」

「落雲山？」張義站起來時還挺高興，沒想到遊春竟然讓他去找別人，一個落雲山的老人能救得了人？

「沒錯，要是連他都救不了，那我們只怕也是無能為力了。」遊春點點頭，他已經知道郭老的身分，只不過他還不知道郭老和九月等人見過面的事。

「好，我馬上去。」張義立即點頭，連公子都這樣說了，那老人必定是個更有能耐的人，張義起身衝著一屋子人行禮，飛快地跑了。

遊春目送張義出門，許久，才緩緩看向仍跪著的韓樵。「起來吧，收拾收拾，即刻回漳城去，柳伯他們年前還曾問起過你。」

「少主……」韓樵有些意外，他以為自己這次要被打發去養豬了，沒想到少主竟然寬容了他，允許他回去與老友們一起頤養天年。

「樵伯，你的心思我都明白，可是在你心裡，我難道就那麼無能嗎？竟需要靠女人來重振遊家？」遊春說這話時，唇邊流露一抹苦澀。

「自然不是……」韓樵連連搖頭，一臉懊悔。「少主，是老奴踰矩了、是老奴想岔了，老奴不該私自撕毀九月姑娘給少主的信，更不該隱瞞九月姑娘的下落。」

遊春瞇了瞇眼，實在不知道有這樣的忠僕是好還是壞。他無法想像，如果韓樵心存不軌，而他又對其全心相信，那後果……不堪設想。

「少主，老奴這就交接手上的事情再去漳城，不過老奴這兒還有一句話，少主或許不愛聽，可老奴不得不說。」韓樵濕潤著眼睛看著遊春。「九月姑娘被人揭發災星身分，如今她想輕易擺脫此事已是不易，倒不如好好利用這次的契機，讓九月姑娘從此擺脫災星之名，那樣九月姑娘以後方能有安生日子，於少主您，也不無好處。」

「災星還是福星，不是他們說了算。」遊春冷哼一聲，眼中閃過厲色。「爺的女人，哪容旁人置喙！」

聽到這句話，齊孟冬忍不住抬手撫了撫額，此時遊春依然沒有問起喬漢，難道喬漢他們的行動也不是遊春授意的？但這會兒遊春正在氣頭上，他也不敢隨便把喬漢兄妹說出來。

「少主待九月姑娘一片摯誠，老奴明白，可是少主難道就沒替九月姑娘想過？」韓樵仍然跪著。

「她一個姑娘家，從小因為災星之名被送到落雲山，避世十五載，回來後也沒過幾天安生日子，如今又被人揭了身分，還引起如此動靜，若不趁此機會想辦法扭轉乾坤，將來九月姑娘與少主過得好尚且無事，可但凡出現任何一件意外，九月姑娘披著這名頭，她將如何自處？」

「你既能體會她的苦處，之前為何還要阻撓隱瞞？」遊春不滿地皺眉，可在心裡，不得不承認韓樵說得對。

「老奴那時只想著怎麼讓少主避免麻煩，縱然心憐九月姑娘的苦，也只能硬著心腸拋之一邊了。若老奴有心害她，也不會安排喬漢和喬喬去保護她了。」

韓樵老臉一紅，苦笑著坦白。「如今我離開在即，說這些……就當是給九月姑娘賠罪吧。」

完了完了……齊孟冬無語地看著韓樵，心裡直嘆氣。

「他倆在哪兒？」遊春聽到安排了人保護九月，怒意才稍稍減弱些。

「這個我知道，前些日子有人……咳咳，跟蹤九月，他倆去查了。」齊孟冬忙插了一句。

「連你也幫著隱瞞她的消息？」遊春的臉又黑了下來。

「這不是來不及說嘛。」齊孟冬忙賠笑臉，轉移話題。「現在不是追究這些的時候，等九月安全，我們親自向她請罪，好不好？」

「三天之內，把那破鼎給我拿過來。」遊春才緩和臉色，分配行動。「三哥，餘下的事便交給你了，別讓她再出任何意外……」

交代完畢，齊孟冬立即出發去昭縣借鼎，三爺帶人去安排細節，老魏三人仍在大祈村保護祈豐年，另外再分出幾個人去查找張師婆以及那些散布謠言的閒漢、趙老山。

康鎮這邊本就不是他們的地盤，加上遊春之前被人盯上，如今自然也不方便正大光明地行動。為了能順利救出九月，並扭轉災星之名，也為了不讓某些人注意到九月從而對她不利，遊春忍下馬上去見她的衝動，帶上兩個隨從偷偷去了落雲山……

九月不知道外面已經有這麼多人為她忙碌起來，更不知道心心念念的遊春已經來到離她不遠的地方，她正坐在屋裡糾結著。

一連五天，除了送飯的那個捕快，誰也沒出現。

「喂，外面的人還有呼吸沒的啊？」九月不滿地來到門邊，拉了拉，沒拉動，便伸手使勁敲起來。「有就吭一聲。」

外面陽光正好，九月站在屋裡，明顯能看到門外有兩個人影，可是外面的人硬是不搭理她，她只好又喊道：「不吭聲也行，讓你們邢捕頭來一趟，我有話要說。」

這次，其中一個人影倒是快步離開門邊。

九月鬆了口氣，還好，她如今倒也不是完全的暗無天日。

過了一盞茶的工夫，人去而復返，瞧那影子，倒像是真把人帶來了，九月起身來到門口，期盼地看著外面。

門開了，捕快讓到一邊，後面站著的卻不是邢捕頭，而是眼眶紅紅的祈喜，她手裡還提著一個食盒，看到九月就哭起來。

「八姊，妳怎麼來了？」九月驚喜地喊道，上前把祈喜拉起來。「妳怎麼了？誰欺負妳了？」

「九月——」祈喜被她一問，更忍不住了，把食盒往地上一放，伸手抱住九月大哭起來。「怎麼會這樣？他們太過分，太過分了！」

「出什麼事了？」九月皺了眉，一臉奇問。「快別哭了，妳快說說，到底又出了什麼事？」

「他們……」祈喜忍住悲傷，抹了抹眼淚，彎腰提起地上的食盒，搖搖頭。「他們……怎麼能這樣，妳又沒做錯事，居然……」

後面的話被哽咽代替，她說不下去，只好低頭打開食盒，把菜一盤一盤的往外拿。

「放心啦，我又沒做錯事，過兩天就出去了。」九月以為祈喜是心疼她在這兒關著，心裡暖暖的，忙安慰起祈喜來。「你們怎麼樣了？都好吧？二掌櫃他們呢？那天是不是遇到事情了？」

「都好。」祈喜聽著她的話，眼淚又掉下來。

「不對。」九月看著她，心頭滑過一絲不安，她斂起笑，盯著祈喜問道：「八姊，妳是不是有什麼事瞞著我？是不是二掌櫃他們出事了？」

「不是、不是。」祈喜連連搖頭，臉上還帶著淚。「那天二掌櫃出門的時候被人撞倒了，傷了腿，大夫說這幾個月不能下地，四姊夫已經從鋪子裡支了一百兩銀子給二掌櫃當診金了。」

「應當的。」九月點頭。「那他現在如何？」

「現在倒沒什麼，只在家裡休養。」祈喜又抹抹淚，繼續說道：「張信和幾個夥計那天一起吃早飯，結果都鬧了肚子，後來倒是好了，鋪子裡也沒有什麼事，四姊夫就給他們各人支了工錢，讓他們在家等消息了。」

「阿安和張義呢？」九月點頭。

「他們每天跑東跑西的，想找人救妳，可是……」祈喜說到這兒又哽了一下，不過很快就轉了話題。「趙老山把事情傳回村裡，爹一急之下生了病；三姊夫被酒樓給趕出來，三姊家正鬧成一團呢；還有五姊，也被她婆家看緊了，他們都出不來……」

「沒事的，我在這兒挺好，不用他們跑這一趟了。」九月搖搖頭，拍拍祈喜的肩。「好了，快別哭了，又不是什麼大不了的事。」

「嗯。」祈喜點點頭，止了哭泣。

「三姊夫被酒樓趕出來，是因為我嗎？」九月這時才問。

「不止三姊夫，還有四姊夫……」祈喜低了頭，她沒有說祈豐年生病是被葛家給氣的，九月的日子也就這兩天了，她不能讓九月走得不痛快……

「四姊夫也被開除了?!」九月大驚。

「嗯……」祈喜點頭，猶豫地看著九月張了張口，一臉欲言又止。

九月沒有注意到，她此時此刻的心情已滑落到谷底，她真的真的小看了這世間的迷信程度啊。

「九月……」祈喜見九月低著頭一臉寒霜，頓時心疼極了，伸手握住九月的手。「放心，張義和阿安說有辦法救妳，還有我們，我們絕不會讓妳被他們燒死的……」

「燒死？」九月瞇了瞇眼，盯著祈喜低低地問。

「九月，我……」祈喜見自己說漏嘴，急得又直掉眼淚。

「八姊，沒事。」九月知道了結果，反倒淡定下來。「妳告訴我，到底怎麼回事？」

「今天一早，邢捕頭就來鋪子裡找我們了，讓我們給妳送些吃的，還說，縣太爺聽信了那些人的話，連問都沒問就直接下令，要判妳火刑……邢捕頭極力反對，卻也沒能攔下，只給妳多爭取了四天的工夫，他這一路趕回來已經耽擱兩天了，要是兩天內我們想不出辦法，縣太爺會親自來康鎮主持火刑。」祈喜無奈，只好把邢捕頭的話說與九月聽。

「也就是說，後天之前我們沒有辦法，我就只有死路一條嘍？」九月聽罷點點頭，冷靜地問道。

「他說是的。」祈喜難過地點頭哭道：「九月，現在該怎麼辦？我不想妳死……」

「好了好了，八姊，我還沒死呢。」九月忙哄道。「我也不一定會死嘛，這不還有兩天嗎？」

祈喜聽到這話，也顧不得哭了，拉著九月的手，雙眼發亮地問道：「九月，妳有辦法？」

「沒有也得試試嘍，我才十六歲，還沒活夠呢。」九月輕笑，伸手抹去祈喜的眼淚。「妳過來，我跟妳說……」

第九十章

祈喜哭哭啼啼地來，卻是高高興興地回去了。

出了小衙門，她馬上去找了楊進寶，把九月的話原封不動地告訴他。

第二天一早，康鎮開始流傳一件奇怪的傳聞——有人昨兒下午去落雲廟進香，那大殿供著的菩薩竟然掉下眼淚，滴在供桌上，供桌上竟出現一朵蓮花，還是一朵被火烤的蓮花。

接著又有人現身說法，其他廟宇也有這樣的情況出現。

這樣的說法，頓時引起軒然大波，眾人紛紛猜測這是不是某種預言，代表即將出現大災？

當即便有人追根究柢，翻出十幾年前那場大饑荒前發生的種種奇事。

「是她。」遊春一身布衣混在人群裡，身邊跟著一樣打扮的齊孟冬和兩個長隨，聽著眾人議論紛紛，遊春唇邊竟綻開一抹微笑。

「你怎麼知道？」齊孟冬奇怪地看了遊春一眼。

「她曾說過，總有一天她要洗去災星之名，為她外婆、她娘討一個說法。」遊春目露柔情，微笑著說道：「為了這個，她才拒絕隨我離開此地，如今遇到這樣的契機，她自然不會錯過的。」

「她不是出不來嗎？」齊孟冬半信半疑。

「你忘記了，昨日她八姊去送了一趟飯，接著又去了她四姊夫家，之後便是這些事情。」遊春白了他一眼。「世人都信世間有鬼神，如今鬧出這些事全是因為她降生在棺中，所以眾人都覺得她不祥，視為鬼祟，而借菩薩的口來攻破鬼祟的說法，你說他們會信誰的？」

「那當然是菩薩嘍。」齊孟冬聽著，倒是覺出點意思了，笑道：「倒是比樵伯說的還要高明些，我們搜集的無非就是這些年她做的種種，還有那個計劃，卻沒好好利用這鬼神之說。」

「傳令下去，全力配合。」遊春點點頭，淡淡吩咐。

身後的長隨之一馬上點頭，悄然離開。

「去前面再看看，說不定還能聽到更多神蹟呢。」齊孟冬笑嘻嘻地搭著遊春的肩往前走去。

「走就走，這般拉拉扯扯的做什麼。」遊春瞪了他一眼，拍開他的手。

齊孟冬也不在意，被拍開後又搭回去，打趣道：「怎樣？這肩已經是某人專用了嗎？還不能借好兄弟靠靠啊？」

「沒個正形。」遊春笑罵一句，倒也沒有再推他，想以前，他們幾個兄弟勾肩搭背嬉笑打鬧，何等快活。

下一刻，遊春的目光便停在某一處，他皺了皺眉，停下腳步。

「怎麼了？」齊孟冬順著他的目光看去，只見一個少年郎拉扯著一個中年婦人，那婦人似乎極生氣，不斷拍打少年，口中唸唸有詞。

齊孟冬左看右看也看不出什麼來，便好奇地看向遊春。「你認識？」

「嗯。」遊春點頭。

這時，少年和婦人已經從他面前走過去，兩人的對話也清楚傳進遊春和齊孟冬的耳裡。

「娘，他們家的事您就別管了，跟我回去，好不好？」少年無奈地懇求著。

「誰說是他們家的事，那是你妹妹、你妹妹！她的命是我的，誰也不能拿走！」婦人很生氣，狠狠地捶打少年。「你走、你走！我不要你管，我要去救她！她的命是我的、她的命是我的……」

「娘，您別胡說了，她明明就是死人生的，怎麼可能是我妹妹？」少年幾近哀求地拉著婦人。「再說了，我們也管不了啊……」

「誰說的？」婦人卻強硬道。「她的命是我的，他們不能燒死她，她的命是我的！」

齊孟冬一眼就看出婦人的不同，便指著腦袋向遊春問道：「這婦人……這兒有問題吧？」

「嗯。」遊春點點頭。「走，跟上去看看。」

「為什麼啊？」齊孟冬頓時無語，一個腦子不正常的婦人有什麼好看的，不過細想她說的話，他又疑惑不已。「她說的不會是……嫂夫人吧？」

遊春瞥了他一眼，沒有答話。

「還真是？」齊孟冬恍然，頓時積極起來。「那是得好好看看。」

婦人和少年拉拉扯扯地來到康鎮中心的十字路口，她停下來，看著這幾處牌坊眨眨眼睛，迷茫地問道：「她在哪兒啊？在哪兒啊？」

「娘，誰知道她在哪兒啊，我們快回去吧。」少年嘆了口氣，上前拉住婦人。

「我不回去。」

婦人不高興地推了他一把，目光游離，忽然她竟看到遊春，眼睛死死地盯住看了一會兒，頓時笑起來，朝著遊春就衝過來，指著他道：「嘿嘿，我認識你、我認識你，嘿嘿嘿——」

「嬸子，妳這是要去哪兒啊？」遊春有些意外，沒想到這瘋婦的記性這麼好。

「我去……去……」這婦人正是之前他們遇到的葛玉娥，她聽到遊春的話，有些迷茫地抬手指指路口，卻又不知道哪個路口才是她要去的，不由委屈地癟了嘴。「我要去找她，她的命是我的，我不能讓別人搶走她。」

「她是誰？」遊春自然知道「她」是誰，不過眼見葛玉娥話裡有話，他便耐著性子順著她的話問道，之前她便在九月面前說過這一句，那時兩人還當她是瘋言瘋語，可今天看來，此事蹊蹺。

「她是……是……」葛玉娥被遊春問住了，眨著眼想了想，才說道：「她是那個女人的女兒，她的命是我的，她是我兒子的妹妹。」

「咳咳……」齊孟冬頓時嗆住了，這都什麼跟什麼？

「咦？你病了？病了要去看大夫喔，不然你就和我一樣，老記不住事了。」葛玉娥注意到齊孟冬，好笑地說道。

這一說，頓時讓齊孟冬的咳嗽更加劇烈起來。

葛玉娥哄孩子般對齊孟冬說道：「你快去喔，不能耽擱的。」

「嬸子，他沒事的，他自己就是個大夫。」遊春好笑地看了看齊孟冬，攔住想要熱心拉齊孟冬去看大夫的葛玉娥。「妳說的那位姑娘，是不是大夥兒都在說的災星？」

「對對對對對——」葛玉娥把頭點得猶如小雞啄米，點完後，又如搖撥浪鼓般搖起來。「不對不對不對——她不是災星、不是災星……」

「為什麼？大家都這麼說啊，她不是生在棺材裡嗎？從死人肚子裡生下來的。」遊春緊緊盯住葛玉娥的眼睛，一字一句問道。

這時，路邊已經聚了不少被他們吸引過來的行人，聽到這話，眾人頓時屏氣凝神，想聽聽這瘋婦人如何回答。

當年的事，大多數都是從人家口中聽來的，難得遇上一個知情人，雖然是瘋婦，說不定就是那時給嚇瘋的。

「她……是死人肚子裡生下來的。」葛玉娥點點頭，眨了眨眼睛，眼神漸漸迷離。「不對……她不是那個女人生的，那個女人都死了，她是我讓她生下來的，她的命是我的、我的！」

說罷，她近乎瘋狂地瞪著遊春，就好像遊春是那個要和她搶九月的人般。「你不能搶走她，你們都不能搶走她，她的命是我的！」

「嬸子別急、別急。」齊孟冬見狀，忙上前護住遊春，微笑著安撫道：「妳慢慢說，這兒沒有人想要搶她，她的命是妳的，我們怎麼可能搶妳的命呢？」

遊春配合著說道：「沒錯，我們只是同情，想要幫幫妳，不是想要和妳搶人的。」

「妳慢慢說，我們知道她在哪兒，可以幫妳救她出來。」齊孟冬緊接著說，他給人診治的時候，就是這樣帶著微笑，這種笑讓病人很容易就信了他。

葛玉娥看看他，又看看遊春，眼睛眨了許久，點點頭，指著遊春說道：「我認識你，你以前住在她家，對不對？」

遊春和齊孟冬對視一眼，這話題……咳咳，不過為了能引出葛玉娥的話，遊春果斷地點頭，笑道：「妳還記得那墓碑嗎？那是我刻的。」

「真的？」葛玉娥驚喜地盯著遊春，上上下下打量一番，又癟著嘴說道：「你是她的男人嗎？她都快要被人燒死了，你為什麼還在這兒？你不要她了是不是？你是不是和他們……」

說著，她指了指圍觀的人，陰惻惻地問道：「和他們一樣，也覺得她是災星？也覺得她會剋死你，是不是？是不是？」

那模樣，就好像遊春敢說是，她就會掐死他一般。

路人不由紛紛議論起來，他們離得遠，葛玉娥這段話說得又輕，他們不知道她說了什麼，只從那表情判斷出可能不是好話。

「怎麼可能呢？」遊春搖搖頭。「她是我的女人，我不會讓她有事的，絕對不會。」

葛玉娥盯著他眨眨眼，滿意了。「好、好，這樣才是真爺們。」這句話說的，竟又似正常了些。

「娘，我們快回去吧。」葛石娃一直打量遊春和齊孟冬，此時見娘親竟相信了這兩個男人，才著急起來，上前想拉葛玉娥回去。

「我不。」葛玉娥甩開他的手，竟躲到遊春身後。「我就要去找她，她的命是我的、我的！」

「這位小兄弟，我是大夫，我可以為你娘診治。」齊孟冬忙上前安撫葛石娃，拉著他到一邊說起來，為遊春爭取時間，引導葛玉娥說出當年真相……

「……那天是九月初九夜裡，烏漆抹黑的，什麼都看不見……」

葛玉娥本就心心念念要去找九月，所以在遊春有意的引導下，她很快就忘記自己還身處在大街上，目光呆滯地說起當年的事。

「我恨她，要不是她，豐哥就不會不要我了……我知道她死了，就想去瞧瞧她死了是什麼德行……

「……靈堂裡一個人都沒有，就只有她躺在棺材裡，我喊她，她不理我；推她，她也不理我，我就生氣了，想把她拉起來，結果一掀開被子……」

葛玉娥的眸瞬間瞪得大大的，似乎看到當初那可怕的一幕。

「好多血……那被子上全是血！我好怕，我想跑，可是被凳子絆了一下，手就碰到她的肚子……」

說到這兒，葛玉娥的目光又變得柔和起來，一張臉竟充滿慈愛。「你們知道嗎？那是什麼感覺……就好像我兒子在我肚子裡動一樣，動得可使勁了……嘿嘿、嘿嘿——」

「那後來呢？」遊春忙問。

「後來？」葛玉娥愣了一下，偏著頭想了想。

「後來，我就、我就使勁按她的肚子、使勁地按……可她死了，嗚嗚嗚——她死了，她不理我了……」葛玉娥竟哭了起來。

遊春微微皺眉，這狀態可不大好啊。

所幸葛玉娥很快就停下來，急急說道：「她不理我，我就去掰她的腿，可是我怎麼使勁都掰不開……」

「我沒辦法，又害怕，就找了把剪刀，把她下面剪開，然後一按肚子，孩子就出來了！」葛玉娥說著說著又高興起來，可接著又癟了嘴巴。「她出來的時候都不會哭，整個人都青了，我又是摳她嘴巴、又是打她腳底板，費了好大的勁她才哭出來，哭得跟小貓一樣……那麼小……」

「也就是說，她是妳從死人肚子裡拽出來的？」遊春心頭一鬆，這下九兒不是災星的說法更有證據了。

「她一哭，就有人來了，我害怕就躲了起來，後來他們所有人都來了，一個個都在喊什麼災星、冤魂，那死老太婆還說要把她們一起燒了，後來……」

葛玉娥根本不理他，逕自說下去，越說越快。「後來周師婆來了，她把孩子從……不不，是祈老頭，祈老頭把孩子臍帶剪了，拿個布包把她包起來，然後、然後才是周師婆把孩子搶走，他們還逼她，把她逼走了、把她逼走了……哇——她的命是我的，他們為什麼都跟我搶，她是我的……」

遊春長長地吐口氣，在葛玉娥面前打了個響指，她才漸漸清醒過來，看著遊春，希冀地問道：「你剛剛說，能幫我找到她？」

「妳說的都是真的？九月真的是妳從死人肚子裡拽出來的？不是自己降生的？」遊春問道。

「是我、是我，真的是我！」葛玉娥生怕有人和她搶似的，連連點頭。「我不騙人的，真的，還有還有……她滿月的時候，我還去落雲山了，周師婆在菩薩面前許了願，還給她求了個名字，叫……叫……」

「祈福？」遊春提醒道。

「對對對對對對——就是祈福，還得了一支上上籤，那兒有個很厲害的和尚，他說她只要在那兒住十五年，就沒事了，可是為什麼她都住了十五年，還會出事啊？那個和尚是不是騙人的？」葛玉娥說到這兒又苦惱了。

「她不會出事的，那和尚說得很對。」遊春微微一笑。「我帶妳去見她好不好？」

「好、好好！」葛玉娥喜得連連點頭。

那邊葛石娃也不知道和齊孟冬怎麼說的，竟也沒有阻攔地跟在後面。

等回到成衣鋪裡，把他們母子安頓好，齊孟冬問道：「你說，她是真瘋還是假瘋？」

「誰知道呢。」遊春搖搖頭，若有所思地看看那間屋子。「派人保護好他們。」

「是。」齊孟冬點頭，衝著樓下揮手，韓樵已經把這邊的所有事都暫時交給他，接下來一段時日，他都得在這個小鎮待著了。

他一接手，就整頓一番，把那些不知情的夥計都開除了，除了裁縫，餘下的都是他們自己的人。

「少主。」樓下很快上來兩個人，一個接了齊孟冬的命令去守著葛玉娥母子倆的屋子，另一個朝遊春稟報道：「張師婆在北郊外的小村子裡找著了，另外幾個參與的閒漢還有趙老山都被盯住了。」

「讓我們的人不必動手，想辦法通知邢捕頭，順便把他們的罪證都準備好。」遊春淡淡說道，邢捕頭對九月幾番關照，這些就當是還他的人情吧。

「是。」那人躬身應下。

「那邊都安排好了嗎？」遊春又問。

「三爺親自帶了人盯著，定能確保少夫人毫髮無傷。」那人點頭。

「記得，但凡有一絲不確定，就撤銷計劃。」遊春還是皺起眉，再三叮囑道。「我不允許她有任何閃失！」

「是。」

齊孟冬翻了個白眼，同意計劃的是他，現在擔心的還是他。

「我說，你該操心的不是三哥他們那邊有沒有閃失，你該擔心的是你的心上人會不會乖乖地被押赴刑場受刑。」

齊孟冬在一邊涼涼地說道：「唉，要是她反抗，那些個捕快萬一手上沒個輕重，嘖嘖，那小身子骨，可就要受苦嘍——」

遊春聽罷，整個人一僵，面沈如水，心頭不由狂跳起來，以她的性格……不行，他得阻止這種可能！

想到此，整個人如離弦之箭衝了出去。

「真是的，不就是娶個妻嗎？這麼麻煩做什麼……」齊孟冬看著他衝出去，又是嘆氣又是搖頭。

「齊公子，您年前不也被李姑娘……」身邊那人原本還在等遊春安排工作，沒想到遊春就這樣衝出去，卻正好聽到齊孟冬的話。對齊孟冬，他們可隨意得很，當下便揪住齊孟冬的小辮子。

「呃……」齊孟冬頓時啞然，黑著臉瞪了他一眼。「你很閒嗎？沒聽到遊少說讓你們再檢查檢查？要是到時候不小心讓她掉根頭髮，嘿嘿，你知道你們遊少生氣的時候是什麼脾氣……」

「屬下這就去。」男子頓時溜之大吉。

「唉，我也瞧熱鬧去。」齊孟冬看到他逃跑，伸了伸懶腰也下了樓，堂堂遊少會佳人啊，這樣的好戲他怎能錯過呢？

而此時，他口中的這個佳人正與捕快較勁。

第九十一章

「我只是想見見邢捕頭，和他說句話，這樣都不行嗎？」九月挑眉看著門口陌生的捕快，今天這兩人不是平時守在這兒的那兩個了，而且這兩個態度奇差，九月自然也不跟他們客氣。「那行，就請回稟縣太爺，我要喊冤。」

「縣太爺忙得很，誰有空見妳啊，給我們老實點！」捕快一雙眼睛在九月身上溜了一圈。

「沒空？」九月瞪著他。「他都是怎麼辦案的？我從進來到現在就等著縣太爺升堂訊問，他倒好，見都不見就直接定罪。你讓他滾過來，給我個理由，我到底犯了什麼事，居然要判死刑？」

「這個不用縣太爺來，我就能給妳答案，怪只怪妳沒找個好人家，投錯胎，偏偏就投到死人身上。現在縣太爺應眾多百姓請求，決定為民除害，明兒午時三刻，就是妳上路的時辰。」捕快陰陽怪氣地說道。

「不問案不審案就這樣定罪？憑什麼？」九月冷著臉。

「就憑他是縣太爺。」捕快趾高氣揚道，說罷轟蒼蠅般把九月往屋裡轟。「去去去，別吵了，否則別怪我們不客氣。」

「砰！」門當著九月的面甩上。

九月瞪著門，無奈地吐了口氣。唉，不會功夫就是這樣吃虧啊，早知道找遊春學一點輕功啊障眼法啦之類的了……

九月正念著遊春時，遊春已到了小衕門旁邊的小巷，正要拐彎時，他忽地停下來，轉身看了看後面。

他似乎被跟上了？遊春皺皺眉，重新往前走，到了小衕門門口時，他看也沒看，就逕自走過去，順著大街小巷一番輾轉。

這一圈下來，他冷靜許多，今天在街上遇到葛玉娥，一番耽擱，想來已經引起有心人的注意，他若此時再去見九月，只怕救不了人反倒害了九月。這個險，他冒不起。

遊春心念急轉，行走間來到另一家成衣鋪前，再出來時已經換了另外一套衣衫，整個人也截然不同。

他坦然地從鋪子後院出來，順著人潮混了進去，一番周折，他來到楊進寶家，警惕地打量一下左右，敲開楊進寶家的門。

這會兒，楊進寶和祈巧正陪著郭老坐在堂屋裡。

楊進寶也是剛剛到家，他被楊家辭退，在別人看來，他應該很難過、很懊悔，卻沒有人知道，其實他心裡是雀躍多於失落，也只有他知道，這是楊三爺私底下給他關照才有的結果。

從此，他不再是楊家的掌事，而是真真正正的自由了。

「老爺，有位公子要見您。」張嫂在外面應了門，匆匆來回報。

「哪家的公子？」楊進寶驚訝地問，除了楊家公子，他到康鎮結識的人裡還真沒有什麼公子。

「他說他姓遊。」張嫂回道。

「遊公子？」楊進寶更加驚訝了，他很確定自己不認識這樣的人。

「讓他進來。」郭老一聽，笑了，這小子是等不及了啊。

楊進寶見郭老這樣說，也就不覺得奇怪了，想來是郭老的人來回報消息吧。

遊春跟著張嫂進了堂屋，一眼就看到上首的郭老，他也不詫異，前幾日他趕往落雲山，才知道郭老已與祈家姊妹相認，此刻會出現在祈巧家自然也很正常。

「拜見郭老。」遊春一揖到地，無論是從郭老的身分來說，還是從他和九月的關係來說，這一禮都施得值得。

「沈不住氣了？」郭老淡淡一笑，捋著長鬚調侃道。

那天他看到釵娘的信後，就匆匆趕回落雲山，心中有千言萬語想向她訴說，卻只能面對一抔黃土，因此壓根兒不知道九月入獄的消息。

直到遊春找到落雲山，說明一切，並向他搬救兵後，他才回到康鎮，同時派人展開行動。雖然他之前對遊春有些想法，再加上他派出去的人竟查不到遊春的詳細身世，讓他心裡起了猜忌，但是經過兩人秉燭長談之後，此刻也放下了。

「晚輩想到一件事，又不方便出面，特意來向四姊夫求助。」遊春溫文有禮地對楊進寶拱手，倒是直接。

「四姊夫？」祈巧一聽，頓時跳了起來。「你……你是誰？為什麼喊我相公四姊夫？」

「九兒是我的妻，論資排輩，自然該稱二位一聲四姊、四姊夫。」遊春微笑著說道，一臉理所當然。

「你……你和九月她……」祈巧說不出話來。

「阿巧。」楊進寶從遊春進來就在細細打量著，這會兒見祈巧這般震驚，忙抬手阻止她。「遊公子請坐。」

「四姊夫請。」遊春倒也坦然，在楊進寶夫妻對面落坐，坦坦蕩蕩地接受他們的審視。

「遊公子不方便出面，不知楊某有什麼能幫得上忙的？」楊進寶直接切入正題。

「如今縣太爺已到了康鎮，看守九兒的人也換成縣裡的捕快，那些人可不會因為九兒是女子便格外施恩。我擔心九兒不知外面的情形，到時若不配合，怕是要受苦了。」遊春帶著一絲憂色，細細說道。「我方才本欲過去探望，無奈半路被人盯上，只好施了些小手段，轉到這兒來求助四姊夫。」

「你說得倒也有道理。」楊進寶點頭。「你說吧，需要我怎麼幫忙？」

「四姊夫與邢捕頭熟識，據我所知，九兒這段日子，得邢捕頭不少照拂，所以我想請四姊夫與邢捕頭求個情，請他幫忙送信進去。」遊春忙說道。

郭老突然似笑非笑地看著遊春。「你想對九月怎麼說，這次的火刑是你一手促成的？」

「什麼?!」祈巧瞪大眼睛，死死地看著遊春。「居然是你！」

面對祈巧，遊春只有苦笑。「是。」

「你什麼意思?!」祈巧炸毛了。

「不破則不立。」遊春坦然地看著她。「九兒一直在尋找契機推翻她是災星的說法，只有那樣，才能還外婆和她母親的清白，這次事情既然鬧得這麼大，為何不趁此機會徹底改變眾人的看法？」

「改變看法就要用火刑嗎？水火無情，萬一……九月怎麼辦？」祈巧大急，怒聲質問。「你能確保她不會有一絲一毫的損傷嗎？九月一旦上了刑場，你有那個本事讓縣太爺放人嗎？」

「我沒辦法，可郭老有。」遊春也不在意祈巧的態度，反倒為九月有這樣的姊姊感到欣慰，他溫和說道，一邊看了郭老一眼。「我要做的，就是在郭老出面之前，讓眾人都覺得九兒不是災星。」

「那為什麼非要火刑？」祈巧依然怒目而視。「難道就不能用別的辦法嗎？這幾日，我們已經讓人散布各種說法出去了，如今已有不少人猶豫九月是不是災星了，為什麼還要執意行刑？」

「如今的做法，只是動搖眾人，卻不足以推翻她是災星的說法，人言可畏，若不趁此機會震懾眾人，將來他們的想法也有可能再改變。」遊春微微搖頭，很有耐心地解釋。「九兒這些年受的苦難傷害，不是避世多少年就能消弭的，只有破而後立，才能改變這一切。」

祈巧緊緊盯著遊春，好一會兒，她忽地跌坐在椅子上，紅著眼眶問道：「那……那你能確保她的安全嗎？」

「我已經吩咐下去了，若不能做到萬無一失，隨時都可以停止計劃。」遊春給了個保證。

「那你打算怎麼震懾別人？」祈巧還是擔心。

「祥瑞。」遊春沒有細說，只是看向郭老。「郭老，後面的事還請您多多費心了。」

郭老當下點點頭，遊春已說明過祥瑞之事，也託他打點後續事宜。九月是他的外孫女，他當然會護她周全。

「什麼祥瑞？」祈巧還是很不滿，自從知道火刑是遊春造成的，她就怎麼看他怎麼不順眼。

「四姊放心，這些事已安排好了，到時自有張義與四姊夫聯繫。」遊春微微一笑，沒有細說其中原由，不過他倒是提了葛玉娥的事，頓時吸引眾人的注意……

原來，九月是這樣出生的；原來，那葛玉娥是九月的救命恩人……

黃昏時分，邢捕頭提著兩個食盒出現在九月所在的屋門外，來到那兩個捕快面前，他笑呵呵地把其中一個大的遞給他們。「兄弟辛苦了。」

「還好。」那兩個捕快雖然是縣太爺身邊的，卻也不過是普通衙役，而邢捕頭到底是衙門登記在冊的捕頭，再加上他們本就相識，所以這會兒也不敢再擺那副大爺面孔，恭恭敬敬地向邢捕頭行禮，就提著食盒退到一邊。

「我先送進去。」邢捕頭指了指手裡的小食盒，笑道：「明兒午時三刻就要行刑，這飯也沒幾餐了。」

「邢捕頭就是心善，要我說，就明兒中午給一頓飽飯就得了。」其中一個捕快不以為然道。

「話也不能這麼說。」邢捕頭搖搖頭。「都說她是災星，可我也聽說啊，在大祈村的時候，對她好的不僅不會有事，反而事事順利，倒楣的都是……咳咳，兄弟，可別說老哥沒提醒過你們。」

兩人一聽，頓時愣了。

「那……那怎麼辦？」尤其是那個常對九月擺臉色的捕快，更是大驚失色。

「兄弟，老哥同情你，你這幾天……咳咳，還是當心些吧。」邢捕頭同情地拍拍他的肩，示意他們開門，提著食盒走了進去。

九月一直留意著外面的動靜，知道邢捕頭過來了，她自然更是留心，所以門口這點事，她聽得清清楚楚，待邢捕頭反手關上門，她便忍不住笑了。

「姑娘，這是楊掌櫃讓我帶給妳的食盒，明兒就到日子了，他們也有他們的難處，妳可莫要怪罪他們，好好享受最後這幾餐，做個飽死鬼，來世也投個好人家。」邢捕頭朝外面使了個眼色，故意說道，一邊把食盒裡的菜都取出來，然後在食盒底部摳呀摳的，摳下一層底來，從裡面取出一張小紙條遞給九月。「妳還有什麼遺願？不妨細細道來。」

「多謝邢捕頭。」九月目光一閃，接過小紙條捏在手裡。「我沒什麼要說的，狗官昏瞶，我便是做了鬼，也不會放過他！」

「……唉。」邢捕頭苦笑，他帶她進來這兒，除了想調查事情外，也是想保護她不受那些人攻擊，沒想到她就這樣被判了火刑。

他提著食盒出去，一臉無奈。

九月等著門關上，才快速打開小紙條，一行熟悉的字跡躍然紙上——

九兒，明日午時三刻，破而後立，務必配合，切記！

破而後立……九月面帶微笑撫過紙上的字，深深地看了幾遍後，抬手湊到小油燈上點燃，燒去小紙條。

「妳在燒什麼？」捕快在門口聞到味道，忙開門進來查看，不過有了邢捕頭的提醒，他們倒是不敢再像之前一樣。

「燒紙。」九月抬頭看了他一眼，悠然自得地拿起筷子準備吃飯。「怎麼？提前給我自己燒點紙錢也礙著你們了嗎？」

捕快疑惑地看了看那小撮灰，倒是沒敢再說什麼，關上了門。

九月看著那門挑挑眉，笑著端起飯，專心吃起來。

吃罷了飯，九月在屋子裡稍稍活動一下，就自去休息。

這幾天，在這樣的環境裡，她居然也睡得安然，於是便沒有發現，每當夜晚，屋頂都會出現一個小小的孔洞，上面都會出現一個人，伴她到天明，才悄然離開。

這一夜，自然也不例外。

人。

第二天是行刑的日子，一大早邢捕頭接獲線報，便帶著幾個手下前往北郊捉拿張師婆等人。

而康鎮，在悄然間便多出許多乞丐，尤其是將要行刑的十字路口，街邊、拐角處都蹲著小乞兒。康鎮不算小，可空曠的地卻不多，也唯有這一處地段空些，在中間擺個柴垛，上方架了個簡易臺子，若真燒起來，倒也不會影響附近房屋。

午時剛到，這一片就被聞訊而來的人擠了個水洩不通。

而此時，九月剛剛被五花大綁送上囚車。

看著囚車緩緩而行，九月忽地有些緊張，人家都說大姑娘上轎頭一次，她坐的卻是囚車，那些電視裡不都那麼演嗎？遊街的時候雞蛋、爛菜葉滿天飛，她要是也被砸上幾下，那多不舒服啊……

九月想到這兒，目光便往兩邊行人的手上看去，倒是看到不少挎菜籃的，不過，暫時還沒見他們有動手的意思，這令九月稍稍放心了些，暗笑自己想像力太豐富。

「打死她這個災星！」囚車緩緩轉過拐角處，九月正四處尋找遊春的身影，突然人群中有人高喊一聲，左邊一個黑影就朝九月奔過來。

就在黑影即將襲上九月時，右邊飛射出一個東西，打偏那個黑影，黑影偏了方向，砸到囚車上，液體四濺……呃，九月一看，還真是顆雞蛋。

不過，她也顧不得這些，趕緊轉頭看向右邊，只見齊孟冬咧嘴朝她揮手。

九月的目光忙往他身邊看去，只是除了看熱鬧的人，也就齊孟冬一個。

九月朝齊孟冬微微點頭，算是感謝他出手援助，回過頭，她又看向方才扔雞蛋的方向，只見兩個灰衣人一左一右挾著一男子往後退去，那男子一臉驚慌，卻不敢發出半點動靜。

有了這小小的插曲，旁邊有那心思的人也不敢再動手，他們難道還看不出來？那男子被帶走後還不知道有什麼樣的下場呢，連帶著，他們看向九月的目光也異樣起來。

囚車當然不會因為這個插曲就停頓下來，沒一會兒，便到了目的地。

囚車停下，兩個捕快上來打開車門，把九月拽下來，押著她步上高臺，把她綁在木樁上，然後兩人匆匆撤離木階，接著，又有兩個捕快抱了幾垛柴禾過來放到九月身邊。

九月皺了皺眉，沒在意這些東西，她打量著周圍。

遊春既然給了她小紙條，必定有所安排，可是，為什麼沒出現呢？

九月的目光從左邊一點一點往右邊移去，倒是看到幾個熟悉的身影，阿安、張義、張信、鋪子裡的幾個夥計，還有無數大祈村的鄉親，只是他們的到來，卻不知是好意還是來湊熱鬧的了。

九月皺了皺眉，正要細看那些人中有沒有熟悉的人，突然一道光芒閃來，晃了她的眼。瞇了瞇眼，她往光芒處看過去。

結果看到了遊春，他就在右前方人群裡，深情地凝望著她。

九月笑了，看著他淡然的笑容，就像吃了一顆定心丸似的，什麼都不怕了。

第九十二章

「縣太爺到！」這時，有人唱大戲一般扯著嗓子喊了一句。

九月的注意力被引了回來。

果然，六個捕快扛著執事牌，趾高氣揚地走在前面，後面跟著一頂官轎，這排場倒是與電視裡演的相差無幾。

「落轎——」轎子前傾，出來一個肥頭大耳的中年人，他下轎後，面帶微笑地向四方百姓招了招手，才走到距離九月不遠處停下來。

「妳就是祈九月？」

「我不是。」九月抿抿唇，挑釁地看著高臺下方的縣太爺。「狗官，你一不問案，二不審訊，就這樣定了刑，現在來問我是不是祈九月，會不會晚了點？」

「妖女，妳居然敢對本官不敬！」

縣太爺沒想到九月這麼不給面子，還是當著這麼多百姓的面落他面子，頓時火從心起，指著九月大罵。

「你都要燒死我了，我還有什麼好怕的。」九月冷笑。「狗官，你身為父母官，卻不思為民申冤，反倒草菅人命，你算哪門子的官？」

「燒死妳，就是為民作主！」縣太爺氣得滿面通紅，狠狠說道，這妖女果然不是個好的，居然敢這樣說他！

「燒死我就是為民作主？我說縣老爺，我犯了什麼十惡不赦的罪，竟讓你不問案就直接定罪？」

九月這幾天被關得鬱悶，此時知道遊春已有安排，心中大定，便想趁此機會讓眾人知道這縣太爺的嘴臉，出出這幾天被拘禁的惡氣。至於縣太爺將來會不會給她小鞋穿的問題，她絲毫沒放在心上。

「因為妳是災星、是妖女！本官是為民除害！」縣太爺死瞪著九月，怒極反笑。「妳要申冤？等到了閻王殿見了閻王爺，再慢慢申冤吧。」

「狗官，總有一天你會自食惡果。」九月看著不要臉的縣太爺，想理論的那點心思頓時熄了，人不要臉天下無敵，她算見識到了。

「自食惡果？」縣太爺見煞住了她的威風，頗為得意，竟又上前兩步，笑道：「妳一個女子，若向本官求情，本官或許還賞妳個全屍，卻偏偏這樣冥頑不靈，哼，想當年的遊……也逃不過一個死字，本官難道還怕一個小小民女翻了天嗎？」

「遊？」九月原本不打算再浪費唇舌，忽然便聽到縣太爺這句話，她不由一愣，試探著問道：「你說的，可是十幾年前當過縣太爺的遊大人？」

「妳是什麼人？為何會知道？」縣太爺整個人一僵，眼中閃現一抹厲色。

「我能是什麼人。」九月一看就知道自己說中了，同時也捕捉到縣太爺眼中的殺意，心中不由一凜，心念急轉間，她有了想法，鄙夷地看了縣太爺一眼後，說道：「我所知道的姓遊的，也就是老輩人口中時常提及的遊大人，據說他廉政愛民，是個極好的青天老爺，可惜後來冤死了，怎麼？他是你害的嗎？」

「咄！大膽妖女，居然敢誣衊本官！」縣太爺一聽，暗暗鬆了口氣，衝著九月就是一聲清喝。

方才他們說話的聲音不大，圍觀人群離得又不近，倒是沒有人聽到他們說什麼，只當這會兒九月說了什麼，惹怒縣太爺。

混在人群裡的楊進寶等人不由替九月捏了把冷汗。

午時三刻未到，約定好的信號也沒有傳來，也不知道這柴垛中的準備是否妥當，可不能讓縣太爺這會兒下令點火啊。

「我誣衊你？」九月不屑地冷笑著，目光落在縣太爺身後。

「我怎麼覺得這事真的是你做的呢？不然遊大人為什麼要跟著你呀？哎呀，還不止遊大人一個呢，他身邊還有好多個，我數數，一、二、三、四……嘶，居然這麼多，一個個的怎麼都把腦袋拿下來了呀？哎呀呀，他們把你圍起來了，要是你沒害他們，他們幹麼來找你呀？」

「妳……」縣太爺一愣，不知為何，這大太陽底下，他突然覺得脖子後面冷颼颼的，汗毛頓時立起來。他瞪著九月，見她煞有介事的樣子，目光開始游離起來。

「遊大人！」九月見縣太爺居然真的按她說的四下尋找，心裡的猜測更加篤定，這廝一定和遊家冤案有關係，當即提高聲音喊道：「民女冤枉！這狗官害我，遊大人您是青天大老爺，請為民女作主啊！」

她這樣做，自然也是想提醒不遠處的遊春留意縣太爺，可看在不知情的圍觀群眾眼裡，卻是莫名其妙。他們很不解，為什麼這災星突然就喊遊大人申冤了，如今的縣太爺明明姓郝？

也有那反應快的想到一個可能。「難道她、她看到了當年的遊大人？」

頓時一片譁然，圍觀群眾又擴大了。

而遊春的人也有離柴垛近的，此時更是領會到此重要情報，當即，這個消息迅速傳到遊春以及三爺等人耳中。

老魏原本在大祈村保護祈豐年，可今天九月出了這麼大的事，祈豐年自然也來了。正巧他們一到，就聽到這番天大消息，老魏當即到了遊春身邊，激動地說道：「少主，動手吧，是這廝害了老爺！」

「遊公子，我家爺給你的。」這時，老魏身後跟上來一個漢子，塞給遊春一個東西，憑遊春和老魏的身手，竟來不及阻止這人接近，那人一觸即離，迅速遁入人群中。

遊春立即攤開手掌查看，只見手中的紙團裡寫著一行字——稍安勿躁，郭。

「通知下去，按原計劃進行。」遊春看罷，面無表情地對老魏吩咐道：「任何人不得擅動。」

「少主！」老魏有些著急。

「去。」遊春淡淡地盯著他，不容置疑。

老魏動了動嘴皮子，最終還是嘆著氣，下去傳命令了。

等他走後，遊春攤開手中紙條，他從這個郭字就猜到這紙條是郭老著人送來的，他也知道，若不是因為九月，郭老才不會管他如何。

稍安勿躁……遊春深深吸了口氣，心頭的激動漸漸克制下去，往柴垛那邊看去。

那柴垛中間已經放置了寶鼎，四周也豎起許多大銅鏡，天空陽光正好，只要配合得好，那壓在九月頭上的災星帽子就能摘掉了，從此，她就能沒有顧忌地跟他走了。

想到這兒，遊春唇角情不自禁地上揚，過了今天，他就能光明正大地迎她回去了。

可是，他的笑只維持了瞬間便僵住了，只見高臺那邊的情況似乎有些失控。

縣太爺四下查看一番，見沒有看到什麼，便回味過來自己被九月耍了，不由惱羞成怒，指著九月大聲喝道：「來人，給本官點火！點火！」

「老爺，還沒到午時三刻呢。」捕頭見狀，忙勸了一句。

縣太爺正在氣頭上，伸手就是一巴掌。「混蛋，本官說點火、點火！你聾了?!」

「是……」捕頭平白無故挨了一巴掌，卻是敢怒不敢言，只好揮揮手，示意捕快取來火把。

「妖女，本官這就成全妳，去陰間找那死鬼申冤去。」縣太爺陰惻惻地盯著九月。

「狗官，我可是好言提醒你呢，你不信拉倒。」九月故意瞄向縣太爺的官轎，似笑非笑道：「知道你那轎裡坐著誰嗎?想來你也沒興趣知道吧。」

「給我燒！燒！」縣太爺順著九月的話看向官轎，一回頭卻看到九月在笑，不由暴跳如雷，這會兒他也顧不得沒到時辰了。

捕快聽到這話，手持著火把走過去，就勢往柴垛上湊。

「住手！」這時，人群裡擠出一群人，竟是祈願帶著家丁到了。祈願氣喘吁吁地衝到柴垛前，攔下那捕快，然後朝縣太爺福了福身。「郝大人，求您饒了我家九妹吧，她只是個小姑娘家，不是什麼災星。」

「妳是什麼人？居然敢鬧法場。」縣太爺被九月一頓連削帶嚇，恨不能立即把她燒成灰燼，哪裡會理會祈願一個婦人。

「郝大人，您忘了嗎？年初妾身曾陪同我家老爺去府上赴過宴的，當時您還讚我家老爺眼光了得呢。」祈願忙賠著笑臉提醒道。

年初的時候，陳員外到縣裡巡視鋪子，便是她陪同伺候的。至於赴宴，也不過是陳員外想的由頭，目的就是巴結這位縣太爺。當時，陳員外還特意打造了一尊純金彌勒佛當作禮物，見到這禮物時，這縣太爺就差沒抱著親熱了。

「喔，原來是陳家七姨太。」縣太爺想起來了，一雙眼睛色咪咪地黏在祈願身上。「這是妳九妹？」

「正是。」祈願連連點頭。「我家九月從小跟著外婆在深山中長大，沒見過世面，她什麼都不懂，衝撞了老爺，您大人有大量，饒了她吧，妾身願替九月向大老爺賠罪。」

縣太爺貪婪的目光停在祈願胸前，捋著那八字鬍裝模作樣地說道：「七姨太要是早一天來，這事興許還有轉圜的餘地，可這會兒午時三刻將至，百姓們都眼巴巴看著，讓本官為妳循私，如何使得？」

「郝大人，我家九月真的是冤枉的，她不是災星，也沒有害過人，您是一縣之主，這使得不使得的，還不是您一句話的事？」祈願忍著厭惡，強笑著說道：「只要能饒了我家九月一命，妾身當做牛做馬報答郝大人的恩情。」

「做牛做馬？」縣太爺笑咪咪地看著祈願，心裡浮現某個「做牛做馬」的畫面，整個人便有些飄飄然起來。

這個陳家七姨太，之前他便有心想討過來，可沒想到那姓陳的卻油鹽不進，要不是看在那尊金彌勒的分上，他早找理由為難了。

「狗官，收起你那骯髒的心思，你今天要是敢打我二姊主意，我回頭就領了遊大人的冤魂找你去。」

九月見他有些意動，不由著急起來。

「我們家九月不是災星，你不能燒她。」就在這時，人群裡又擠出幾個人影，衝到柴垛邊，幾人手拉著手如老母雞護崽一般，把柴垛緊緊護在身後。

來的除了祈巧、祈喜，還有祈祝、祈夢和祈望。

看著她們隱隱顫抖卻依然堅決拉在一起的手，九月眼中不由一熱。

自她回到大祈村，便只有祈喜常來往，後來到了鎮上，才和祈巧、祈望親近了些，其他幾個姊姊，也不過是比陌生路人多了些聯繫罷了。可如今，她們卻不顧縣太爺的淫威衝到這兒，只為了保護她這個災星妹妹。

「大姊、二姊、三姊、四姊、五姊、八姊。」九月一個一個喊過去，熱淚盈眶。「妳們別管我，快回去。」

「大人，請饒了我家九月，她不是災星，真的不是！」祈祝沒有理會九月的喊聲，帶頭跪了下去，衝著縣太爺連磕了三個頭。

「大人，請饒了我家九月吧。」祈夢等人也跪下去，齊聲說道。

縣太爺捋著八字鬍，一雙眼睛從祈祝等人身上挨個兒看過去。

「姊，都起來，別給這樣的狗官下跪，他不配。」九月無奈地喊著，目光落在幾位姊姊身上，頭一次她心底有種感覺在甦醒，她知道，那是血濃於水割不斷的姊妹親情。

「妳們倒是好心，可惜人家不領情。」縣太爺打量完跪著的祈家幾個姊妹，最後目光還是在祈願身上多停留一會兒，才笑咪咪地看著九月說道：「可惜啊，時辰已到，妳們求也無用，行刑！」

「大人，如果今天必須死一個人，草民願意代小女受刑。」

祈豐年不知何時到了前面，衝著縣太爺說道，可是當他一抬頭，卻驚愕地脫口而出。

「怎麼是你?!」

「你……」縣太爺也是一驚，盯著祈豐年看了又看，心裡頓時掀起滔天大浪。

「你不是……」祈豐年認出這人，下意識就要發問。

「大膽！」縣太爺一聲大喝，打斷祈豐年的話，只見他手一揮。「來人，把這老匹夫一起綁了，能生出這樣的災星女兒，一定也不是什麼好東西，既然他有心，那就成全他們父女一起歸天。」

靠……九月忍不住在心裡爆粗口，這貨還是不是人啊，大庭廣眾之下，就這樣草菅人命。

捕快們猶豫了一下，最後還是在縣太爺的虎視眈眈之下把祈豐年綁起來，就在他們要押人上臺時，祈祝等人反應過來了，迅速起身擋在他們面前。

祈願怒問道：「大人，我爹這又是犯了什麼罪？」

祈豐年看著這一切，忽地想起十六年前的那一幕，那時，他就站在臺上等候著指令行刑，而那時的郝銀只是個班頭（注），遊家所有人都是郝銀抓回來的，也都是郝銀親手押上斷頭臺的，沒想到，今天郝銀還親手把他和他的女兒綁上刑臺。一時之間，祈豐年不由失魂落魄。

「時辰到——」有衙役擂起了鼓。

「把他們拉開，行刑！」縣太爺也不廢話，見到祈豐年的那一刻，他更是鐵了心要燒死這對父女，至於祈願，有的是機會收了她。

捕快們忙行動起來，祈豐年被扔上柴垛，祈祝等人被架出圈子，接著，幾個捕快把點燃的火把投到柴禾上，頓時，一股煙冒了出來，周邊的乾柴垛已燃起大火。

「咳咳——」九月被嗆得連連咳嗽，卻一邊還在關心祈豐年，他能在這個時候站出來，也當得起她一聲「爹」了。「爹，您沒事吧？」

注：班頭，衙門差役的頭頭。

「我沒事。」祈豐年回過神來，扭著身子低頭去咬繩子，想拚著最後的工夫救下九月。

「您幹麼要來……」九月嘆氣，又是一陣咳嗽。

火勢越來越大，四周的煙也越來越濃，一時之間，九月竟看不清外面的情形，只覺得那股檀香味也越來越濃郁。

第九十三章

忽然，人群中傳來一聲驚呼。「是蓮臺、是蓮臺！」

祈祝等人的悲傷頓時哽在喉間，只能愣愣地注視著刑臺上方那個巨大的影子。

蓮臺，真的是蓮臺！四周濃煙上升以後，居然沒有散去，竟在半空凝聚出一個大大的蓮臺！

「佛祖顯靈了！」阿安在人群裡適時大喊一聲，率先就跪拜下去，其他人原本正傻愣愣看著，見他如此，糊裡糊塗也跟著跪了下去。

只一瞬的工夫，四周圍觀的人群就嘩啦啦跪倒一大片。眼前的蓮臺，還有這幾天各廟宇裡出現的血蓮花，都被人自動聯想到一起。

佛祖顯靈了……那麼，這災星還是災星嗎？

「快看！」張義與阿安遙遙相對，正混在對面的人群裡，這時，他指著九月的方向大聲喊道：「那是什麼？」

眾人抬頭，只見一道光芒從遠處照射到九月周身，光芒籠罩之處，出現了一個虛影，眾人凝目，只見那虛影竟是佛像。

「是佛像？」有人眼尖，不確定地問。

「是佛！」有人肯定地答。

「好像還有唸經的聲音……」又有人喃喃道。

有佛、有蓮臺，還有唸經的聲音……原本心裡還有疑惑的人頓時也信了，有這樣神蹟的人怎麼可能是災星呢？可是，誰也不記得起來為九月喊一聲，他們此時只記得磕頭、許願，求菩薩保佑。

「手下留人！」所幸，人群中還有清醒的，隨著一陣急促的腳步聲傳來，一隊人馬出現在人群後頭。這會兒眾人都跪著，倒是沒擋住那些人的視線。

「知府大人！」縣太爺嚇了一大跳，快步迎上去，所到之處有那擋路的，一律踢開。

「手下留人！」來的是位身著官服的清瘦中年男人，他不理會縣太爺的殷勤，逕自指著那柴垛大聲喊道：「還不快滅火！這火燒不得！燒不得！」

開玩笑，那可是當今皇帝小皇叔的外孫女啊！天知道他見到那枚「如朕親臨」的金牌是什麼心情！

隨著知府大人的這句話，一群不知道從哪兒追出來的乞兒抱著一盆水衝上去，二話不說就潑到火上，接著這些乞兒扔了盆子，兩三下就扒去殘柴，爬上去給九月和祈豐年解開繩子，把兩人扶下來。

知府大人看到人救下來，長長地鬆了口氣，才有空看著縣太爺。「你是何人？」

「下官郝銀，拜見知府大人。」郝銀賠著笑拜了下去。

「你就是本縣的縣太爺？」知府大人一臉嫌棄。

「正是。」郝銀一臉諂媚。

知府大人瞪著郝銀看了一會兒，突然高聲吩咐道：「來人，摘去他的頂戴，拿下！」

「是。」他身後的隨從個個虎背熊腰，上來兩個就把郝銀按地上了。

「大人，下官犯了何罪？」郝銀嚇得面如土色。

「犯了何罪？」知府大人冷笑道。「本官問你，祈家父女又犯了何罪？」

「她……她是災星。」郝銀後悔極了，他哪知道這災星居然和知府大人有關係？要是知道，借他十個膽也不敢這樣草率啊。

「災星？何謂災星？她是害了哪家人了？還是害了哪方大災了？」知府大人盯著郝銀的後腦勺。「真是荒謬！她一沒有殺人，二沒有犯法，你不問案就將她定了死刑，你可有上報府衙？那張師婆為禍鄉里、裝神弄鬼你不去抓，偏偏在這兒為難一對父女，你居心何在？」

知府大人可不是糊塗蟲，他見到金牌後立即就帶著人出發了，這一路上也沒閒著，再加上遊春和郭老的人安排之下，九月有關的一切卷宗便送到他手上，這會兒，他可是比縣太爺還要清楚康鎮發生的事情，問起話來自然也是頭頭是道。

「諸位，你們可都看清楚了，祈家女不僅不是災星，反而是個有佛祖保佑的福女！本縣縣令昏聵，偏聽偏信，誤判祈家女火刑，現除去縣令之職，打入大牢待審，祈家女無罪釋放，歸還一切財物！」

知府大人為了討好郭老，同時他也看到那佛像和蓮臺的殘影，靈機一動，就編出一段福女的佳話，倒也誤打誤撞，為九月正了名。至於郝銀，自然是送給那位皇叔處置了。

「青天大老爺，謝謝青天大老爺！」祈祝等人聽到，頓時歡呼起來。

作威作福的縣太爺被除去官服押走，九月和祈豐年也安然被救，混在人群中的遊春等人也乘機退了出去——他們不方便出面，這次行動都由楊進寶和張義、阿安找來的乞兒配合，當然，郭老的人也是功不可沒。

九月被濃煙嗆得連連咳嗽，下來後，還忍不住一直猛咳。她還沒搞清楚圍觀的人為什麼要向她下跪，除了那道光照得她睜不開眼、煙嗆得她說不出話之外，也只有知府老爺出場後的事，她清楚看在眼裡而已。

祈巧和祈喜快步上前，一左一右扶住九月，焦急地問道：「九月，妳沒事吧？」

祈祝和祈夢則扶著祈豐年。

「先回去吧。」楊進寶匆匆從人群裡出來，低聲說道。

「好。」祈巧點頭，和祈喜互相看了一眼，扶著九月往場外走去。

那些乞兒則開始收拾木盆。圍觀人群也隨著九月離開轉移了注意力，他們誰也沒注意到，張義和阿安悄然接近柴垛，從裡面挖出一個東西，用麻袋裝了，快速扛進一邊的小巷裡。那巷子裡早等了人，接走他們的麻袋，兩人才坦蕩蕩地出來，追上九月等人。

祈家人很快就回到九月的鋪子前。

張嫂和舒莫要照顧楊妮兒、周落兒，才沒有出去，而是留在鋪子裡，這會兒已早早守在巷口，看到他們回來，忙跑進院子，拖了一小捆稻草出來，點燃了擺放在路中。

「姑娘，跨過火去去晦氣。」舒莫看到九月回來，激動道。

「我才從火上面下來呢。」九月好笑地看著她，一路咳嗽，這會兒才覺得好了一些。

「這不一樣。」張嫂笑道。

說話間，阿貴、阿仁從巷尾跑過來，他們自然也去瞧熱鬧了，這會兒可是抄近道趕回來的，手裡還拿著一串炮竹，找了兩根竹竿掛上就噼哩啪啦地放起來。

「沒錯，跨過火，去去晦氣。」

二掌櫃坐在鋪子裡，笑呵呵地看著他們，他的腳受了傷，不方便去現場，就讓小廝把他送到這兒等消息，果然，他們就回來了。

九月聞言，笑著從那火上跨過去。經歷這一次，她越發珍惜他們的善意。

一群人高高興興地進了門，到了後院，張嫂和舒莫兩人忙著倒水倒茶，周落兒也幫著搬凳子。

「九月，那到底是怎麼回事？真的是佛祖顯靈嗎？」祈願如今正吃齋唸佛，今天親眼見到這樣的盛景，自然想要知道事情真相。

「什麼佛祖顯靈？」九月一臉納悶，在場眾人中，恐怕也只有她和祈豐年還不知發生了什麼事情。

「就是那個很大的蓮臺，還有那發光的佛像啊！」祈願急急說道。

「蓮臺？佛像？」九月一頭霧水地眨眨眼，當時她被濃煙包圍，除了聞到一股濃郁的檀香味，也就是那道晃眼的光芒了。不過……想起那光芒，她倒是想到遊春，看來定是遊春做了什麼吧？

「姑娘，我煮了些菖蒲水，妳快去洗個澡，換身衣服吧。」舒莫手上提了一個水桶，熱氣騰騰的。

九月無言，看來又要除晦氣了，不過她也沒說什麼，起身站起來。她也好幾天沒洗澡了，確實該好好泡一泡。

於是，九月回到闊別幾日的房間，舒舒服服地洗了個熱水澡，換上了乾淨衣衫。

這幾日，除了不能洗澡之外，她倒是有充分休息，這會兒也不覺得累。

「九兒。」九月坐在桌邊擦拭頭髮，忽然身後傳來一聲輕喚，她整個人僵了一下，隨即猛地轉身，果然看到遊春正站在她身後不遠處。

「你怎麼進來的？」九月緊張地看了看窗外。

遊春微微一笑，也看了看窗戶。

「你不怕被人發現啊？」九月一臉緊張，後院還有那麼多人呢，他就這樣穿窗而入？

遊春深情地看著她，一步一步接近，到了跟前才貼著她停下來，抬手撫著她的臉頰，這種感覺在夢裡重溫了無數次……

九月被他這一撫，原本想說的許多話頓時拋到一邊，她只覺得委屈，莫名委屈，不由紅了眼眶，投入他懷裡低喃道：「你去哪兒了……」

她的主動讓遊春有些意外，同時心裡也滑過一陣狂喜，伸手緊緊摟住日思夜想的佳人。

「對不起，讓妳受苦了。」

「你到底去哪兒了……人家很擔心知不知道……我甚至還擔心，你會不會又像上次那樣……」九月關心則亂，一想到他可能受傷卻沒有人援手的情況，她便一陣後怕，伸手推開他，上上下下打量一番，確定他真的沒事，才鬆了口氣。

「傻九兒，我的命可是妳的，怎麼可能容許自己有事呢？」

遊春被她一番埋怨弄得心花怒放，伸手把她重新攬入懷裡，下巴輕靠在她肩頸處，歉意地說道：「我除夕那天就回到小草屋了，可是家裡許多東西都不在了，我聽人說妳到了鎮上，我便也到鎮上，還去了妳二姊那邊找。後來我剛剛回來，就聽到妳出事了。」

「那封信……你沒收到嗎？」九月隱約有了答案，顯然她被韓樵耍了。

「九兒，對不起，樵伯一時糊塗，如今也已領了罰，被我調回去養老了，他也知道錯了，這次也出了不少力。」遊春緊了緊手臂，閉眸感受著這久違的感覺。「原諒他好不好？」

「我又沒怪他。」九月撇嘴。

「還有……喬喬和喬漢的事，我沒想到喬丫頭會對妳動手，對不起。」遊春無奈地嘆氣。「這些年，我們太縱容她，沒想到竟養成她無法無天的性格，不過他們已經主動承認錯誤，被我遣送回去了。喬家待我有恩，我能做的也只有這樣，妳要是生氣，我任打任罵給妳出氣好不好？別和小丫頭一般見識，嗯？」

「話都被你說完了，我還能說什麼？而且他們到底救了我，這事就算了吧。」九月掙扎著推開遊春，嗔怪地看著他。「倒是你，也幸好他們對你忠心耿耿，可要是換了別的事呢？你的安全怎麼辦？」

「我已經讓孟冬接手了。」遊春暖暖一笑，摸了摸她的頭髮。「怎麼還是濕的？」說罷，拉著九月到了桌邊，拿起九月剛剛放下的布巾，拉她坐在自己膝上，緩緩地幫她擦拭頭髮。

「子端，我有件事要跟你說。」九月乖乖地坐著，感覺著他的溫柔，忽然想起縣太爺說的話，忙扭了扭身子。

「九兒……」遊春無奈地摟住她的腰，溫香軟玉在懷，她身上的熟悉馨香就在鼻端，他身為一個再正常不過的男人哪裡禁得起這般考驗？「妳再亂動，後果自負喔……」

九月才發現自己身下頂了個物體，頓時滿面通紅，下意識就要跳下來。

遊春早察覺她的舉動，快她一步摟住她的腰，將她成功鎖在懷裡，之前兩人耳鬢廝磨的美好感覺襲上心頭，他想也不想地托住她的後腦勺，封住她的唇……

許久，兩人才依依不捨地分開。九月被他這一吻，也暫時忘了剛剛要說的話，只倚在他懷裡。

「九月，」這時，門口傳來祈喜的敲門聲。「妳好了沒？郭老和嬤嬤來了，飯也做好了，就等妳呢。」

九月心虛地嚇了一大跳，下意識地回道：「還沒呢，一會兒就來。」

「那妳快些，當心水涼了受寒。」祈喜不疑有他，說罷便下樓去了。

「喔……」九月聽著她下樓的聲音，長長地吐了口氣。

遊春見她這番嬌媚模樣，不由輕笑。

「你還笑，都是你啦。」九月嬌嗔地白了他一眼，認真說道：「我有好多事要和你說呢，別打岔喔。」
「嗯，妳說。」遊春的手在她腰上滑下。
九月瞪了他一眼，伸手制止他。
「今天那個縣太爺很奇怪，我覺得他可能和你爹的死有關。今天他說漏嘴，說了個『遊』字，我就故意嚇他，說遊大人就在他身後看著他，結果他真的嚇到了。你還是派人去查查他，說不定有意外收穫。」
「原來妳當時喊的那一句是因為這個。」遊春眼中滿是笑意。「我已經派人去盯著他了，如今他也成了階下囚，一時半會兒也逃不到哪兒去。」
「他要不是心虛，就不會那樣急著想燒死我了。」九月輕笑，隨即又猶豫地看著他，不知道該怎麼問她爹的事。
「這麼看我做什麼？」遊春好笑地抬手刮了刮她的鼻子。「有什麼話還不能和我說嗎？」
九月猶豫再三，最終決定不再逃避，看著遊春認真地問道：「子端，你的人……是不是對我爹做了什麼？」

第九十四章

「三師兄發現一些事，就派了老魏幾個前去保護妳爹了。」游春大方承認。他也沒想到自己要找的證人居然就是九月的爹，這真是命運弄人啊。

「保護？」九月疑惑地看著他。

「嗯。」游春點點頭，解釋道：「我這些年四處查找線索，難免動靜大了些，便觸動了某些人的戒備，之前我受傷便是那些人做的，想來他們也在查找線索以便殺人滅口，妳爹可能被盯上了。」

「啊？」九月驚呼一聲。「難怪他之前把我們都趕出來，還說要賣了房子，自己躲了出去，弄得跟個老乞丐似的。」

「嗯？妳是在懷疑為夫想對妳爹下手嗎？」游春這時已會意過來，手指托著她的下巴，故意瞇著眼睛問道。

「沒有。」九月眨眨眼，討好地笑道：「我家子端是正人君子，才不屑做那等事呢。」

「我才不要做什麼君子呢……」游春抱著她，埋首在她頸間深深吸了口氣，低沈地嘀咕道。想之前，他天天美人在懷，卻硬是當了那麼久的君子，唉，真真是自討苦吃啊。

「別鬧——」九月頸間微癢，忙縮著身子，用雙手固定他的臉頰。「說正經事呢，今天我爹出現的時候，那個縣太爺很震驚，他們好像是舊識，然後他就急著把我爹也綁上去。我覺得你該好好找我爹談談，記住喔，要好好地說，不許嚇唬他。」

「好。」遊春好說話地點點頭，目光灼灼。「我明兒就上門提親。」

「我說的是正經事。」九月滿頭黑線。

「還有比我們的親事還正經的嗎？」遊春挑挑眉。

「現在不是說這個的時候。」九月無奈地嘆氣。「我八姊還沒著落呢。」

「那我晚上來找妳。」遊春想了想，自己的事還得一段時日才能解決呢，好吧，他退一步。

「不好，我八姊和我住一塊兒呢。」九月連忙搖頭。

「那……」遊春有些失望，無限懷念起大祈村那個小草屋來。「明兒我讓孟冬來接妳？」

九月還待拒絕，卻看到他眼中的失望，心裡一軟，點點頭。「好吧。」

「唉。」遊春順勢收緊了手，埋在她頸間嘆氣道：「我的九兒，我真想現在就把妳娶回去……」

「我現在可是有家有長輩的人，想娶我，你還得徵得他們同意。」九月不由輕笑，嫁給他啊……，她好像也滿期待的。

「沒問題。」遊春輕咬了她的脖子一下，啞著聲說道：「妳就等著吧，且看為夫如何過五關斬六將——」

九月被逗得直笑。

兩人又纏綿了一會兒，九月才強迫自己離開遊春的懷抱。「別鬧了，他們都等著呢，我要再不下去，他們就該上來了。」

遊春眼巴巴地看著她，很是不捨。

「對了，給你瞧一樣東西。」離別在即，九月倒是記起一件事，她跑到暗格前，兩三下就打開暗格，取出一疊地契房契，還有印鑑，細說了這些東西的來由。

「我都說了我的就是妳的，何必分這麼清楚……」遊春接過一看，上面全是他的名字，不由搖頭。

「我也說了，現在我還不能用你的錢。」九月駁了一句。「我三姊夫、四姊夫因為我的事被他們東家開除了，他們要是想開鋪子，你可得便宜租給他們。」

「妳呀。」遊春收起地契房契，無奈地看著她。「既然這麼堅持，那咱們就在商言商，這些錢就當我合夥的，交給妳經營了，賺了錢妳我五五平分，要是虧了……都算我的。」

「那我不是賺定了？」九月挑眉。

「其實妳就算不賺，我們家的錢也足夠妳花十輩子了，妳又何必這樣辛苦？」遊春說得一點也不誇張，光他名下一間京都酒樓，一天賺的就足夠九月這鋪子打拚一輩子了。

「不辛苦。」九月只是笑，她可不想只做個金絲雀。女人要是不充實自己，等到年老色衰之時，那就悲哀了。「我先下去了，你走的時候當心些。」

「嗯。」遊春點點頭。「明兒我讓孟冬來接妳，別忘了。」

「知道啦，你自己小心點。」九月莞爾一笑，順手把自己的頭髮攏到側邊編了條麻花辮，又到銅鏡前理了理衣衫，看到頸間他留下的印記，一邊拉高衣領，一邊瞪了他一眼，收拾妥當後才下樓。

只是，頸間的印記能掩飾住，可眉宇間飛揚的神采和雙頰的粉霞卻不是那麼容易就能掩飾住的。

一到樓下，祈願便笑了。「九月，瞧瞧妳，泡個澡這麼久，泡得臉都紅了。」

九月在心底暗呼僥倖，笑道：「這還不是在那兒待了幾天的緣故嘛，現在總算舒服了。」

院子裡，兩張木桌併成一張，郭老坐在上首，祈豐年神情間還有些拘謹地陪在左側，楊進寶、楊大洪坐在祈豐年身旁，二掌櫃已經離開了，祈祝等人正幫著張嫂和舒莫端菜。

「快來。」祈願上前拉過九月的手，往郭老身邊走去。「九月真真是我們家的福星，連外祖父都找回來了。」

顯然，她們已經和郭老相認了。

九月看看郭老，有些彆扭，不過還是乖乖由著祈願把她拉過去按在郭老的另一邊座位。旁邊是郭老、對面是祈豐年，九月頓覺渾身不自在。

不過，郭老這會兒也沒想過她會馬上接受他，只是和藹地看著九月點點頭。「大難不死必有後福，倒是應了妳的祈福之名了。」

九月看看他，也不好不說話，只好順著話題說道：「那是外婆給我求的，我還是習慣你們喊我九月，可別祈福祈福的，彆扭。」

「都好聽。」祈願挨著九月坐下，笑著招呼其他幾個姊妹。「大姊、三妹、四妹、五妹、八妹，快來坐，別忙了。」

「就來了。」祈祝等人在廚房應道。

「二掌櫃呢？」九月四下瞧了瞧。

「二掌櫃回去了，他說今兒是我們家家宴，他在這兒不方便，我怎麼留他都不肯，只好讓張義和阿安送他回去了。」楊進寶笑道。

「二姊，妳一個人來的？」九月又轉向祈願。

「我這次本是去落雲廟還願的，便沒有帶文兒和武兒，沒想到到了鎮上便聽見妳出了這麼大的事。」祈願抬手拍著九月的肩。「還好妳沒事了。」

「那其他人呢？」九月記得她好像帶了不少家丁的，而且她也不可能出門不帶丫鬟。

「讓他們去客棧住了，不然妳這兒也擠不下。」祈願隨意地笑了笑，她有多少年沒這樣自在過了？

沒一會兒，菜上齊了，張嫂、舒莫帶著楊妮兒、周落兒在廚房的小桌上吃，祈家姊妹紛紛落坐，頭一次她們聚得這樣齊全，一起吃飯。

九月環視一圈，見顧秀茹竟要往廚房與舒莫她們一起，忙站起來。「嬤嬤。」

顧秀茹回頭。

「坐這邊吧。」九月讓出自己的位置，經此一事，她想通許多事，心境豁然開朗，對這老太太也沒了什麼意見。

「這……」顧秀茹有些激動，看了看郭老，搖搖頭。「我在這邊就好了。」

「秀茹，過來坐吧，這是孩子的心意。」郭老一臉意外地看看九月，笑了，自己往一旁挪了挪，拍了拍坐著的長凳。「坐這兒，九月也坐下吧。」

「是……」顧秀茹低著頭緩步而來，一邊偷偷地用衣袖拭了拭淚。

「今兒九月脫險，咱們一家人團聚，雖然還有幾位姊夫、妹夫不在，可好歹也是喜慶事，大夥兒都高興些。」祈願見氣氛有些壓抑，忙站起來捧了酒罈子給眾人一一倒酒。

「是呀，那些事都過去了，以後我們一家人高高興興、平平安安的，比什麼都好。」祈巧自然也比別的姊妹會說話，當即配合地站起來，幫著祈願倒酒。

祈願、祈巧在大戶人家裡生活這麼多年，這些事情做起來是得心應手，再加上大家顧及九月歷劫初初歸來，這頓飯倒也吃得其樂融融。

吃完飯，張嫂和舒莫收拾碗筷下去，給他們換上熱茶，一家人便坐在院子裡曬著太陽聊起來。

說來說去，自然離不開九月這幾天的事。

祈願對這些毫不知情，問得極是詳細。

祈巧作為姊妹中最瞭解的一個，理所當然便擔起解說責任，從頭到尾事無鉅細地說起來。

對於遊春，雖然他為九月摘去了災星之名，可在祈巧心裡，對他還是很不滿，所以也沒替遊春遮掩什麼，把事情源源本本地說了一遍，只刪除了遊春說九月是他妻子的那一段。

「四姊夫，你接下來有什麼打算？」知道了這段日子的事情始末，九月直接撇開遊春推波助瀾那一段，問起另一件關心的事。在這次事件中，楊進寶和葛根旺兩人是受牽連最深的，因她而丟了差事。

她沒有留意到，此時此刻她已完全融進祈家，而不是像當初那樣，只把祈老頭當成一位老人看待。

「不忙，這麼些年一直忙忙碌碌，四處奔波，也沒能好好陪陪妳四姊，正好趁著這次機會在家陪陪她們。」楊進寶倒是豁達，沒有絲毫不滿。「待休息好了，再打算也不遲。」

「三姊、三姊夫回去後，你們可有受委屈？」九月又轉頭問祈夢。

「沒有。」祈夢目光微閃，搖搖頭。

「怎麼可能沒有？」祈望嘆了口氣，看了看祈夢。「今天本來三姊夫也要一起來的，結果到了村口就被三姊的婆婆追回去了，說得可難聽了，唉……」

「沒什麼的，都慣了。」祈夢搖搖頭，神情有些落寞。

「三姊，妳就別替他們瞞著了，他們是什麼樣的人，我們難道還不知道？」祈望看著祈夢直嘆氣。「要不是他們，就妳和三姊夫兩人的本事，如今何至於這樣憋屈？」

祈夢低了頭，沈默不語。

「少說兩句。」祈巧看了看祈夢，悄悄扯了扯祈望的衣角。家家有本難唸的經，她們這些做姊妹的，到底不能插手這些家事。

九月憐惜地看了看祈夢，短短幾句話，道盡其中艱辛，她也不想讓祈夢難堪，當下笑著轉移話題。「我倒是有件事，需要幾位姊夫幫忙。」

「何事？」楊進寶興致勃勃地問，楊大洪也笑著鼓勵九月說下去。

「這一排房子，之前我都買下來了，如此空著也實在可惜，眼下凶巷之名也該消除了，我便想把這一片整修一下。四姊夫見多識廣，幫我想想該做些什麼營生可好？」九月笑著說起自己的打算。

「妳什麼時候買下這麼多房子？」祈巧驚呼一聲。「這香燭竟這般賺錢嗎？」

九月輕笑，看在座幾人都一臉好奇地看著她，忙解釋道：「那些銀子並非我的，是一位朋友的。當時我只想著先把房子買下來，也沒想那麼多，用的也是他的名字。如今他倒是有意合夥生意，這些就當是他出的本錢，其他經營的事就交給我了。我這不是心裡沒底嘛，就想請幾位姊姊、姊夫幫忙了。」

「那，九月妳自己可有想法？」楊進寶問道，至於九月說的這位朋友，在座的哪個還不明白？只怕又是那位遊公子吧。

「我倒是有點想法，只是不知道能不能行得通。」九月看了看郭老。

「有什麼需要我幫忙的？」郭老含笑問道。

「您不是在落雲山住得好好的嗎？為何要在這兒買房子？」九月挑挑眉，淡淡地問。

「九月。」祈巧嗔怪地看了看她，輕輕搖搖頭。

「妳要是用得著對面的房子，只管用就是，我和秀茹兩人只消兩個房間就行。」郭老卻沒有生氣，反倒領會九月的意思，笑咪咪地說道。

難得她肯開這個口，做外祖父的豈有不成全的道理？

「那就先謝過了。」九月不好意思地笑了笑。「我那位朋友也說了，會買下對面一排的房子，我便想著把這小巷子兩邊的鋪子都重新開張，每間鋪子賣的都不一樣，衣食住行都做得，這樣別人來這兒走一趟，想買的都能一次買齊了。」

「九月的想法極好，這巷子要真做起來了，不妨在巷尾巷口弄個牌坊，掛上『祈福巷』的牌子，讓所有人都知道，這是祈福巷，不是凶巷。」郭老聽罷，大手一揮，豪爽說道：「至於對面那些房子，就不必遊公子出面了，我買，就當是給妳們幾個外孫女的見面禮，妳們願意開鋪子也好，租出去也罷，由妳們作主。」

九月頓時噎住了。

「九月的想法自是好的，三姊夫在酒樓做過事，不妨開個與吃食有關的鋪子；五妹夫會木工，家具木器都做得。」祈巧雀躍地附和道。

「大姊做的麵條可好吃了，可以開間麵館。」祈喜立即接道。「二姊離得遠，可以把鋪子租出去；四姊夫麼……做什麼都行；至於我……我想開胭脂水粉的鋪子，九月，妳到時候可得幫幫我。」

「只要妳有想法，能開得起來，我們姊妹難道還會袖手旁觀嗎？」祈願好笑地看著祈喜。「外公，您說我講的可對？」

郭老連連點頭，第一次聽到「外公」兩字，他陡然激動起來。四十八年了，沒盡過當爹的責任，甚至不知道自己還有這麼多外孫女，今天，都值了。

當下，姊妹幾個湊到一處討論起來。

「四姊夫，我想把這兒的事都交給二掌櫃，讓他來當祈福巷的大掌櫃，這事還得請你多幫我說說。」九月見她們這般高興，不由笑了，轉頭對楊進寶說道。「以後鋪子裡的事，就交給他全權處理，香燭鋪子就由張信接二掌櫃吧，他做得也挺好的。」

「好。」楊進寶點頭。

「五姊夫，這些院子看著也有些年頭了，還得勞你多費心，該翻修的地方就翻修，總之這木匠的活兒都交給你了。」九月又對楊大洪說道。「等我想妥了，我畫圖稿給你。」

「好。」楊大洪也點頭，滿面笑容。

「還有我那小草屋，我也想翻修一下。」九月已經想好了，她要回大祈村去。鋪子又不需要時時盯著，有二掌櫃和張信、張義他們在，她大可以當個甩手掌櫃，她可不想再像前世那樣過勞死了。

「九月，妳要回大祈村去嗎？那鋪子怎麼辦？」祈喜一臉奇怪地問。

「開鋪子並非一定要自己盯著。」九月搖搖頭。「我想回大祈村，鋪子有二掌櫃在，四姊夫不也在鎮上嘛？至於製香製燭的事，張義、阿安都已經上手了。這香熏燭我不可能就此放手不管，沒有鋪裡的瑣事牽絆，我反而能做出更多好看的香熏燭來，反正鎮上和大祈村離得也不遠。」

「九月說得也是。」祈願第一個贊成九月的話。「尋個好掌櫃管著店，自己就輕鬆了，只消每個月盤盤帳就行，沒必要把自己累著，當個甩手掌櫃才是最好的。」

「那不得請好多人？」祈喜想想還是覺得心疼，九月請的二掌櫃一個月就得付二兩銀子呢。

「妳不想請人也行，趕緊找戶好人家嫁了，讓妹夫出面開鋪子。」祈願笑著回道。

祈喜頓時紅了臉，忸怩地說道：「那我也跟九月一起回去，鋪子……租出去好了。」

「九月，之前妳一心想要開鋪子，怎麼現在又想著回村子裡去了？」祈巧也覺得奇怪，難不成九月想回去待嫁了？

「子欲養而親不待，爺爺年紀大了，我想回去多陪陪他。」九月淡淡地看了郭老一眼。

「外公和嬤嬤要是不嫌棄，也可以一起回去。」

這聲外公喊得漫不經心，可聽在郭老耳中，卻比祈願那一聲要動聽得多，一瞬間，老人沈默了，眼眶濕潤。

「要是不願意就算了。」九月也覺得彆扭，嘀咕了一句。

「不，我願意。」郭老立即表態，能得到她的認同，天天看到和釵娘相似的這張臉，他求之不得……

——未完，待續，請看文創風421《福氣臨門》4

2016年5月出版

我的駙馬很腹黑

文創風 408～409

她，當朝皇帝的嫡長公主，自從來到邊關、憑女兒身立下戰功，
大靖朝無人不知這位威名赫赫的女戰神，她無心朝政但功高震主，
新帝一旨下來，她莫名被指婚，還指給一個無用的胖子?!

愛情變調 真心不移
詼諧機智的愛情角力 意料不到的精采對決／柳色

司馬妧，本是大靖朝最尊貴的嫡長公主，只是父皇不疼、母后早逝，
她幼時便自請跟隨外祖父樓大將軍常駐邊關，
雖是女兒身，卻能立下戰功，成了赫赫有名的邊關女戰神；
不過，平靜的日子在她那位不親的太子皇兄遇難之後便沒了，
新帝登基，最忌憚這身分尊貴、外家顯赫又把持軍權的長公主，
於是一道指婚下來，命她速速回京成親——
下屬、家人都為她抱不平，只有司馬妧對於婚事心如止水，
人嘛，成個親有什麼了不起？橫豎她又不會被丈夫欺負，
只是換個地方過日子，有何關係？
況且新帝為她百般挑選的對象，據說吃喝嫖賭無一不精，
家世良好卻不學無術，最重要的是——胖得不忍卒睹！
天哪～～這位顧家公子簡直是老天賜給她的大禮，
因為她雖然貴為公主，卻自小有個不能說、只能忍的祕密，
而未婚夫君恰恰能滿足她的癖好，令她愛不釋「手」呀……

為流浪貓狗加油 和貓寶貝 狗寶貝

廝守終生(一定要終生喔！)的幸福機會

對人來說，貓寶貝狗寶貝只是生活的一部分，但妳(你)對牠們來說，卻是生活的全部，領養前請一定要考慮清楚——

▲ 有情有義的男子漢 黃兒

性　　別：男生
品　　種：混種
年　　紀：3歲多
個　　性：親人、親狗；害羞溫和，而且非常忠心
健康狀況：已結紮、已施打預防針
目前住所：新北市淡水區

本期資料來源：台灣認養地圖

第268期推薦寵物情人

『黃兒』的故事：

在一個吹著微微涼風的夜晚，愛心姊姊拎著一袋罐頭打算前去北投的回收場看柔柔。柔柔是在那裡生活了很久的浪孩，牠與牠的母親虎媽相依為命。後來虎媽出了車禍，必須離開柔柔的身邊。柔柔從那之後一蹶不振，食慾一直好不起來，因為十分擔心牠的情況，愛心姊姊總會抽空去陪牠。但這天柔柔竟然興高采烈地朝愛心姊姊「汪」了幾聲，當愛心姊姊感到困惑時，這才發現柔柔身後竟然跟著另一隻狗狗，牠就是黃兒。

黃兒的出現彷彿是柔柔心裡的一道曙光，柔柔又變得開朗了，牠們一起玩耍、一起去向附近鄰居撒嬌要食物吃，做什麼事都膩在一起，只要看到柔柔就一定會看到黃兒！

好景不常，五月的某一個晚上，突然傳出一聲「砰」的巨大聲響，附近鄰居趕緊出去查看，這時肇事的車子已經不見，只看到地上流了一大灘鮮血，沿著視線看去，在旁邊奄奄一息的是……柔柔！牠的傷勢太重已經無法救活了，但黃兒依然不肯離開柔柔的身邊，愛憐地舔著牠的傷口，好像這樣柔柔就會活過來……

柔柔車禍過世後，總會看見黃兒向附近鄰居討了食物回到休息的地方後，什麼也不吃，悶悶不樂地趴在原地，彷彿在哀悼柔柔的離去。

後來附近鄰居表示最近又聽到狗狗被車子撞到的慘叫聲，愛心姊姊想起之前虎媽車禍和柔柔過世的事情，推測有人想要將這附近的狗狗斬草除根，所以趕緊提前把黃兒帶走，怕牠遭遇不測！現在黃兒在淡水的中途之家生活，在那裡牠交到了好朋友，也非常黏中途媽媽。親人親狗又忠心的牠會是很棒的家人！請給黃兒一個機會。歡迎來信 summerkiss7@yahoo.com.tw (Lulu Lan)或carolliao3@hotmail.com (Carol咪寶麻)，主旨註明「我想認養黃兒」。

認養資格：

1. 認養者須年滿25歲，有獨立經濟能力，並獲得家人、同住室友或房東的同意。
2. 認養前須填寫問卷，評估是否適合認養。
3. 須同意簽認養寵物切結書。
4. 同意送養人日後之追蹤探訪，對待黃兒不離不棄。

來信請說明：

a. 個人基本資料：姓名、性別、年齡、家庭狀況、職業與經濟來源等。
b. 想認養黃兒的理由。
c. 過去養寵物的經驗，及簡介一下您的飼養環境。
d. 若未來有當兵、結婚、懷孕、畢業、出國或搬家等計劃，將如何安置黃兒？

文創風 420

福氣臨門 3

國家圖書館出版品預行編目資料

福氣臨門 / 蒻曉著. --
初版. -- 臺北市 : 狗屋, 2016.06
冊 ; 公分. --（文創風）
ISBN 978-986-328-601-1（第3冊 : 平裝）. --

857.7　　105006111

著作者	蒻曉
編輯	余一霞
校對	黃薇霓　許雯婷
發行所	狗屋出版社有限公司
地址	台北市104中山區龍江路71巷15號1樓
電話	02-2776-5889～0
發行字號	局版台業字845號
法律顧問	蕭雄淋律師
總經銷	知遠文化事業有限公司
電話	02-2664-8800
初版	2016年6月
國際書碼	ISBN-13　978-986-328-601-1
原著書名	《祈家福女》

定價250元

狗屋劃撥帳號：19001626

網址：love.doghouse.com.tw　E-mail：love@doghouse.com.tw